La Reina de la Fantasía

Copyright © 2022 Karla
Todos los derechos reservados.

ISBN: 978-1-387-46014-4

La Reina de la Fantasía

Karla

♥

Para todos aquellos con quienes la vida no ha sido justa.

De pronto todos se dieron cuenta
de que el ángel no era lo que parecía,
y el demonio lo que decía.

-Anónimo-

Prólogo
Espejismos

La historia de Tierra Fantasía comienza hace miles de años, con el nacimiento de su divinidad. Nacido de un arbusto de peonías rojas, florecido bajo el Árbol del Bien y el Mal, en el Jardín del Edén, el Ave Fénix fue honrada con el regalo de la inmortalidad y el ocultismo, al haber sido la única criatura que se negó a comer del fruto prohibido.

Después de la guerra de Yugoslavia, hubo un territorio que Serbia y Croacia no reclamaron como propio, así que el mundo se olvidó de él, convirtiéndolo en terra nullius. Años más tarde, se le dio el nombre Liberland y se le denominó la nación donde no vive nadie. O al menos así se veía a ojos escépticos.

Detrás del velo que separa lo quimérico de lo real, se levanta Tierra Fantasía, una pequeña y única nación glorificada con el ocultismo.

En una tierra carente de vida e interés, el ave vio una oportunidad. De las cenizas y la desolación, creó una tierra completamente nueva y atípica para la historia. Tierra Fantasía, un reino en el que lo fantástico era tan natural como el aire.

Dotó a sus naturales de ocultismo y a su medio de esencia quimérica alucinante a la vista. Se respiraba libertad, armonía e ilusión. Un lugar así debía ser protegido, por lo que el fénix lo encantó para que sólo aquellos con la ilusión de creer en lo imposible, pudieran traspasar su espejismo.

Los primeros monarcas de Tierra Fantasía, el rey Erendor y la reina Jenna, tuvieron la fortuna de encontrar amor en su matrimonio arreglado a conveniencia de brindar al pueblo la calidez de una reina en la Corona. Y la gran fortuna de poderlo utilizar para guiar a su pueblo con justicia y piedad, y hacer del reino un lugar próspero.

Deseaban poder materializar su amor en un nuevo ser, formar una familia. Durante años lo intentaron, pero el Ave Fénix no les concedía el regalo de ser padres. Cada vez que la reina estaba embarazada, algo pasaba y el bebé no alcanzaba siquiera el segundo mes.

Aun con los maravillosos alcances del ocultismo y lo avanzado de la ciencia, era imposible evitar lo inevitable. Tal parecía que el destino de los reyes no era ser padres. Con cada pérdida, perdían más la esperanza y una intensa aflicción se les alojaba en el corazón. Ya no podían soportar más desilusiones.

Con el paso de los años, el carácter de la reina cambió. Estaba todo el tiempo deprimida e irritada. El rey intentaba ser lo más atento posible con ella; comprendía que, si para él era difícil lo que sucedía, para su esposa debía serlo más . Se esforzaba en sobrellevar la nueva faceta de su esposa, pero ella lo alejaba cada vez más. Perdió interés en todo lo que no fuera ser madre.

El rey se hizo cargo del reino prácticamente solo, y con el tiempo, se acostumbró al rechazo y la falta de amor. Su vida en el palacio estaba totalmente carente de vida.

Después de más intentos fallidos, la reina estaba embarazada de nuevo. Al llegar al segundo mes, estaba aterrada de que la tragedia volviera a apoderarse del inocente ser que apenas se formaba en su vientre. Pero luego llegó el tercer mes, el cuarto, sexto y noveno.

Su temple regresó a ser tan dulce como siempre, volvió a acercarse a su esposo y se dio cuenta de todos los errores que había cometido. Pero ya no había nada porque penar. Los reyes estaban tan encantados con la llegada de su bebé que no importaba nada más que el presente y su futuro como familia.

Tuvieron una niña a la que dieron por nombre Annelise. Su llegada regocijó casi tanto al reino como a sus padres. Fueron días de júbilo y paz. El trono de Tierra Fantasía tenía una heredera. Todo por lo que los reyes rezaron y tanto anhelaron, les había sido concedido. Aunque había algo en la mirada del rey que reflejaba no estar del todo contento. ¿Preocupación? ¿Culpa? ¿Tristeza?

Uno
Espinas Detonadoras

—Permiso, Majestad.

—Adelante, Emil.

Annelise estaba sentada en el sofá al lado de la ventana. Siempre le gustó acompañar a sus padres mientras resolvían asuntos del reino. Prestaba atención a cada detalle e imaginaba una solución o una alternativa en la que sus padres definitivamente no pensaban.

Al ver a la niña, la mirada de Emil se alarmó, pero al instante lo ocultó. Atravesó el salón. El rey estaba sentado en su trono, leyendo el informe del mes. Emil hizo una reverencia y se aproximó lo más que pudo. Susurró algo que Annelise no consiguió captar.

Los ojos del rey se abrieron de par en par y el color abandonó su rostro.

—¿Alguien más sabe de esto? —preguntó el rey con voz temblorosa.

—No, Majestad.

El rey se levantó del trono en un solo movimiento y en escasos pasos, estuvo fuera del salón. Emil permaneció pensativo mirando a la princesa con ternura y pesar.

—Con permiso, Alteza. —hizo una reverencia y sonrió débilmente antes de retirarse.

Annelise sintió curiosidad, normalmente su padre le informaba de todos los asuntos que trataría, pero esa vez la ignoró por completo. Tal vez era un asunto de adultos que él creyó que una niña no entendería.

—Escúchame bien. —el rey se inclinó a la altura de la niña y la tomó de los hombros. —No tienes a nadie más, así que mi familia y yo nos haremos cargo de ti.

La niña lo miraba desilusionada con sus enormes ojos muy abiertos. Apretaba la muñeca que llevaba contra su vientre. Una lágrima rodó por su mejilla, pero a pesar de eso seguía sonriendo débilmente.

—Te dirigirás a mí como el rey, con el debido decoro. —su tono sonó desesperado. —¿Lo entiendes?

La niña tardó un rato en responder. El corazón del rey golpeaba violentamente su pecho y su mente trabajaba a tal velocidad, que lo hacía sentirse mareado.

—Sí, Majestad. —dijo finalmente con voz débil.

El rey le soltó sus hombros con aversión, como si ella fuera un fenómeno del que quisiera alejarse.

—Emil. —llamó el rey.

—¿Si, Majestad? —dijo entrando a la oficina

—Encárgate de ella. Que en una hora esté en la sala.

—¿Está seguro de que eso es lo que quiere?

—No, Emil, no lo estoy. —dijo ignorando por completo la presencia de la niña, mientras abandonaba con desgano su oficina.

—Erendor, ¿te das cuenta de lo que me pides?

—Lo sé. Pero trata de entender, no tiene a nadie.

—Eso lo entiendo, lo que no entiendo es por qué nosotros. Además, tú odias el quebrantamiento de las leyes. Jamás lo has hecho. Ni siquiera cuando Annelise te ha rogado que las dejes a un lado por ella has cedido. —

le reprochó. —¿Por qué romper tus amadas reglas por una extraña?

Los argumentos del rey comenzaban a agotarse. Tenía la frente perlada de sudor y el corazón hecho una revolución. ¿Qué iba a argumentar contra eso si era cierto? No parecía nada lógico lo que pretendía hacer.

—Miranda hizo que se lo prometiera antes de... Ella sabía que cuidaríamos bien de su hija. Fue su último deseo.

Miranda era la costurera real, hasta que un día, sin previo aviso renunció a su puesto y se fue de la capital.

—Te preocupa mucho dar malos ejemplos por sandeces y con esto que es realmente algo de importancia, sólo fomentas que cualquiera se sienta con la libertad de dejar niños en nuestra puerta porque saben que les ofreceremos una vida mejor.

Suspiró y antes de hablar, se arrepintió de lo que diría.

—Cumplir mi promesa nos interesa, por lo que mi petición aceptarás sin oposición.

La reina parpadeó lentamente y sacudió la cabeza. Acarició el rostro del rey y suspiró.

—Tienes un gran corazón, Erendor. —sonrió. —Si eso es lo que quieres, te apoyaré.

Annelise estuvo más que de acuerdo con la decisión de sus padres. Saber que habría alguien de su edad en ese enorme palacio lleno de adultos, la reconfortó. Esperaba con ansias, el momento en el que ella cruzara la puerta. Sus padres estaban sentados, pero ella se balanceaba impaciente sobre sus talones.

Finalmente, pasos que se aproximaron hicieron que se impacientara aún más. Se preguntaba cómo sería ella. Su padre le dijo que tuviera cuidado de no abrumarla y no mostrarse tan entusiasmada, pues acababa de perder a su madre y seguramente lo que más necesitaba era un poco de paz.

—¿Majestades? —Emil se asomó por la pared que separaba la sala del corredor.

—Hazla pasar, por favor. —pidió el rey.

Él y la reina se pusieron de pie para recibir a la nueva integrante del palacio.

Emil desapareció tras la pared y al volver, empujaba suavemente la espalda de una niña pelirroja con hermosos ojos de un verde claro. Debía tener la misma edad que Annelise. Aferraba sus manos a una muñeca de trapo, como si fuera lo más importante en el mundo para ella y no quisiera separarse nunca de él.

—Gracias, Emil. Puedes retirarte. —le dijo la reina.

Emil hizo una reverencia y antes de abandonar la sala, dedicó una mirada rápida a la princesa y a la reina.

—Jenna, Annelise, —tomó la mano de la niña apenas rozándola. —ella es Adilene.

Adilene apenas levantó un poco la cabeza del suelo y le dedicó a los extraños una débil sonrisa. Sus ojos se centraron en la niña de rizos dorados y piel de porcelana parada delante de ella. Recorrió con la mirada desde sus finos zapatos hasta la tiara plateada que adornaba el cabello que le caía sobre los hombros.

—Hola, Adilene. —la saludó la reina. —Estamos felices de tenerte aquí. —dijo con ternura y se acercó a ella para tomarle la mano libre entre las suyas. —Haremos lo posible para que te sientas cómoda y bienvenida. Todo estará bien. —dedicó una cálida sonrisa a la pequeña.

Adilene volvió a sonreír. Su mano se relajó sobre su muñeca.

—Gracias, Majestad. —dijo apenas en un susurro.

Annelise se acercó a Adilene, le dedicó una amplia sonrisa.

Los días siguientes, Annelise se dedicó hacer que Adilene se sintiera lo más bienvenida posible. Sabía la razón de por qué ahora ella viviría ahí, y aunque no quería sentir lástima por ella, no podía evitar sentirla cada que miraba sus ojos apagados. La ayudó a decorar su habitación, le dio un recorrido por el palacio, intentó conversar, pero nada sacaba a Adilene de su estado de aflicción y recato. Annelise pensaba que nadie debería pasar por lo que ella pasaba, no era justo para una niña.

Desde que Adilene llegó, el rey se portaba más cariñoso con ella. Pensaba que era porque le preocupaba que pudiera sentirse celosa. Pero no eran celos lo que sentía, sus padres eran sus padres y siempre lo serían. Más bien se sentía agradecida y afortunada de poder gozar de la familia que Adilene no.

—¿Cómo está mi princesa? —levantó a Annelise en brazos cuando ella corrió hacia él con los rizos rebotándole en la espalda.

Ella rio.

—Bien, papi.

—Te traje algo de mi visita a Aguamarina. ¿Quieres verlo?

Annelise asintió emocionada.

El rey bajó a su hija y con un movimiento de muñeca materializó en el aire un gran cilindro de cristal lleno de agua, con algas, corales y piedras de distintos colores adornando su interior. Era la pecera más hermosa que Annelise había visto. Observó un poco más de cerca y pudo notar al pez que se camuflaba entre los corales.

—Es un pez arcoíris. —explicó el rey. —Dicen que sus burbujas conceden deseos. ¿Te gusta?

—Me encanta. Gracias. —se lanzó nuevamente a los brazos de su padre.

—Emil se encargará de acomodarla en tu habitación. Debes prometer cuidar muy bien de él.

—Lo prometo.

El rey besó a Annelise en la cabeza y la estrechó contra su pecho.

Adilene los observaba detrás de la columna redonda y dorada de metal en el descanso de la escalera. Sentía miles de agujas clavándose en el corazón. Se dio cuenta de que lloraba hasta que una de sus lágrimas le cayó en los labios y sintió el sabor salado.

Así era como una familia debería verse. Como debían tratarse. Ella jamás volvería a sentir eso, porque la única persona que la amaba y se preocupaba por ella le había sido arrebatada por la vida. Ella no merecía eso.

Su mirada se ensombreció, se secó bruscamente las lágrimas y aferró las manos al borde de su vestido.

Dos
Camino a la Oscuridad

De ser la niña tímida y afligida, Adilene pasó a ser una molestia total. Ya era una adolescente, y verdaderamente se comportaba como tal. Los reyes intentaron de todo para educarla de la mejor manera posible, pero ella no paraba de desafiarlos. Justificaban sus groserías con el trauma por el que pasó, pero después de años, ya no era una excusa. Se rindieron con ella. Decidieron que era mejor dejarla vivir irritada como un ente que vivía en su hogar, a hacerla comportarse aún peor, presionándola para acercarse a una familia a la que definitivamente no quería. Sólo Annelise creyó que Adilene aún podía integrarse. Seguía intentando. Era exasperante, desgastante y le costaba bastantes descortesías. Aun así, creía que la niña que era cuando llegó al palacio, seguía viviendo en su interior.

Creía que usaba toda esa carcasa de chica rebelde para ocultar el dolor que sentía. Ni siquiera podía imaginar cómo se comportaría ella si perdiera a sus padres y de un día para otro la llevaran a vivir con extraños. Seguramente también sería rebelde y estaría enojada con el mundo entero.

Annelise se sentía tan liviana que creía que sus pies no tocaban el piso. Daba vueltas entres sus dedos a la peonía rosa más hermosa que hubiese visto nunca. Estaba encantada con ella, totalmente hipnotizada con ella y con su significado. Desde que nació la vida la había rodeado de tantos lujos que no imaginó que un objeto tan ordinario pudiera ser tan extraordinario.

—¿Es que eres tonta? —dijo Adilene molesta, dándose la vuelta y sacudiéndose lo que podía del agua en su blusa. —Fíjate por donde vas.

—Lo siento. Estaba distraída. —se disculpó Annelise apenada.

—Siempre tienes una excusa para todo.

Estaba tan absorta repasando el significado de la peonía que ni siquiera advirtió la presencia de Adilene sirviéndose agua en la barra de la cocina. El dispensador estaba un poco más salpicado de la blusa de ella.

—Puedo secarte, puedo...

Adilene hizo una mueca de exasperación. Annelise se calló al verla.

—Yo misma puedo hacerlo.

Sacó la varita plateada del bolsillo trasero de su pantalón, hizo un movimiento con ella y en un segundo todo estuvo seco.

—¿Ves? Yo sí sé resolver cosas por mí misma.

—Lo siento. Sólo quería arreglarlo.

—Si no fueras tan torpe...

—No le hable así a la princesa. —intervino Camelia, una mucama de mediana edad.

Los ojos de Adilene se encendieron.

—Pero ¿quién te crees para hablarme así? Inmunda criada entrometida.

—No era mi intención, señorita, yo...

—Suficiente.

—Sí, Alteza.

—No te lo decía a ti, Camelia. Se lo digo a Adilene.

—¿A mí?

—No voy a dejar que la trates así, no tienes ningún derecho.

—¿No tengo ningún derecho? ¿No se supone que quieres que sea parte de tu familia?

—Ser de la realeza no significa ser mejores que otros, ni que las reglas de cortesía no aplican con nosotros. Servicio o nobleza, cada uno merece respeto.

—Alteza, no es nada. —el tono de Camelia era mortificado.

—Puedes irte, Camelia. Gracias.

Camelia abandonó la cocina con paso apresurado y la cabeza baja.

—Olvidé que eres la abnegada princesa defensora del pueblo.

Miró la flor en su mano, se la arrebató, la lanzó al suelo y la pisoteó cual insecto venenoso del que se quisiera deshacer.

Los ojos de Annelise se convirtieron en navajas que atravesaban a Adilene. Apretó la quijada y su rostro enrojeció.

—Eres...

—No te atrevas a insultarme otra vez porque la anterior fue la última que te permití. —su tono era severo. —Siempre he intentado llevarme bien contigo, pero me lo has hecho tan imposible.

—Entonces deja de intentar. Yo no te he pedido nada.

—Tienes razón. Soy una tonta por haber creído en ti aun cuando los demás dejaron de hacerlo. Pero no lo seré más. Esta fue la última grosería que te toleré.

La mirada de Adilene se suavizó. Reflejó confusión.

—¿Qué está sucediendo?

Annelise no fue consciente del alboroto que se formaba en la cocina hasta que Emil apareció frunciendo el ceño.

—Nada, señor, Emil, sólo un...y.... —tartamudeó Camelia.

—Sólo lo de siempre. —Annelise miró a Adilene.

—Ya veo. —suspiró.

Adilene se cruzó de brazos y suspiró exasperada.

—Señorita Adilene, le pido me acompañe a conversar con el rey.

Adilene entornó los ojos y pasó al lado de Emil casi rozándole el brazo.

—Me disculpo por ella, Alteza. Con permiso.

—¿Cuántas veces más, Adilene?

Adilene se encogió de hombros y miró despreocupada al rey.

—No puedes seguir así. Cada semana es una pelea más con Annelise.

—¿Y no se ha puesto a pensar que ella podría tener la culpa?

—Conozco a ambas lo suficiente para saber que no es así.

—Yo no estaría tan segura de eso.

El rey se sentó tras el escritorio, puso los codos en la madera, juntó las palmas y posó las puntas en su nariz como si rezara. Soltó un largo suspiro.

—No sé qué es lo que hemos hecho mal contigo.

Las mejillas de Adilene se encendieron.

—Por favor, no sea cínico. —levantó la voz.

—Adilene basta. No voy a tolerar que me hables así.

—Si no quiere que le hable así, no diga tonterías.

—Suficiente. —gritó el rey mientras golpeaba la mesa con el puño.

—Te hemos tolerado bastante, pero esto ya es ridículo. No quiero más rabietas o insolencias, o te juro que vas a arrepentirte de las consecuencias.

—¿A mí me han tolerado bastante? ¿Qué hay de su hijita que no para de darle problemas a la Corona? Ella no se merece nada de esto. No merece ser su heredera.

—No estás en posición de opinar qué merece mi hija y que no —se puso de pie. —Si no vas a respetar a Annelise como parte de esta casa, entonces te exijo que la respetes como tu princesa. Ya me cansé de tus insolencias sin sentido.

Adilene lo miró con dureza. Estaba furiosa. Lágrimas de coraje amenazaban con brotar, pero se esforzó para contenerlas. No le daría la satisfacción al rey de verla afectada.

Tres
La Princesa del Pueblo

La adolescencia de Annelise fue bastante complicada para la Corona, por su rebeldía ante los protocolos reales.

Conforme crecía, se daba cuenta de que la Legislación de Tierra Fantasía contenía algunas leyes que dejaban mucho en que pensar. Leyes que más que una esencia justa, tenían esencia discriminatoria y prejuiciosa. Y el Protocolo Real no era mejor, con normas totalmente disparatadas.

Amaba Tierra Fantasía con todo su corazón, su encanto quimérico, sus paisajes, su historia, su gastronomía, su gente, pero lo que no amaba eran sus normas

Cuando tenía quince años, su familia realizó una visita de caridad a una de las comunidades más pobres de la nación. Mientras sus padres se encargaban de lucir imponentes, magnánimos e inalcanzables, mientras los guardias reales entregaban a una fila interminable de personas despensas, juguetes y algunos otros artículos de necesidades básicas, ella observaba a un grupo de niños que jugaban con una pelota. A pesar de no tener abundancia de recursos económicos, parecía que nada les preocupaba más en el mundo, que ganar el partido que disputaban.

Uno de ellos estaba a punto de anotar en la portería contraria, cuando su euforia hizo que pisara el balón y cayera de espaldas en la tierra. Annelise alarmada corrió hacia el niño y lo ayudó a levantarse. Fue la primera vez que su padre la reprendió. Al ver la mano del niño sobre la de ella, lo miró como si fuera un fenómeno con una enfermedad mortal extremadamente contagiosa.

Según el Protocolo Real, la nobleza debe limitar el contacto con comunarios.

—El hambre no es contagiosa. —fue lo único que respondió a su padre durante todo el camino de regreso al palacio mientras él le decía la importancia de cumplir las reglas al pie de la letra para la heredera de la corona de Tierra Fantasía.

A los dieciséis años fue nuevamente reprendida por saludar al conde de Rubí antes que a la duquesa de Esmeralda. Cuando ella entró a la sala de banquetes, la duquesa estaba ocupada hablando con el embajador de su ciudad, así que le pareció apropiado no interrumpir y dirigirse primero al conde que sólo bebía de su copa y además estaba prácticamente en su camino.

—¿No era más falta de respeto pasar por alto al conde e interrumpir a la duquesa? —le discutió inútilmente a su padre.

Según el Protocolo Real, los saludos son en orden de rango de título nobiliario.

Cuando tenía diecisiete años, ella y sus padres se reunieron en un almuerzo con la nobleza de Aguamarina para negociar la construcción de un complejo turístico en la reserva natural más grande y hermosas de la comarca.

—Sin duda es una oportunidad económica que no podemos dejar pasar. Mejoraría exponencialmente la economía del reino entero. —dijo el rey Erendor.

—¿Puedo ver nuevamente el plano? —preguntó la reina Jenna.

—Por supuesto. —el rey de Aguamarina proyectó el plano que el arquitecto real había diseñado en la pantalla levitante frente a la mesa.

—¿Qué hay de las especies asentadas ahí? —inquirió la reina Jenna.

—No será problema, las trasladaremos a la reserva de Zafiro. —respondió la princesa de Aguamarina.

—En ese caso, no veo ningún problema en que se lleve a cabo el proyecto. Está decidido, entonces. —expresó el padre de Annelise.

—Pero sí lo hay. —inquirió Annelise. —Necesitamos reservas naturales. No podemos destruirlas sólo para comer aperitivos costosos frente a la piscina.

La reina lanzó a su hija una mirada de advertencia.

—Entiendo su preocupación, princesa, pero podemos recrear la reserva en alguna otra ubicación. —dijo el príncipe de Aguamarina bastante seguro de sí mismo.

—No. La naturaleza creada por el ocultismo no tiene la misma fuerza vital que la auténtica. No nos dará los mismos beneficios.

—Gracias por tu aporte, Annelise. —dijo el rey apretando los dientes.

—No. Déjela hablar, por favor, Majestad. —intervino la condesa de Aguamarina.

—He estudiado el tema. —siguió diciendo sin mirar a su padre. —Esa reserva natural nos provee del cincuenta por ciento de oxígeno que consumimos. Si la elimináramos y después recreáramos con ocultismo, ese porcentaje bajaría a más de la mitad. Además, las nuevas especies que se desarrollaran allí, también se verían afectadas, ya que los nutrientes de su alimentación también decrecerían por ser algo artificial. —miró a su padre. —Con todo respeto, padre, creo que vale la pena conservar esa reserva.

El rey tenía las mejillas enrojecidas y el semblante crispado.

Según el Protocolo Real, una decisión tomada por el monarca reinante, no se objeta.

Aunque con sus argumentos, Annelise consiguió que los reyes de Aguamarina desistieran de la negociación, y eso era bueno para la salud del reino, no sintió alegría, pues sabía de la reprimenda que le esperaba por haberle discutido en público.

A los dieciocho, al terminar sus estudios básicos, quiso estudiar una carrera, pero como imaginó, sus padres se lo negaron.

Según el Protocolo Real, la nobleza debe ocupar sus cargos de tiempo completo.

Estudiar una carrera no restaría importancia a sus deberes reales, al contrario, podría ayudarla a desempeñarse mejor en ellos. Quería demostrarse a sí misma que podía ser útil y sobresalir en algo más que no tuviera nada que ver con la realeza, porque, aunque amaba formar parte de ese mundo, no se lo había ganado ella, sino que nació así.

—Tu carrera es ser la futura monarca de esta tierra. — le dijo su padre.

—¿Qué ejemplo le daré al reino si su monarca no sabe hacer otra cosa más que sonreír y saludar? —él no respondió, sólo se limitó a salir del salón para no seguir oyendo disparates.

—¿Sabes? Ser la reina consorte no le resta importancia a tus opiniones.

—Ya lo sé, cariño. —le dijo su madre con desgano.

Annelise se preguntaba si en serio lo sabía. Sus padres tenían un matrimonio admirable, pero cuando se trataba de asuntos de la Corona, su madre se mostraba subordinada a su padre, siempre moldeada a lo que él quería. Pensaba que era porque se sentía agradecida de que el rey de toda la nación la amara, por eso quería complacerlo en todo, así ella no estuviera de acuerdo. O tal vez quería probar que los consortes pueden llegar a ser tan buenos como los mismos soberanos. Aunque "buenos" era sólo el término que su padre utilizaba.

Él estaba totalmente moldeado a lo convencional. La Legislación era casi una biblia para él. Creía firmemente en que, si se cumplía intachablemente lo plasmado en ella, el reino funcionaría de manera correcta. Como primer rey de Tierra Fantasía, no podía darse el lujo de fracasar saliéndose de un esquema que muy seguramente era el idóneo, sólo porque el Ave Fénix así lo plasmó.

Además, el pueblo mismo fue quien otorgó al joven Erendor la Corona de

Tierra Fantasía. Temía decepcionar a los que creyeron en él.

Cuando tenía diecinueve, cometió el atrevimiento más grande que el reino vio. Sus padres le confiaron la responsabilidad de dirigir el baile en honor al vulgo. Un baile organizado año con año por la casa real, para aparentar ante el pueblo el acogimiento que sus gobernantes sienten por él.

Todo iba bien hasta que dio el último bocado de su postre. Sabía lo que ocurriría, así que se cercioró de hacerlo hasta que todos hubieran terminado. Los mozos retiraron los platos de los invitados como si estuvieran tratando de romper un récord.

—Pero, mamá. —gritó una niña.

—Siéntate, por favor, Allegra. Debiste comer más rápido.

Annelise buscó entre el mar de invitados a la dueña de la voz. Su mirada se encontró con una niña a la que no calculó más de cinco años, sentada a una mesa detrás de una columna, que no divisó antes. Estaba de pie, protegiendo su tarta de frutos rojos con los brazos abiertos para que el camarero no se la llevara.

—Espere.

—Lo siento, Alteza, en seguida retiro el plato. —respondió apresurado el camarero.

—No, no quiero que lo retire. Ella no ha terminado.

—Pero, princesa, el protocolo…

—Sé lo que dice el protocolo. Pero ahora yo le digo que deje que la niña termine.

Según el Protocolo Real, cuando el soberano de mayor rango termina, todos terminan.

Al día siguiente, el rostro de Annelise aparecía en todas los medios de comunicación. Tal escándalo sirvió para que todos sus actos de rebeldía a la Legislación salieran a la luz. Los medios de la aristocracia la hacían ver como una amenaza a la Corona, una heredera desequilibrada que no tenía ni la más mínima idea de lo que hacía, sólo buscaba la manera de hacerse lo suficientemente polémica, para ser recordada por generaciones. Pero los medios dirigidos por comunarios la hacían ver como toda una heroína para el pueblo, que era incomprendida porque estaba adelantada a su época.

Eso claro, a sus padres no les hizo ninguna gracia.

—¿En qué estabas pensando al romper el Protocolo de tal manera? —casi le gritó el rey.

—Sólo creí que era una mayor falta de respeto hacía mí desperdiciar la comida y el trabajo de los cocineros, a seguirla consumiendo después de que terminara. No creo que tenga nada de malo.

Annelise esperaba una sanción después de todo el revuelo que causó, pero días después, aún no llegaba. Nunca había visto a sus padres tan molestos, así que esperaba algo realmente grave, pero para su sorpresa, sucedió todo lo contrario.

Sus padres le notificaron que habían tomado la decisión de heredarle el trono aún en vida, después de que cumpliera la mayoría de edad oficial. Según ellos, querían heredárselo de esa manera porque quería tener la satisfacción de verla gobernar como la nueva reina de Tierra Fantasía. Pero a pesar de que a Annelise le encantaba la idea, sabía que esa no era la verdadera razón.

Para ellos, Annelise era la mejor hija del mundo; su calidad humana era realmente deslumbrante. Dejando de lado su quebrantamiento constante a las reglas y su sublevación por ellas, ella era perfecta, totalmente encantadora para todo aquel que la conocía. Annelise lo tenía todo para ser una monarca ejemplar, sólo debía aprender a ceder.

Sus padres debieron pensar que, si se convertía cuanto antes en reina, su insumisión a las normas se disiparía, pues seguramente querría dar el ejemplo correcto a su pueblo. Pero lo que ellos no sabían, era que para Annelise la definición de correcto era muy distinta a la suya.

Seguir confrontando a sus padres y quebrantando los preceptos, no iba a resultar en nada bueno para ella siendo sólo aspirante al trono de su nación. Tenía que hacer lo que todos esperaban que hiciera. Fingir haber superado su "fase" de rebeldía, dejar de ser una vergüenza para su familia y comportarse tan rígidamente que se volviera predecible.

Sin saberlo, sus padres le dieron el impulso y la mejor herramienta para hacer realidad todas sus fantasías.

Cuatro
Momentos Robados

Apenas despertar, Annelise esbozó una sonrisa emocionada. Arrugó la nariz y sacudió ligeramente la cabeza. El cumpleaños más importante de su vida estaba delante de ella. Parecía que pasó una eternidad desde que sólo faltaban dos años para que cumpliera la mayoría de edad. El proceso para convertirse en reina de Tierra Fantasía comenzaba en ese momento. Sólo faltaban escasos meses para que se liberara de la miserable sumisión que iba en contra de todos sus principios.

Las campanillas doradas sobre la cabecera de la cama sonaron en una dulce melodía. Eran el aviso de Emil de que era hora de comenzar el día.

Salió de la cama apresurada por la emoción, se puso su tiara favorita y el vestido que menos le cortaba la respiración. Atravesó corredores, tomó un elevador y bajó escaleras, hasta llegar al comedor. Sus padres la esperaban con su desayuno favorito, regalos y una gran sonrisa.

—Buenos días.

—Buenos días, cariño. —respondieron los reyes al unísono.

La envolvieron en un gran abrazo y la besaron en la cabeza.

—No puedo creer que mi niña haya crecido tanto. —los ojos de la reina brillaban.

—Estamos muy orgullosos de la joven mujer en la que te has convertido, Annelise.

—Gracias.

Ella amaba a sus padres con todo el corazón. No la comprendían como princesa, pero sí como hija. Nunca le faltó amor. Le hubiera gustado que, de pequeña, sus padres se atrevieran a romper el protocolo y la llevaran a la escuela, al parque o simplemente que le dieran un beso fuera de los muros del palacio, pero tenía claro que eso no era posible, pues las muestras de afecto en público no estaban permitidas para la realeza, como si para ellos amar fuera un delito.

Después del desayuno, Annelise quiso salir a dar un paseo al jardín, disfrutaba el olor de la brisa matinal y el clima templado. Sin embargo, no siempre podía hacerlo, su tiempo libre era ridículamente limitado, siempre asistiendo a eventos, atendiendo problemáticas.... Pero no ese día, su cumpleaños era el único día del año en el que ella era completamente libre para hacer lo que quisiera a la hora que lo quisiera. Aunque libre no era del todo cierto.

Se deleitó con el aroma a petricor que emanaba del césped recién regado por los jardineros. Un mosquero real de plumaje azul, rosa y morado voló delante de ella y luego se posó en una fuente especialmente adaptada para su especie. Aleteando y emitiendo sonidos nada melodiosos, comenzó a bañarse.

Annelise miró la hora en su celular, aún le quedaban algunos minutos, así que se entretuvo mirando al ave. Le parecía bastante divertida la manera en que se lanzaba el agua con sus alas y luego chillaba, como si bañarse fuera todo un sacrificio.

—Buenos días, princesa.

El mayoral del santuario de animales y Adilene aparecieron junto a ella. Él estaba dispuesto a comenzar un día más de trabajo. Y ella, siempre estaba con él.

—Buenos días, Fabio.

—Permítame felicitarla por su cumpleaños. Espero que sea un gran día para usted.

—Gracias. —le dedicó una dulce sonrisa.

Fabio miró a Adilene como si esperara que le dijera algo a la princesa.

—Buen día, Adilene.

—Hola. —la saludó secamente.

Una limusina dorada se aparcó delante de ellos. El conductor bajó, hizo una reverencia a Annelise y le abrió la puerta.

—Hasta luego. —dijo Annelise subiendo a la limusina.

—Que le vaya bien, Alteza.

Fabio miró a Adilene levantando una ceja.

—¿Qué? Ya lo sabes.

Annelise se cubrió volviéndose a la pared lo más rápido que pudo. Ellos la tenían acorralada, no dejándole tiempo para respirar. Sólo una pequeña gota de luz se filtraba por su cerrada visión. Se reían enérgicamente mientras le apuntaban y la cubrían con aquel material tan extrañamente pegajoso.

La válvula dio su último soplo justo cuando Annelise comenzaba a quedarse afónica de tanto gritar.

—Eso no es nada justo. —hizo un mohín apartándose de la pared y quitándose varias tiras de serpentina de la cara.

—A mí me parece muy justo. Veintiún años, veintiún segundos de serpentina. —Daiana levantó las palmas hacia los lados.

—Tiene razón. Hace dos meses me cubrieron de espuma por veintiún segundos.

Annelise se rio.

—Créeme que nunca lo olvidaremos, Santa.—Eso me recuerda que debo imprimir esa foto. —Daiana tocó juguetona la punta de la nariz de Carlos.

Ambas chicas rieron

—Muy graciosas.

Los tres rieron.

La batalla los dejó a los tres sin aliento de tanto correr y reír. Se sentaron en el suelo a sobreponerse de uno de los únicos días del año en que podían sentirse casi como personas normales. Reír sin reservas hasta que les doliera el estómago y lágrimas se aglutinaran en sus ojos.

Para cada cumpleaños, tenían un plan que los sacara de la rutina de sus estrictas y monótonas vidas. Un plan que los hiciera sentirse libres y vivos.

Sus ajenas ropas casuales y sus cabellos despeinados estaban cubiertos de la serpentina enlatada.

Daiana se concentraba en quitar las serpentinas que caían de la frente de Carlos.

—¿Cuánto tiempo? —preguntó Carlos frunciendo el ceño cuando accidentalmente Daiana le pico el ojo con un dedo.

Ella le dedicó una apenada y divertida sonrisa a manera de disculpa.

—Tres meses. Papá comenzará con los trámites de abdicación.

Él asintió.

—Estamos muy felices por ti, Anne.

—Gracias. —sonrió ampliamente apartándose una serpentina de la boca.

—Aunque también tememos por ti.

Daiana fulminó a Carlos con la mirada.

—¿Qué? Sólo digo la verdad. —levantó una ceja.

—Bueno, sí. Estamos… preocupados de la reacción de tus padres cuando bueno, ya sabes. —jugueteó con un mechón del cabello de Carlos.

La sonrisa de Annelise se apagó un poco.

—Sí, a mí también. Pero tengo la esperanza de que la…—hizo una pausa buscando la palabra correcta con el ceño confundido. —impresión sea sólo al principio, y cuando vean el resultado eso cambie. Quiero que se sientan orgullosos de mí, no por lo que ellos esperan que sea, sino por lo que yo espero ser.

—Eso pasará. Eres muy valiente. No sé si yo hiciera lo mismo estando en tu lugar.

—Con un incentivo como el mío, seguro que sí. —Annelise miró juguetona a Carlos, sabiendo que sí lo tenía.

Aunque no lo dijeran, a Daiana y Carlos les interesaba tanto como a la propia Annelise, que las leyes de Tierra Fantasía fueran diferentes, no sólo porque era lo correcto, sino por lo furtivamente deseaban para ellos.

Carlos se aclaró la garganta.

—¿Lo verás hoy? —preguntó Daiana moviendo ambas cejas.

—Lo haré. —sonrió tímidamente y le subió el color a las mejillas. —

Annelise contempló la belleza los globos metálicos, peonías de colores adornando el salón, contrastando divertidamente con los restos de serpentina adherida a las paredes y ventanas, y regada en el piso.

El Centro Social Real, era un tipo de club para que la nobleza se reuniera con la nobleza para hacer actividades fuera de los muros de los palacios. Y como era tradición desde hacía varios años atrás, Carlos, Daiana y Annelise, reservaban un salón en sus cumpleaños, para lo que sus padres y las autoridades del club consideraban una pequeña fiesta privada entre amigos. Pero la realidad es que dentro de ese salón y por unas horas, podían hacer cosas que ellos considerarían como aberraciones que rompían el Protocolo Real.

Los tres eran amigos desde pequeños, cuando se conocieron en la Academia de las Artes Nobles, a la que asistían todos los miembros de la realeza y la nobleza a aprender todo lo necesario para desempeñarse idóneamente en sus cargos.

Ellos eran como Annelise; espíritus libres que no se dejaban manejar por nada ni nadie. No por ser oficial, dejaban de cuestionar el sistema monárquico o la Legislación. Para ellos, se podía ser de la realeza, y todo hacer.

—¿Ustedes se quedarán?

—No, apenas tengo tiempo para arreglarme. —Daiana se puso el dorso de la mano sobre la frente.

Annelise y Carlos rieron.

Annelise se acercó a sus amigos, se despidió y los besó en las mejillas. No con el típico beso que se dedicaban en público, sino un beso de verdad, uno lleno de afecto.

—Anne. —Daiana giró el brazo el aire.

Annelise se acercó lo suficiente a ella para que le susurrara algo al oído. Ella se sonrojó al escucharlo.

—Siempre. —la miró pícara.

Carlos miró curioso a sus amigas.

Annelise se dirigió a la puerta y antes de salir, se volvió nuevamente.

—Límpialo todo, que el salón vuelva a ser lo atildado que era. —giró el índice y lo apuntó al salón.

En segundos, todo estuvo tan pulcro y ordenado, como si lo que hubiera sucedido, fuera la hora del té y no un combate con latas de serpentina en aerosol.

Cinco
Amor Herido

Fabio dejó a Adilene esperándolo en su pieza, mientras él se encargaba de algunos asuntos del santuario. Ella ya estaba aburrida de tanto esperar. Primero se sentó en el sofá a ver televisión, pero no encontró nada que le gustara. Luego se tiró en la cama a ver su celular, pero se fastidió rápidamente. Y ahora sólo iba de un lado a otro arrastrando los pies.

Fabio la única persona a la que no detestaba. Sus padres también murieron cuando él era niño, un niño de nueve años que tampoco tenía a nadie más. Él comenzó a trabajar en el palacio poco tiempo después de que Adilene llegara. En una de sus muchas rabietas, escapó de la opresión de su nueva familia hacia el santuario de animales. Intentó distraerse mirando las ranas azules y moradas que saltaban de un nenúfar a otro del estanque, cuando él apareció.

Al principio, lo alejó como a todos los demás, pero al darse cuenta de que los dos compartían la misma tragedia por la que estaban allí, todo cambió. Lo dejó entrar en su vida hasta que ya no pudo dejarlo ir. Se volvió adicta a su sonrisa, a su manera de cuidarla, de entenderla.

Cuando estaba con él, era una persona totalmente diferente, la persona que su madre había querido que fuera y la que ella también ansiaba ser. Con él sentía que todo el dolor y la rabia que albergaba en el corazón se disipaba y se sustituía por sosiego y amor. Amor hacia él.

Todos los días se planteaba dejar su temor de lado y confesarle sus sentimientos, pero siempre que estaba a punto de hacerlo, la cobardía se apoderaba de ella. Cada noche, deseaba que él diera el primer paso para no tener que hacerlo ella. Ya no soportaba la tortura de la espera.

Descolgó un jersey del armario, se impregnó de su aroma y luego lo apretó contra su pecho. Aún con la prenda en la mano, siguió deslizando cajones y abriendo gavetas. Su mirada acarició el interior del primer cajón de su escritorio y volvió a una pequeña caja de terciopelo rosa pálido.

La tomó, la abrió curiosa, y se encontró con un collar de una cadena fina dorada y un dije de diamante en forma de corazón. Era hermoso y lo suficientemente fino para ser muy costoso.

El corazón revoloteó en su pecho ardiente. Fabio debería haber usado los ahorros de toda su vida para poder comprarlo. ¿Acaso él lo había comprado para...?

Pasos en el pasillo hicieron que Adilene se sobresaltara.

—Todo como antes quiero que esté, guárdalo todo sin dejar vacantes.

Para cuando Fabio abrió la puerta, su habitación estaba tal cual la dejó. El jersey colgado cuidadosamente en su percha y la caja de terciopelo intacta en el fondo del cajón. Adilene apenas tuvo tiempo de correr a sentarse en la cama y fingir que miraba su celular.

—Tardaste bastante.

—Lo siento.

Adilene rio.

—Está bien.

—¿Irás al baile?

—Bueno, no me han invitado, ¿así que supongo que no?

—¿No te han invitado verbalmente o no te dieron la invitación impresa que esperabas porque tú ya vives en el palacio?

Adilene miró resignada a Fabio, feliz de que la conociera tan bien.

—Bien, sí el rey me lo mencionó.

—¿Entonces?

—No tengo ganas de celebrar el cumpleaños de alguien que me ha hecho tanto daño.

—Adi...

—Ya hemos hablado de esto. Yo no hablo mal de la familia real delante de ti, y tú no los defiendes delante de mí.

Adilene no entendía por qué a Fabio le molestaba tanto que se expresara con el merecido desdén de la familia real. Sentía que él creía que les debía mucho, por sólo hecho de ser soberanos, aunque realmente ellos nunca le habían dado nada.

Fabio no entendía por qué Adilene se expresaba con tanto desdén de una familia que lo único que había hecho era acogerla. Especialmente de la princesa, a la que no encontraba un solo defecto para que Adilene le tuviera tanto odio y resentimiento.

Ese era un tema en el que nunca iban a estar de acuerdo, así que hacía años que acordaron no hablar de él. Todo funcionaba mejor entre ellos así.

—Sólo iba a decir que el baile no es para honrar a la princesa. Es para que ella honre al reino, mostrándole la reina en la que se convertirá.

—Como sea.

—¿A ti te invitaron?

—¿Crees que la familia real se relacionaría con un empleado?

—Si realmente fuera parte de esa familia, yo sí lo haría. —sonrió.

Fabio le tocó juguetón la nariz con el índice y la envolvió entre sus brazos. Ella se acurrucó en sus brazos familiares y seguros, se dejó embriagar por el olor que actuaba como un analgésico en ella.

Se separó lo suficiente de él, sólo para mirar sus ojos avellana. Entonces tomó la decisión.

¿Sería posible que él la amara tanto como ella a él?

—Te amo. No creo que haya un momento en que no lo haya hecho.

Pegó los labios a los de él. Los pinchazos en su corazón se detuvieron. La respiración no le quemó más el pecho. Los músculos dejaron de dolerle; ya no estaban tensos. Su mente dejó de gritarle.

Los labios de Fabio eran suaves y cálidos; los sintió como un paracaídas que la atrapaban en su caída libre. Quiso deslizarse entre ellos, pero él no se lo permitió. Una ola de pánico la golpeó. Volvía a caer. Su pulso se aceleró y sus mejillas se encendieron cuando él empujó sus hombros con suavidad.

Él la miró con incomodidad, confusión y pesar.

—Lo siento.

Ella quiso responder, pero no consiguió que ningún sonido saliera de sus labios temblorosos.

—Yo no quise hacerte pensar algo que no era.

Adilene bajó la mirada, estaba demasiado avergonzada como para mirarlo. Quería desaparecer y que el último minuto se borrara del tiempo. Se sentía como una estúpida.

—No, yo lo siento... No debí...—fue lo único que su voz temblorosa consiguió decir.

Él le levantó suavemente el mentón para que lo mirara.

—Siento mucho si te hice pensar algo que... Eres maravillosa, Adi, pero yo no puedo corresponderte. No puedo ofrecerte más que nuestra amistad.

Las palabras de Fabio fueron como una bofetada para Adilene. Finalmente dejó escapar las lágrimas que no se había dado cuenta de que contenía, hasta que le ardieron los ojos. Estaba segura de que él sentía lo mismo por ella, que ella por él. O lo quería tanto, que obligó a su mente a creerlo.

Fabio le tomó el rostro entre las manos y le enjugó las lágrimas con sus pulgares.

—¿Hay algo mal en mí?

—¿Qué? No, claro que no. No es eso. Es sólo qué...

Fabio hizo una mueca de incomodidad. No quería lastimar a Adilene, pero y le había mentido suficiente tiempo, no quería hacerlo más.

—En ese sentido, mi corazón ya está ocupado.

El mundo de Adilene se derrumbó. Sintió que le clavaban un cuchillo en el corazón.

—¿Dices que estás enamorado de alguien?

Fabio asintió débilmente.

—Lo estoy.

Adilene no puedo soportar más. Con un movimiento de su varita, abandonó la habitación.

Se recargó en la pared del descanso de las escaleras. Se pasó desesperada los dedos entre el lacio cabello.

<<Idiota. Idiota>>

Se golpeó una y otra vez la frente con la palma de la mano.

Seis
Amarga Colisión

Emil hizo una señal con su enguantada mano para que los guardias que flanqueaban las escaleras del salón de baile comenzaran con la fanfarria real.

La decoración estaba ambientada en su totalidad a los gustos de la princesa. Arreglos florales en tonalidades rosas colgaban del techo. Los manteles color marfil combinaban a la perfección con el dorado de la vajilla. El aroma de las especias provenientes de los bocadillos que los camareros repartían se mezclaba sutilmente con los perfumes de los invitados.

Dos guardias en la entrada del salón abrieron las pesadas puertas de caoba. La reina Jenna apareció tomada del brazo del rey Erendor. Rotaron lentamente los dedos muy juntos de sus manos, en un saludo. Atravesaron elegantemente todo el salón, mientras los invitados se inclinaban a su paso.

Hubo otra fanfarria y un reflector apuntó a la puerta de las escaleras. Los guardias las abrieron y de su interior, emergió la princesa por la que todos estaban ahí. Llevaba un vestido largo corte imperio ligeramente amplio, de color palo de rosa, mangas casquillo, pedrería un tono de rosa más alto, adornando el corsé y un grueso listón dorado a modo de cinturón. Sus zapatillas altas con destellos dorados quedaban al descubierto con cada paso que daba. Los rizos semirrecogidos con trenzas le caían poco antes de la cintura. Y su joyería resaltaba a la perfección con el tono pálido de su piel.

Annelise se plantó frente a sus padres, les dedicó una reverencia que ellos respondieron y posteriormente el rey le tendió la mano para dar inicio al baile con la primera pieza musical.

Annelise estaba acostumbrada a las miradas de la gente, pero en esa ocasión, se sentía especialmente incómoda. Sentía que la juzgaban, que después de todos los "escándalos" a los que había dado lugar, el pueblo no la quería como reina. Se concentró en seguir la música, hasta que las miradas dejaron de ser amenazantes y se volvieron sólo miradas, comunes y corrientes.

Después, bailó con el príncipe de Esmeralda, el conde de Rubí y Carlos, su amigo y príncipe heredero de Obsidiana. Carlos la llevó de la mano hasta donde Daiana hablaba con tres de sus excompañeros de la Academia de las Artes Nobles. Felicitaron a Annelise y después se marcharon a sus respectivas mesas.

—¿Cómo te sientes? —le preguntó Daiana al ver la palidez en su rostro.

—Como que estoy traicionando a todos aquí.

Adilene se levantó pesarosa de la cama y abrió de mala gana la puerta.

—¿Sí?

—Disculpe la molestia, señorita, pero el rey ha solicitado su presencia en el salón de baile.

—Pues dile que no voy a ir. Ya se lo había dicho.

—Perdón, pero me pidió que no me moviera de su puerta hasta que accediera a acompañarme. Yo la escoltaré personalmente.

Lo que Adilene menos quería en ese día tan tormentoso, era tener que salir de su lugar seguro sólo para ir a fingir buena cuando lo único que sentía por Annelise y su familia era inquina.

Miró irritada a Emil y luego resignada.

—Dame un momento para alistarme.

Adilene cerró la puerta de golpe, antes de que Emil pudiera responder. Volvió a tirarse en la cama, suspiró varias veces y finalmente se dirigió a su armario.

Cuando estuvo lista, abrió la puerta y vio a Emil en la misma posición en la que lo había dejado. Él tenía el ceño fruncido.

—Muy bien, llévame cual prisionera al baile.

Emil hizo caso omiso del comentario y cumplió la orden del rey. Antes de dejarla en la entrada, le hizo varias advertencias de comportamiento a las que Adilene sólo respondió con exasperadas inclinaciones de cabeza.

Al menos los gustos de Annelise no eran malos, el salón estaba decorado justo como ella lo hubiera querido, si también dedicaran un baile en su honor. Inspiró hondo. Olía a pasta de hojaldre, eneldo y un ligero toque de ajo y mantequilla; lasaña de espinaca. La comida favorita de Annelise que también era la suya, aunque frente a la familia real nunca se atrevió a admitirlo.

—Me alegra que decidieras venir.

—Bueno, usted me obligó, así que supongo que no fue del todo una decisión.

—Aun así, gracias por estar aquí.

—Gracias por invitarme.

Dedicó al rey una sonrisa falsa y siguió su recorrido por el salón.

Su cumpleaños había sido dos meses atrás y a pesar de que cuando despertó el rey y la reina le habían dejado un obsequio sobre el baúl de su cama y Annelise más tarde intentó felicitarla ofreciéndole una caja de música, ella estuvo molesta porque lo que ella quería era un baile como los de Annelise.

—Annelise.

—Adilene.

—También estamos nosotros. —le recordó Daiana.

Adilene les sonrió irritada.

—Daiana, Carlos.

—Es siempre un placer verte. —dijo Carlos con cortesía.

—Sólo estoy aquí porque tu padre…

Los ojos de Adilene se centraron en el diamante rojo que enmarcaba el cuello de Annelise. Se le fue la respiración y un escalofrío la recorrió de los pies a la cabeza. Quería hablar, continuar la frase, pero sus temblorosos labios no se lo permitieron.

—¿Mi padre qué?

—Te… Tengo que irme.

Adilene escapó de las miradas recelosas de Annelise, Daiana y Carlos. Atravesó presurosamente todo el salón evitando el mar de invitados que de pronto se había vuelto sofocante. Cuando llegó a la salida, ya estaba jadeando.

—Adilene.

—¿Adónde vas?

—Afuera, yo… no… necesito aire.

—¿Te pasa algo? —preguntó el rey acercándose a ella.

—No me siento bien.

En otro momento, el rey la habría detenido, pero Adilene no se veía exasperada e irritada como siempre. Su frente estaba perlada de sudor, acezaba y su rostro había perdido el color.

Adilene avanzó por el jardín, tanto como sus piernas temblorosas se lo permitieron. Llegó a un quiosco alejado de todo el ajetreo del baile. Se sentó en las escaleras, se abrazó las rodillas y comenzó a sollozar. <<No es cierto. No es cierto>> se repetía una y otra vez hasta que consiguiera que su mente aceptara la idea y su corazón hallara sosiego. De todas las chicas en el reino, no podía ser ella, no podía ser la persona que más odiara en el mundo.

Se concentró en su respiración, hasta que consiguió regularla. Sus manos aún temblaban por la impresión. Respiró hondo. Visualizó el collar que vio esa mañana en la pieza de Fabio y las palabras de Fabio se le clavaron en el cerebro <Mi corazón ya está ocupado>

No tenía sentido. Ellos ni siquiera se hablaban más allá de lo estrictamente necesario. Aunque él siempre la defendía, le molestaba que se expresara tan mal de ella y cuando pronunciaba su nombre, sus ojos se iluminaban. ¿Cómo pudo ser tan tonta para no darse cuenta?

Ahora se sentía aún más estúpida. Fabio la rechazó por Annelise, porque ella le quitó ese lugar en su corazón, sólo para demostrarle nuevamente que era mejor que ella.

Estaba apretando tanto los puños que sus nudillos ya estaban blancos. Hiperventilaba

<Perdiste. Perdiste>

Cerró los ojos con fuerza y se obligó a recuperar la cordura, se obligó a que un rayo de esperanza se alojara en su corazón y su mente aceptara la idea.

Todo debía ser una terrible coincidencia. Una perversa forma del destino.

Siete
Cazadores y Presas

Adilene pasó los siguientes días vigilando cada actividad de Annelise, pero lo único que ella hacía era cumplir con sus deberes reales. No hacía nada que pareciera sospechoso.

Eso tranquilizaba a Adilene, porque si era así, lo que tanto pedía que no fuera, realmente no sería. Entonces su mente dejaría de gritarle que Annelise le había ganado una vez más y el corazón dejaría de querérsele salir del pecho por la incertidumbre.

Que Fabio estuviera enamorado de otra chica, hacía que le hirviera la sangre y se le desgarrara el alma, pero que esa chica fuera Annelise, la enloquecía.

—¿Vas a algún lado?

Annelise se volvió, y con gesto de incredulidad, descubrió que no había nadie más que ellas en el pasillo. Adilene le hablaba a ella por voluntad propia.

—Voy a caminar.

—¿A esta hora? —la miró con recelo.

—Sólo quiero tomar un poco de aire.

—Muy bien. —Adilene sonrió y siguió caminando por el pasillo.

—¿Adónde vamos? —preguntó él.

—Si te lo dijera, entonces ya no sería una sorpresa.

Él rio.

Llevaba una venda de seda gris cubriéndole los ojos. Annelise lo conducía por la vereda, tomándolo del brazo. Cuando estuvieron lo suficientemente cerca para ver su destino, Annelise hizo un giro con la muñeca, y en un parpadeo, ambos estuvieron allí.

Serie de luces rodeaban los troncos de los árboles. Esferas de luces rojas colgaban de las ramas. Había velas dispuestas formando corazones sobre el césped. Un tronco demasiado pulido para ser natural. Y frente a él una fogata ardiente.

Ella le desató la venda de los ojos y le tomó la mano con fuerza.

—Ya puedes abrirlos.

Él abrió los ojos, en seguida recorrieron panorama. Una sonrisa enternecida adornó sus labios.

Se volvió hacia Annelise, deslizó las manos por su cintura y la besó.

—Te amo, bonita. —no la soltó, pero se apartó lo suficiente para acariciar su rostro.

—Te amo, Fabio.

—Pero aquí...

Ella le puso el índice en los labios.

—Descuida, nadie nos encontrará aquí. Este sector del campo lleva años abandonado.

Ambos se volvieron hacia el ambiente que Annelise había creado. Alejados de las miradas prejuiciosas de la gente y de las balas que seguramente les dispararían, si se enteraban de su traición. Pero esa traición, sólo era amor, un amor tan puro que había sido capaz de soportar años de vivir entre las sombras.

Aislados de la falta de corazón del mundo, podían ser ellos mismos. No existían límites cuando estaban juntos. No existían los títulos o las clases sociales. Sólo existían ellos como seres humanos que sienten y se dejan llevar por sus emociones.

Les era difícil creer que ya habían pasado tres años desde que todo comenzó. Desde que el rey encomendó a Fabio dar clases de equitación de qilins a Annelise. Desde que el amor entre una princesa heredera y un comunario empleado del palacio se volvió posible.

Annelise recordó la primera vez que vio a Fabio. Él tenía sólo once años cuando comenzó a trabajar en el santuario, después de la trágica muerte de sus padres en un accidente, y de perderlo todo. Desde entonces le pareció que había un encanto muy especial en él.

Nunca cruzaron más de las palabras y miradas necesarias, hasta que a su padre se le metió en la cabeza la idea de que ella debía aprender a montar al caballo que, según los textos, muy pocos podían domar, por su suntuosa celeridad y elegancia.

Al principio sólo eran miradas coquetas y tímidas sonrisas. Después, todo se volvió tan vivo, que ninguno de los dos fue capaz de retroceder hasta que fue demasiado tarde. Cuando menos lo esperaron, se enamoraron hasta de las letras de sus nombres. Y con el tiempo, eso se convirtió en un amor puro y verdadero, que al igual que el viento, no se veía, pero se sentía.

Cada quien elige los labios que quiere besar, los ojos que quiere mirar, el corazón que quiere cuidar, y ellos se habían elegido.

Fabio suspiró aliviado.

—Pronto no tendremos que escondernos más. —la voz de Annelise estaba cargada de esperanza.

Él la atrajo hacia él y la envolvió entre sus brazos.

Adilene recorrió todo el jardín y los sectores cercanos del bosque, pero no había indicios de Annelise.

Comenzaba ya a desesperarse cuando vio que una luz tenue en la pieza de Fabio estaba encendida. Fue el primer lugar en el que buscó, pero cuando pasó por primera vez, no había nadie allí. El corazón le golpeó violentamente el pecho y una migraña comenzó a adherírsele al cerebro.

Intentó obligar a su mente a aceptar la teoría de que no encontraba a Annelise porque de alguna manera se las arregló para salir del castillo, y a Fabio no estaba en su habitación, ni en el santuario, porque de última hora, había tenido que atender una emergencia en uno de los zoológicos afiliados a la Corona.

Con los latidos resonándole en los oídos, se dirigió al ala de servicio. Subió hasta el último piso y con cautela caminó hasta la pieza de Fabio.

No estaba segura de lo que encontraría allí, y mucho menos si realmente quería hacerlo. Un sudor helado le recorría la espalda.

Se plantó al lado de la puerta, se percató de que tenía el seguro puesto, algo que Fabio nunca hacía. No a menos que…

Las cortinas estaban cuidadosamente corridas, cubriendo el ventanal en su totalidad; ni una sola rendija del interior quedaba develada.

—Hurto la verdad, revela el velo de lo oculto. —dijo agitando su varita.

Se pegó a la pared de golpe cuando ante sus ojos, las cortinas se volvieron invisibles.

Cerró los ojos, inhaló profundo y exhaló con perseverancia. Apenas levantó la mirada para que sus ojos se deslizaran por el suelo de la entrada. Lo recorrieron hasta que se toparon con la base de la cama, y junto con ella, algo que hizo que a Adilene se le cortara la respiración y el mundo a su alrededor le diera vueltas.

Un vestido casual en color vino. El mismo que Annelise llevaba puesto cuando habló con ella. Todo el cuerpo de Adilene temblaba. Sus manos estaban heladas, pero el resto de su cuerpo ardía.

Obtuvo valor de donde no lo había y miró. Entonces las lágrimas cayeron como un torrente. Fue como si la imagen que tenía ante sus ojos, le dispara con un misil.

La persona que más amaba en el mundo acariciaba con suma delicadeza la piel desnuda de la persona a la que más odiaba en el mundo.

Quería salir corriendo, pero sus débiles piernas no se movían. Quería cerrar los ojos, pero la conmoción no se lo permitía.

<Volviste a perder. Volvió a vencerte>

Aferró las uñas a su antebrazo para asegurarse de que no era otra de sus pesadillas. Le dolió. Lo que veía era real.

Su rostro estaba empapado de lágrimas. ¿Por qué no se movía? Con las escasas fuerzas que sacó de no sabía dónde, logró agitar su varita y abandonar su tártaro.

Atravesó el jardín como una exhalación. Abrió la puerta trasera del palacio. Se desplazó al ala de las habitaciones y subió las escaleras, tan rápido como su aire se lo permitió. No quiso usar el elevador, no quería quedarse quieta hasta llegar a su habitación, porque sabía que se derrumbaría.

Y así fue, apenas cerrar la puerta de su lugar familiar, se recargó en ella y se deslizó hasta el frío piso de mármol cerámico. Abrazó sus rodillas con fuerza, hundió el rostro entre ellas y comenzó a llorar, desesperada e inconsolablemente.

<<Lo superaremos. Lo superaremos como siempre lo hemos hecho>>

Inconscientemente, mecía su cuerpo.

Sentía un implacable dolor y una profunda tristeza. Pero también sentía un odio abrasador que le quemaba la piel. Ahora más que nunca aborrecía a Annelise. No podía entender cómo podía ser capaz de causarle tanto sufrimiento, ¿es que acaso no tenía corazón? No podía creer que sólo para fastidiarla hubiera sido capaz de involucrarse con Fabio.

Pero ya no soportaría más. La haría pagar por años de tormento.

Adilene salió muy temprano a caminar por el jardín. Tenía los ojos hinchados y enrojecidos, el tono carmín de sus mejillas y nariz había desaparecido y tenía los labios agrietados. Necesitaba más que el sofocante aire que entraba por su ventana.

Respirar el fascinante aroma de la naturaleza siempre la tranquilizó. Cuando su madre murió, lo único que se llevaba por su tristeza, al menos por un momento, era respirar el rocío en el césped, la madera de los árboles la brisa fresca colándose por entre las hojas.

Después conoció a Fabio, y la naturaleza dejó de ser necesaria para aquietar su tristeza. Después de él, no hubo mejor sedante que él. Pero ahora todo sería diferente, diferente porque él la había elegido a ella.

—Hola.

Estaba tan absorta en sus pensamientos, que no escuchó las botas del uniforme de Fabio acercándose a ella.

Él era la última persona a la que quería ver. No lo veía desde que decidió dejar la cobardía de lado y poner a la deriva sus sentimientos con él. No sólo estaba dolida por lo que vio la noche anterior, sino que aún seguía avergonzada por el intento fallido de beso.

El pecho le dolió.

—Hola.

—¿Cómo estás? Hace días que no te veo, y no has contestado mis mensajes.

—Estaba algo ocupada. —dijo sin mirarlo.

Siguió caminando y él la siguió de cerca.

—¿La universidad?

—Sí, he tenido muchos proyectos. —mintió.

Él asintió, aunque no le creía.

—¿Vas a algún lado en especial?

—No, sólo salí a distraerme. —dijo ella con desgano.

—¿Puedo acompañarte?

Adilene aún no lo miraba, no sabía cómo hacerlo después de lo que vio. Ellos eran amigos, y él ni siquiera se había molestado en contarle que había alguien en su vida, así ese alguien fuera la princesa, una chica que por muchos motivos estaba prohibida para él.

Se preguntaba si de no haberlo besado, él se lo habría dicho en algún momento. Pudo haberse ahorrado una humillación.

—Ajá.

Caminaron en silencio por unos minutos. Adilene sentía que de pronto el aire fresco, era demasiado denso para respirarlo. Era obvio que él sabía que había algo mal con ella por la manera en que de vez en cuando la miraba de soslayo. La conocía lo suficientemente bien para notarlo. Aunque no dijo nada.

—¿Puedo preguntarte algo?

—Claro.

—Esa chica de quien estás enamorado… bueno, es una chica, ¿verdad?

Fabio rio.

—Sí, lo es.

—¿Qué tiene de especial? —Adilene lo miró por primera vez.

Él la miró con reconcomio.

—No creo que nos haga bien hablar de esto.

—Por favor. —casi suplicó. —Sólo quiero saber. No pasa nada. Ya sabes, soy curiosa. —sonrió con debilidad.

—Bien… Todo en ella es especial. —sus ojos se iluminaron. —Es tan hermosa por fuera como lo es por dentro. Pero su verdadera belleza y más grande cualidad es su actitud; lo increíblemente auténtica que es.

<Auténtica> Era lo que Adilene siempre había querido ser, pero la defensa de su corazón de piedra, se lo impedía. Ni siquiera con ella misma era

auténtica.

Ella no deseó hacer nada de lo que había hecho desde que llegó al palacio y no deseaba seguirlo haciendo, pero no tenía otra opción. El dolor abrumador en sus venas y en su cerebro alimentaban el odio que le calcinaba la piel. No podía desprenderse de ese odio que no hacía más que cegarla de la realidad. Lo sabía, pero no tenía la fuerza suficiente para luchar contra su propia mente.

—¿Cuánto tiempo llevas con ella?

—Tres años.

Los ojos de Adilene se abrieron de par en par. ¿Tres años? Por tres años se lo había estado ocultando. Por tres años la había dejado elevarse al cielo imaginando un futuro en el que ambos superaran sus traumas y fueran felices; en el que ella finalmente fuera quien realmente quería ser. Tres años desperdiciados de la vida de Annelise, sólo por su arrogancia de tener siempre más que ella, de quitarle lo que más le importaba.

Sintió un pinchazo en el corazón.

—¿Por qué no me lo habías dicho? —elevó el tono de voz.

Él la miró con timidez.

—Porque ella y yo queríamos mantenerlo sólo para nosotros dos.

<<O para que el reino entero no los cazara porque ella es la heredera al trono y tú un sirviente de la casa real>>

—¿Estás enamorado de ella o la amas?

—Adi.

Fabio debió pensar que ella era masoquista.

—La verdad es lo menos que merezco después de tanto que me has ocultado.

—La amo.

Ocho
Verdaderas Reinas

—¿Llamaste, papá?

—Sí, Annelise. Entra por favor.

Annelise cruzó la oficina; en seguida sintió la tensión. Su madre estaba de pie detrás de la silla detrás del escritorio en la que estaba sentada su padre. Él estaba serio, pero ella se veía angustiada.

—¿Pasa algo malo? —Annelise se sentó en una de las sillas de frente a los reyes.

—No creo que "malo" sea el término correcto.

A Annelise se le aceleró el corazón y un escalofrío le subió por la espalda.

—Como sabrás —comenzó el rey. —nuestra Legislación menciona que cuando una mujer asciende a un trono, debe haberse comprometido, o bien, haberse ya casado, para que su consorte la... —hizo una pausa buscando la palabra correcta. —sostenga en su reinado.

Annelise sabía lo que sus padres querían decirle. En algún momento se lo planteó, y lo temía, pero no creyó que eso realmente aplicara para ella. Aun así, fingió ignorancia.

—¿Ajá?

—Tú serás coronada monarca de la nación en poco tiempo, así que tu madre y yo ya hemos elegido a tu prometido. —le dijo el rey con tal tranquilidad como si estuviera hablando de haberle elegido un par de zapatos.

—¿Qué?

—Vas a comprometerte con el príncipe Hugo de Onix.

—No, yo… no lo haré.

—Conocías la Legislación cuando aceptaste la abdicación.

—Sí, es sólo que no creía que esa ley absurda aplicara para alguien que apenas cumplió la mayoría de edad.

—¿Dices que eres demasiado joven para casarte, pero no para gobernar a una nación?

La mirada de la reina estaba clavada en la desesperación de su hija.

—Digo que no quiero casarme ahora porque aún tengo mucho que vivir y descubrir de mí misma antes de unir mi vida a la de alguien más. Alguien, que además no conozco. —se puso de pie.

Sólo conocía al príncipe Hugo de vista en la Academia de las Artes Nobles y unas cuantas veces en bailes. Pero nunca había entablado una conversación con él. Además, aunque ella no se dejara llevar por los prejuicios de los demás, sabía de la mala fama que Hugo tenía respecto a su enorme ego. Por no mencionar que no lo amaba.

—Annelise, siéntate, por favor.

—No, no me quiero sentar. Y no me quiero sentar.

Estaba cada vez más exasperada.

—Lo siento, pero es una decisión tomada.

—Esa ley es ridícula, falocrática y menospreciante.

—No te permito que te expreses así de la Legislación. Creí que esta faceta tuya de rebeldía había terminado.

—Llamas faceta a lo que es racional y humano. El tono pálido del rey comenzaba a adquirir un color rojizo. Sus músculos se crispaban.

—Es denigrante que a una mujer se le imponga un hombre para poder avanzar. Por nosotras mismas podemos hacer grandes cosas. No necesitamos un consorte para luchar por nuestro reino. Tenemos las mismas, o incluso más capacidades que los hombres. No somos las damiselas en apuros que ustedes creen.

La reina miraba a su hija como si temiera por ella.

Que la Legislación enunciara a las mujeres cómo débiles piezas en la realeza, que no son capaces de regir por ellas mismas, y que la misma nobleza lo aceptara, hacía que a Annelise le dieran náuseas.

—Ya basta. Harás lo que tu madre y yo decimos.

—¿Mamá? —miró suplicante a la reina.

—Lo siento, Annelise, pero tu padre tiene razón. Vas a comprometerte con el príncipe Hugo y después de tu coronación, te casarás con él.

—No lo amo.

—Cuando tu padre y yo nos casamos, tampoco nos conocíamos, y mucho menos nos amábamos.

—El amor llegó después. A ustedes también les llegará.

—Que ustedes hayan tenido esa fortuna no quiere decir que nosotros también. No quiero casarme con un extraño.

—Estás siendo irracional. —puntualizó su padre.

—No soy irracional. De hecho, soy la que, al parecer, tienes más raciocinio.

—No te permito tal falta de respeto. —la reprendió su padre. —No entiendo por qué estás volviéndote a comportar así. Sólo te estamos pidiendo que te cases. —lo dijo como si lo que le estuviera pidiendo fuera algo tan sencillo como un vaso de agua. —¿Por qué tanta renuencia?

—Yo sé el porqué.

La voz de Adilene resonó perversa en los acabados de madera de la oficina. Annelise se volvió ojiplática hacia ella.

Adilene entró balanceándose y mirando juguetona a Annelise.

—Adilene, este no es un tema que te concierna. —dijo la reina.

—Tal vez eso es verdad, pero le aseguro que querrá escuchar lo que tengo que decir.

—Habla ya, entonces.

Adilene recorrió con la mirada a Annelise antes de continuar. Sonrió al ver su expresión atónita y paniqueada.

—Verán, Majestades, —dejó un momento para el suspenso. —su hija no quiere casarse porque mantiene un romance con el cuidador del santuario de animales.

La presión de Annelise debió haber bajado porque sintió que se le revolvía el estómago, la bilis en la garganta y que todo su alrededor daba vueltas; su visión se tornó borrosa, el color abandonó su aporcelanado rostro.

—Pero qué tonterías dices. —el rey se puso de pie, ya con el rostro de un intenso color carmín y los gestos totalmente contraídos.

—Nada de tonterías. Todo es cierto.

—Annelise, —dijo el rey apretando la voz. —esta es tu oportunidad de defenderte. Desmiente estas infames calumnias.

La princesa permanecía inerte con la mirada baja, sin observar nada en particular.

—Habla ya. —le gritó su padre.

La reina miraba desesperada a su hija, rogando porque lo que Adilene acababa de decir fuera uno más de sus actos crueles.

A Annelise comenzaban a agolpársele las lágrimas en los ojos de la impresión. No quería llorar en ese momento, no se lo podía permitir. El corazón le latía con velocidad y sentía que el aire de la habitación no era suficiente para llenar sus pulmones.

—Desmiéntela de una maldita vez. —bramó el rey.

—No puedo. Lo que dice es cierto.

Adilene no se molestó en reprimir una amplia sonrisa cargada de maldad.

Los reyes miraban a su hija como si la miraran por primera vez. Como si estuvieran viendo a una extraña.

—Se los dije. —se burló Adilene.

La reina la fulminó con la mirada.

El rey tenía los ojos clavados en Annelise. Si fueran navajas, ya la habrían desangrado.

—No te reconozco, Annelise. Has derrochado la educación que yo y tu madre te hemos dado. Decir que estoy decepcionado de ti es poco. —dijo intentando controlar su tono. —Acabas de deshonrar a tu familia y a tu nación.

<<Cállate. Cállate>> se repetía a sí misma. Se ignoró.

—Lamento si se sienten de esa manera, pero yo no me arrepiento ni me avergüenzo de nada.

¿Por qué iba a avergonzarse de amar y ser amada de la manera más pura posible?

—Qué cínica eres.

—¿Por cuánto tiempo nos lo has ocultado? —inquirió la reina.

Ella no respondió.

—¿Por cuánto tiempo, Annelise? —exigió.

—Tres años. —dijo apenas audiblemente.

Los semblantes de indignación y cólera de los reyes se acentuaron sobremanera.

—Tres años en los que te has burlado de nosotros.

Annelise apoyó una mano en el respaldo de su silla para no caerse. Un sollozo comenzaba a subirle por la garganta.

El rey se volvió airado a Adilene.

—Sabías de esto ¿Por qué lo has dicho hasta ahora?

—Lo sé hace casi tan poco como usted, majestad —Adilene dirigió a Annelise una cínica expresión de burla y maldad. —Me enteré apenas la noche anterior, cuando la vi en la pieza de Fabio.

Nueve
Eufemismos de Amor

—¿Quieren saber lo que estaban haciendo? —preguntó dirigiéndose a los reyes fingiendo ofenderse.

—Adilene, basta —rogó Annelise al saber lo que diría.

—No está bien que una princesa mienta u oculte cosas, y mucho menos a los reyes —sacudió un dedo reprobatoriamente delante de ella.

El pudor de Annelise sólo quedaba opacado por la ira que le hervía en la sangre. Estaba harta del tono que Adilene estaba usando desde que habló por primera vez. ¿Cómo es que ella sabía de su relación con Fabio?

Entonces lo recordó. Ella hablándole en el corredor, interrogándola, algo que nunca hacía.

—Su hija perfecta y el cuidador estaban en cierto… acto íntimo. ¿No es eso un escándalo?

El rostro del rey estaba completamente tenso. En su mirada ardían las llamas de la decepción, la rabia y el reproche. Annelise jamás lo había visto así. Muchas veces lo había enfadado, pero nunca a tal grado.

—Esta es tu oportunidad de defenderte, así que aprovéchala porque será la única que tendrás —dijo el rey dando un paso más hacia su hija, hasta quedar cara a cara.—No puedo creer que mi hija haya sido capaz de profanar de tal manera su dignidad. Niega que lo que ha dicho Adilene es la verdad.

—No lo niego. —dijo Annelise con firmeza mirando fijamente los ojos verdes de su padre e intentando mantener la compostura. —Todo es cierto.

Los reyes estaban absortos. Si antes, Annelise creyó que estarían escandalizados y coléricos con ella, después de la develación de Adilene, no sabía qué esperar.

Le ardía la cara de vergüenza, pero no vergüenza por amar a Fabio y haberse entregado a él, sino porque sus intimidades habían quedado al descubierto superfluamente, por alguien que no tenía la más mínima idea de lo que en realidad sucedía, y que no tenía derecho a entrometerse así en su vida. Su vida romántica únicamente pertenecía le pertenecía a ella misma.

Esa no era la manera en que quería que sus padres se enteraran de la verdad, y menos de detalles que no eran asunto de nadie, más que de ella y Fabio.

El salón estuvo en un silencio abrumador por lo que a Annelise le pareció una eternidad. Sus padres no decían nada, simplemente se dedicaban a mirarla con repulsión, ira y decepción. Su padre incluso parecía mirarla con cierto temor.

La Legislación prohibía cualquier tipo de relación afectiva entre la nobleza y el vulgo. El rey era consciente de que a su hija no le causaba ningún mal desafiar las leyes, pero con eso había ido demasiado lejos.

Dio lentamente la vuelta, dio unos pasos al frente con la mirada perdida y finalmente se volvió de golpe, y dio a Annelise el primer golpe que había recibido de él en su vida.

El golpe fue tan fuerte e inesperado, que Annelise perdió el equilibrio y dio un traspié. Hasta ese día, el rey jamás le había puesto un dedo encima. A pesar de su insumisión, Annelise siempre fue bastante juiciosa, y si ante los ojos de sus padres llegaba a equivocarse, no hubo nada que el diálogo no resolviera.

La princesa estaba tan atónita por la bofetada de su padre, que ni siquiera conseguía asimilarlo. No pudo contenerse más y una lágrima rodó por su mejilla. El dolor que le provocó el golpe era apenas perceptible comparado con el dolor que sentía en el pecho por la humillación, la incomprensión y la severidad de sus padres.

Adilene no esperaba tal reacción por parte del rey, así que, aunque estaba complacida por lo que acababa de ver, también estaba extrañada. Por primera vez, sintió que la justicia existía.

—Erendor —gritó alarmada la reina.

El grito de su esposa hizo que el rey se diera cuenta de lo que había hecho. Miró la lágrima que caía por los ojos cristalinos de su hija, titubeó por un momento. Estaba tan inmerso en su ira, que no se dio cuenta de lo que hizo hasta que vio el rostro enrojecido a Annelise.

Extendió la mano hacia ella, pero Annelise retrocedió.

Se sintió infame e impuro, hasta que su mirada se posó en Adilene. Al verla, sus ojos que habían adquirido un aire triste y arrepentido volvían a encenderse y su rostro volvía a acartonarse.

—No tienes ni la más mínima idea de lo que has hecho. Has dejado tus principios, a tu familia y a tu nación por los suelos. Y todo por una affaire. —dijo el rey dirigiéndose a Annelise. —No sabes cómo siento que seas mi hija.

El corazón de Annelise se fracturó. Pero, aun así, asió el suficiente vigor para no callar.

—Te equivocas, padre. Siempre he sido fiel a mis principios, pero tú no quisiste verlo porque no son iguales a los tuyos. Cuestionar y buscar la verdad, no es un ultraje, es una virtud. Lamento mucho que no lo veas así, y que te encierres en un mundo cuadrado que no te permite ver que gobernar con la cabeza no te hace el mejor de los reyes. —no pudo más, las lágrimas resbalaron desbocadas por sus mejillas. Se volvió hacia su madre. —Y lamento mucho que tú vivas a su sombra y hayas perdido la voluntad. —se arrepintió de lo que dijo al instante, pero no lo retiró. —Y Fabio no es un affaire. Lo amo. Lo amo como no sabía que era capaz de amar; tanto como él a mí. —poco a poco la voz de Annelise adquiría más firmeza

Los ojos del rey refulgieron aún más cuando Annelise dijo amar a un comunario, y no sólo eso, un empleado del palacio.

—El interés no es amor.

Un prejuicio más.

Annelise dejó pasar por alto el comentario.

—Siento mucho que se hayan enterado de esta forma, pero así son las cosas, y quiero que les quede claro que me siento muy orgullosa de eso.

Adilene estaba realmente sorprendida. Ver a la inmaculada princesa enfrentándose así a sus padres por Fabio, que sólo era un juguete para molestarla, la hacía odiarla más.

—Voy a pretender que no acabas de decir tal estupidez. —suspiró. —Mañana por la noche te comprometerás con el príncipe Hugo, en dos meses te coronarán e inmediatamente te casarás con él. Luego olvidaremos que todo este desastre pasó. —se apretó el puente de la nariz con los dedos. —Ah, pero si él llegara a saber lo que hiciste… —se masajeó la sien. —Lo sabrá, se dará cuenta de que ya no eres…—ni siquiera pudo pronunciar la palabra por la deshonra que le provocaba. —Seremos la burla de la sociedad por tus ligerezas.

Como siempre lo único que le importaban eran las apariencias.

—¿Crees que eso me importa? ¿No te estás escuchando? Me estás insultando.

—Más te mereces por tus ofensas.

—No he hecho nada malo. —gritó Annelise

El rey se acercó furioso a ella.

—Vas a dejar de ver a ese vulgar comunario y te guste o no, desposarás al príncipe Hugo

—No lo llames así. Si lo conocieras, sabrías que él es mucha más que un "vulgar comunario" como tú lo llamas. Él es muchas cosas que me hacen feliz. Deberías alegrarte de que haya encontrado algo así.

Él rey levantó la mano, dispuesto a volver a golpear a su hija, pero la expresión desafiante y dolida de ella lo detuvo.

—Hazlo. No te detengas. Pégame por defender mis convicciones. Ya lo hiciste una vez, no te será difícil hacerlo una segunda.

Su padre se quedó estático, con la mano a centímetros del impacto

—Ya fue suficiente por parte de los dos. —intervino la reina

—No voy a casarme con alguien a quien no amo.

—Y es momento de que dejes de lado las fantasías que por años te has creado. Así es como funciona el mundo real.

—No lo creo.

—Bien. —asintió el rey decidido. —Si así es como lo quieres, tienes dos opciones. Obedeces lo que te ordenamos, o tu ascensión al trono queda revocada, ahora o en años, no formarás parte de la Corona.

Los ojos de Adilene brillaron.

Los de Annelise se apagaron.

—No hablarás en serio.

—No me subestimes, Annelise.

—Tienes dos horas para decidir tu futuro. Pero te advierto que, si tomas la decisión equivocada, habrá consecuencias.

Su futuro se derrumbó. Annelise sintió que el salón daba vueltas a su alrededor. El ideal de una persona que admiró toda su vida se caía a pedazos ante sus ojos.

—Me decepcionaste, Annelise.

—No papá. Tú me decepcionaste a mí. —dijo Annelise antes de dar la vuelta.

Diez
Elecciones del corazón

Antes de entrar a su habitación, una voz llamó la atención de Annelise. Una voz que aborrecía y que deseaba nunca haber oído.

—¿Aún tienes el descaro de usar la joya de tu amante? —Adilene señaló el cuello de Annelise.

—¿Qué es lo que quieres? ¿No has tenido suficiente? —preguntó serenamente Annelise.

—Tratándose de ti, jamás será suficiente. Nunca me van a alcanzar las formas en que pueda humillarte, —comenzó a enumerar con los dedos. —desprestigiarte, herirte, atormentarme, destruirte. —respiró exasperada. —No iba a dejar que siguieras utilizando a Fabio. Tú no tienes nada que perder porque eres la niña de papi, pero él sí.

Annelise hizo el caso omiso del comentario. Era obvio que ella también tenía que perder, acababan de ponerle en una balanza su trono y el amor.

—¿Por qué? ¿Por qué me odias tanto? No lo entiendo. Desde que llegaste no has hecho otra cosa, más que tratarme como tu enemiga. Pero esto fue demasiado. No tenías que involucrar a Fabio en esto. —tomó la ornamentada manija de la puerta. —Se supone que él es tu amigo.

El rostro de Adilene se ensombreció

—Mi relación con él no te importa.

—Como a ti tampoco te importa la mía con él.

Annelise observó asombrada la expresión de Adilene.

—¿Es por Fabio?

Adilene se resignó.

—Fabio fue sólo la gota que derramó el vaso. No tienes la más mínima idea, ¿cierto? —dijo Adilene entre risas.

—¿Debería tenerla?

—Claro que no porque a ti no te importa nadie más que no seas tú. Ya te enterarás en el momento preciso, pero te advierto que no te va a gustar. Me sorprende que siendo tan inteligente como dicen que lo eres, no seas capaz de mirar más allá de tus rizadas pestañas.—dijo Adilene tajante antes de irse por donde llegó.

A Annelise le hubiera gustado responderle, pero temió que, si abría la boca, lo que saliera de ella fuera un llanto que la humillara aún más de lo que ya se estaba.

Entró a su habitación, cerrando lentamente la puerta tras sí. Entonces se liberó. Corrió hasta su cama y hundió la cara en su almohada. Lloró hasta que no le quedaron fuerzas para respirar. Lloró por la severidad de sus padres, por su incomprensión, por el primer golpe que recibió de su padre, por la intromisión de Adilene, por la humillación, por el desprecio, por lo que le pasaría a Fabio, por la decisión que tenía que tomar y porque sus planes se desmoronaban cual castillos de arena.

Por un instante, se sintió contenta de que Fabio fuera el único de sus secretos que Adilene develara. No era un consuelo, pero sí un momento de quietud en medio de la turbulencia.

Se sobresaltó al escuchar que la puerta de su habitación se cerraba con llave.

—Lo siento, princesa. Órdenes de su padre. Cerrada de puertas y ventanas se quedará esta habitación, la princesa no cruzará la entrada —dijo Emil antes de retirarse.

¿Encerrarla? Eso era por mucho excesivo. Era prisionera en su propio hogar, simplemente por alzar la voz ante lo injusto y defender sus ideales e ilusiones

Aunque el rey había sido muy perspicaz. De no haber ordenado encerrarla, ella probablemente iría a buscar a Fabio. Pero necesitaba verlo, necesitaba contarle lo que pasó.

Lo amaba con el alma entera, pero también amaba poder ser reina. Ahí estaba, dividida entre dos de sus ilusiones. De cualquier manera, por más que quisiera evitarlo, la decisión que tomara sería fría.

Si elegía comprometerse con el príncipe Hugo, tendría que renunciar a Fabio, a sus convicciones y a sus ideales; renunciar a quien era ella. Además de que se contradeciría. ¿Qué clase de activista sería si se rendía a lo que luchaba por erradicar?

Por otro lado, si elegía ser fiel a su amor por Fabio, nunca sería coronada, no cumpliría sus propósitos y Tierra Fantasía se quedaría como hasta entonces; cerrada e intolerante.

Si ponía todo eso en una balanza, renunciar a Fabio tenía menos precio. Sólo ellos dos padecerían las consecuencias. No parecía justo, pero lo era. Aunque también pensaba en si a pesar de que llegara al trono, Tierra Fantasía estaría dispuesta a cambiar. Hacer que millones de personas que toda su vida pensaron de una manera abrieran su mente ante algo nuevo, era radical, arriesgado e inseguro.

Estaba consciente de que no todos estarían de acuerdo en cambiar años de tradición, pero eso no la detendría, había muchos que sí, y si ella era la reina, así sería. No dañaría a nadie si lo intentaba, no tendría que, el amor y la independencia no podían dañar a nadie.

No era la mejor manera de hablarlo, pero era la única. Tomó su celular y lo llamó. Timbró tres veces antes de que él respondiera.

—Hola, bonita.

—Hola. —sollozó. —Te... Tenemos que hablar.

—Sí, tenemos. —colgó.

Un ruido en la ventana interrumpió sus pensamientos. Se acercó para abrirla y asomó la cabeza hasta donde el campo de fuerza se lo permitió. Fabio estaba parado en el balcón.

—¿Cómo llegaste hasta ahí? Ah, eso no importa, —sacudió la mano en el aire. — yo...

—Lo sé. Carlos me lo contó. Vino a verte por la reunión que tenían, y Emil le dijo el mal momento que era. Entonces con un poco de ocultismo, lo averiguó todo. —dijo agregando simpleza a la situación.

Annelise miró a Fabio con gran tristeza, no sabía qué decirle o qué le diría él a ella.

Él intentó acercarse, pero Annelise lo detuvo.

—Espera. Emil puso un campo de fuerza alrededor de la habitación. —lo pensó por un momento. —Aunque él dijo que yo no podía cruzar.

Fabio se acercó lentamente al límite del campo y lo atravesó sin complicaciones. Antes de cerrar la ventana, se aseguró de que nadie lo hubiese visto entrar.

Ambos se sentaron en el sofá al lado de la ventana. Annelise comenzó a llorar. Fabio la envolvió entre sus brazos, pero no dijo nada, dejó que se desahogara.

Nunca antes la vio llorar.

Sabía que estaba mal pensarlo, pero se veía preciosa, con sus impactantes ojos azules cristalinos y enrojecidos, las mejillas y la punta de la nariz ruborizadas, sus deseables labios más encendidos de lo normal.

Aspiraba el dulce aroma natural de su piel y sentía su calor acogedor. Intentaba disfrutar cada segundo a su lado. Por lo que pasó, sabía que probablemente ese era de los últimos momentos que pasarían juntos. No pretendía que Annelise, lo eligiera sobre su reino.

Annelise se incorporó e hizo una mueca de alarma cuando vio el desastre que dejó en la camisa blanca de Fabio. A él claramente no le importaba, pero ella no pudo evitar sentirse apenada.

Se secó la humedad de la cara, dejando un rastro negro de maquillaje debajo de sus ojos.

—No tenía idea de lo que ella sentía por ti.

—Tampoco yo. —suspiró. —No hasta que ella... me besó.

Las rizadas pestañas de Annelise abanicaron en sus confundidos ojos.

—Siento decírtelo hasta ahora, iba a hacerlo, pero fue en tu cumpleaños y no quería que nada arruinara ese día para ti. Después no encontré el momento correcto, y ahora... Perdóname.

Annelise sintió que el corazón se le encogía más de lo que ya lo tenía.

—¿Tú también la besaste?

—No, claro que no. La rechacé. Jamás, besaría unos labios que no fueran los tuyos.

Ella sonrió con debilidad.

—Te lo juro. —añadió él.

—Está bien, no pasa nada. Confío en ti.

Fabio le acarició el pómulo con suavidad.

—No sé cómo pudo enterarse.

—Tampoco yo. Pero eso ya no importa.

Annelise rio con amargura.

—Imagino que no le gustó para enterarse de lo nuestro después de que la rechazaras. Ahora me odia más que nunca.

Ambos se miraron por un momento en silencio.

—No sé qué hacer. —dijo ella entre sollozos.

—Sí lo sabes

—¿Qué?

—Anne, desde el principio, los dos sabíamos que esto podría pasar y aceptamos el riesgo. Te amo. Te amo, aunque no debería. —suspiró. —Tal vez haya más amores como el nuestro, a los que puedas dar esperanza cambiando lo que se los impide. —le enjugó una lágrima con el pulgar.

Tienes que ser reina. No puedes renunciar a tus ilusiones. Hazlo por ellos. Hazlo por nosotros. Te amo y siempre lo haré, no importa si estamos o no juntos.

—¿Dices que debo ser reina, aunque eso nos cueste lo que tenemos? —preguntó Annelise algo herida.

—Digo que debes luchar por lo que siempre has querido. A veces un sacrificio, comparado con el de muchos, puede valer la pena. Si nuestro amor es verdadero, como estoy seguro de que lo es, siempre vivirá en nosotros.

<Un sacrificio comparado con el de millones> Fabio la comprendía como ella.

—Ya no sé vivir sin ti.

Un relámpago de dolor apareció en el semblante de Fabio.

—Ni yo sin ti. Pero tenemos que hacerlo.

Aunque su amor ya había llegado lo más lejos que nunca imaginó, odiaba la idea de tener que dejarla. Le destrozaba el corazón, pero verla frustrar sus fines, lo destrozaba más. La amaba lo suficiente como para renunciar a ella.

Posó una mano en el rostro de él y lo miró con ternura. Luego sus ojos se centraron en la nada, su mente divagó. Sonrió.

—El sacrificio será por poco tiempo. Te lo aseguro. —dijo ella con dulzura.

—¿A qué te refieres? —preguntó confundido.

—Confía en mí, todo estará bien. —le pasó una mano por el cabello castaño claro alborotado. —Te amo. —besó sus labios con ternura.

—Te amo.

Después de todo, sus padres no podían desdeñarla y reprocharle más de lo que ya lo hacían.

Once
La Clave de la Infelicidad

Annelise esperaba impaciente en el recibidor, el momento en que la puerta principal del palacio se abriera. Llevaba puesto un vestido midi de seda dorada que hacía juego a la perfección con sus zapatos. Los rizos le caían sobre los hombros. Su madre la halagó, y ella sólo se limitó a ofrecerle una lánguida sonrisa.

Su padre, por otro lado, ni siquiera la miró. Desde la controversia en la oficina, él no le dirija la palabra. A ella le dolía, aunque su orgullo le impedía demostrarlo.

La puerta se abrió. Emil apareció seguido de dos guardias que flanquearon la entrada.

—La familia real de Onix. —anunció él.

Una mujer con un chongo de twist y un vestido borgoña entró tomada del brazo de un hombre pelinegro apenas más alto que ella.

A su lado, caminaba Katrina, la hermana mayor de Hugo, y princesa heredera al trono de Onix. La única a la que sí parecía importarle la comarca, por lo que Annelise había leído en sus bitácoras personales y en las del reino. Todos los logros y progresos de Onix, eran sus logros y progresos.

Del lado derecho de su madre, el príncipe Hugo, un joven pelinegro de ojos azules, ciertamente atractivo y tal vez un año mayor que Annelise, caminaba con una postura impecable, clavando la mirada en su futura prometida.

Annelise conocía a la princesa Katrina de las reuniones y eventos en los que ambas habían formado parte; hasta entonces había cruzado pocas palabras con ella. A Hugo lo conocía únicamente de vista. Pero a la reina Leah y al rey Fernando nunca los había visto, siempre estaban viajando, derrochando la fortuna de su comarca y dejando a la deriva el gobierno. Ambos tenían un semblante rígido y parecían no haber sonreído nunca.

Annelise tragó saliva cuando se los imaginó reaccionando severamente contra ella y su familia si llegaban a enterarse de su escándalo más reciente. Lo que pasara después de su coronación, no le importaba.

La familia real de Tierra Fantasía inclinó la cabeza en señal de respeto y la familia real de Onix respondió con una reverencia a sus soberanos.

—Bienvenidos. Es un honor tenerlos aquí esta noche. —dijo el rey.

—Sin duda lo es, rey Erendor. —respondió la madre de Hugo.

Annelise apenas probó bocado en la cena. Todas las emociones del día anterior le habían dejado el estómago revuelto y un fuerte dolor de cabeza. Lo único que deseaba era meterse en la cama y dormir, para no pensar en nada ni nadie más. Pensar en que estaba participando en su arreglada pedida de mano hacía que el estómago se le revolviera aún más.

Toda la cena, Hugo le lanzó miradas curiosas y la reina Leah la miraba a ella con un descarado interés, tanto que la hizo irritar más de lo que ya estaba.

Las miradas de Hugo eran fáciles de eludir, bastaba con que ella también lo mirara para que apartara la vista. En cambio, las de la reina, eran como un rayo de sol sin una sobra donde cubrirse. Sentía que la penetraba y aunque quisiera evitarlo, se sentía algo intimidada.

Después, las dos familias se dirigieron a la sala principal del castillo. Emil se encargó de que todo estuviera apto para la ocasión. Hizo combinar a la perfección las vestiduras del salón con el licor que se serviría en las copas cuando todos brindarán por la futura unión de dos desconocidos.

Las copas y la hielera con la botella de champán ya estaban dispuestas en una bandeja de plata en la mesa del centro.

La reina Leah esperaba impaciente el momento en que los padres de Annelise dejaran de hablar de las problemáticas que Onix enfrentaba, y permitieran efectuar por lo que todos estaban reunidos esa noche.

Ella era la más feliz con el compromiso de su hijo menor, ya que a menos que algo le sucediera a Katrina, él no heredaría el trono. Entonces la correcta de su hija le impediría seguir aprovechándose de los recursos del pueblo. Pero, al casarse Hugo con la futura reina de toda Tierra Fantasía, ella podría tener más de lo que siempre quiso.

La cordura y paciencia de Annelise estaban por derrumbarse, así que se concentró en idealizar una fantasía.

Era su primera reunión con la corte como monarca de Tierra Fantasía. Todos la escuchaban con atención, asintiendo a sus palabras. Estaban de acuerdo con sus iniciativas. Se despojaban del recato.

Cuando Katrina terminó de hablar de las investigaciones que se llevaban a cabo en el laboratorio su palacio, la madre de Hugo se apresuró a aclararse la garganta y ponerse de pie.

—Bueno, supongo que todos estamos esperando impacientes el motivo de nuestra visita, ¿no es así? —expresó con entusiasmo y se puso de pie.

Katrina suspiró y se hundió más en el sofá.

La reina hizo un gesto a su esposo para que se uniera a ella. Él lo hizo con movimiento mecánico

—Rey Erendor, reina Jenna —dijo el rey Fernando en un tono de lo más cortés. —Estamos aquí para pedir para nuestro hijo, la mano de su hija. —dijo analizando el rostro de Annelise.

—Adelante. —dijo complacido el rey Erendor.

—Hugo —lo llamó su madre.

El príncipe se puso de pie y saco una pequeña caja hexagonal de cristal del bolsillo interno de su saco. Tan sólo verla, hizo que a Annelise se le cerrara la garganta. Tenía ganas de salir corriendo de ese lugar tan asfixiante y volver a llorar.

—Princesa Annelise— dijo Hugo extendiendo el brazo hacia ella en señal de invitación.

Annelise se puso de pie frente a Hugo y lo miró fijamente sin ninguna emoción.

Hugo se arrodilló y abrió el estuche de cristal. En una base blanca acolchonada, estaba incrustado un anillo de diamante cortado montado en platino. En otro momento, a Annelise le hubiera parecido hermoso, pero dadas las circunstancias, ese anillo sólo le provocaba repulsión.

—¿Aceptaría hacerme el honor de convertirse en mi esposa? —tomó la mano de Annelise.

Aunque se preparó para eso, Annelise no pudo evitar sentir un golpe de nostalgia.

—Acepto. —respondió con un susurro que acompañó con una débil sonrisa. Era la primera vez que hablaba en lo que iba de su pedida de mano.

Después de que el anilló estuvo en su dedo, la sala se llenó de aplausos de ambas familias. La madre de Hugo corrió a abrazar a Annelise y mencionó algo acerca de sus futuros nietos, a lo que Annelise no le puso la más mínima atención.

Las felicitaciones incluso divirtieron a Annelise. No podía creer lo cínico que se podía llegar a ser. Ambas familias sabían que sus hijos se comprometían no porque fueran novios y se amaran lo suficiente como para ya no querer estar separados, sino porque ellas lo habían decidido por ellos. Era increíble la manera en que podían fingir que todo ese espectáculo era completamente normal.

—Espero que usted y mi hermano puedan llegar a ser… felices. —sonrió con lo que Annelise concluyó, era compasión.

—Gracias, Alteza.

—Por favor, llámame, Katrina.

Annelise le dedicó la primera sonrisa sincera de la noche. No sabía por qué, pero se alegraba de que ella estuviera ahí.

—¿Les parece si pasamos al Protocolo Real? —preguntó impaciente la madre de Hugo.

—Por supuesto. —respondió la reina con complacencia.

Con una seña de su rey, Emil hizo que Sirius, el ocultista versado de la corte apareciera seguido de un guardia que cargaba una cúpula con un huevo de diamante, resguardado en un campo de protección, que sólo la familia real tenía el poder de atravesar. El majestuoso e imponente huevo, era la reliquia más preciada de la nación. El único recuerdo que el Ave Fénix dejó atrás, tras fundar Tierra Fantasía.

Doce
Dogmas Ambiguos

La reina introdujo la mano en el aparentemente acuoso campo protector y sacó la inmaculada reliquia.

A pesar de todas las esplendideces que conformaban su mundo, el Huevo Fundador era por mucho lo más hermoso que Annelise había visto en toda su vida. En el ángulo perfecto, la luz brillaba tan intensamente en él, que resultaba casi cegadora. Siempre se sintió atraída por la energía que emanaba de él. No estaba segura si los demás también podían sentirlo, pero ella lo hacía de una manera tan proclive que incluso las veces que tocó el huevo, sintió que una energía invisible le cargaba todo el cuerpo.

Sentir la presencia del huevo, era como una bocanada de aire fresco que, aunque fuese sólo por unos segundos, borró la mediocridad del evento.

La madre de Annelise ofreció el huevo a al ocultista, que, sin tocarlo, lo levitó entre Annelise y Hugo.

—¿Princesa Annelise de Tierra Fantasía, príncipe Hugo de Onix, jurarán ante nuestra reliquia más sagrada serle fiel al compromiso que por su voluntad han aceptado? —preguntó el ocultista.

<Voluntad> Casi rio Annelise.

—Alteza, adelante con su sortilegio. —dijo Sirius dirigiéndose al príncipe Hugo.

—Bajo el testimonio del Huevo Fundador, matrimonio contraeré con la princesa Annelise. —hizo círculos con el índice y lo apuntó al huevo cuando terminó.

—Alteza, por favor.

El rey miraba a Annelise con advertencia, como lo había hecho durante toda la velada. Le preocupaba que en cualquier momento faltara a su palabra e hiciera un escándalo que enterara a la familia real de Onix de su deshonroso desliz.

—Bajo el testimonio del Huevo Fundador, matrimonio contraeré. —hizo círculos con el índice y lo apuntó al huevo cuando terminó.

El ocultista agitó su varita en el aire y la apuntó al huevo. Haciéndolo resplandecer.

—Sellado con el sortilegio, el compromiso asegurado queda.—el huevo resplandeció con más intensidad cuando Sirius repitió esas palabras.

Annelise no se sentía cómoda faltándole al respeto de esa manera a su reliquia más sagrada. Además, le parecía innecesario que una promesa que debería hacerse únicamente en nombre del amor tuviera que sellarse con un sortilegio para que toda la sociedad pudiera ser testigo de que, por más infeliz que fuera la pareja, estaban condenados a no separarse nunca.

Con una seña de Emil, el ocultista y el guardia se retiraron con una respetuosa reverencia, llevándose el huevo.

Después de levantar las copas por una mentira y de más felicitaciones hipócritas, la reunión llegó a su fin.

La noche habría trascurrido tal como el rey Erendor lo planeó. Su hija estaría cómoda con un príncipe a su lado que la protegiera y guiara.

Estaba complacido por la decisión que ella tomó, alguien como ella no podía echar a perder su vida en algo tan sin sentido como un amorío con un comunario que no tenía nada que ofrecerle. Estaba dispuesto a olvidar lo sucedido y a pesar de que Annelise no se lo hubiese pedido, a perdonarla.

Su hija cedió más fácil de lo que él creyó; por un momento el pánico lo inundó, la vio tan determinada, que creyó que elegiría al comunario por encima de su trono. Cuando a la mañana siguiente de la discusión le informó de su decisión, se sintió aliviado.

Su única condición fue que no hubiera represalias en contra de Fabio. Aunque reacio, él finalmente aceptó. Y ahora, al ver que Annelise había dado oficialmente su palabra, no le quedaban miedos ni temores, estaba seguro de que ella no le faltaría nunca a su promesa.

Annelise se apartó un poco de las orgullosas familias, mientras caminaban de vuelta al recibidor. Sólo esperaba el momento en que pudiera irse a su habitación, a seguir con su amargo sufrimiento.

Al verla apartada, Hugo disminuyó su pasó, para poder rezagarse con ella. Encontró la oportunidad que tanto esperó. Al verlo aproximarse, Annelise pidió con todas sus fuerzas que se estuviera dirigiendo a un sitio muy cercano a ella, pero no tuvo tanta suerte.

—Hola.

—Creí que esta era la despedida. —contestó ella irónicamente.

—Claro, es sólo que, bueno, acabamos de comprometernos y nunca he hablado con usted. Supongo que estoy un poco nervioso. —le sonrió tímidamente. No nos conocemos como un verdadero futuro matrimonio debería hacerlo.

Fue como si con esas palabras Hugo hubiera abofeteado el orgullo y las expectativas de Annelise. Ella lo miró casi maravillada.

—¿Dije algo malo? —preguntó él con cautela.

—¿Qué? No. Es lo opuesto, de hecho.

—Quizá… bueno, si usted quiere, podríamos ir a dar un paseo mañana. Podríamos conocernos para hacer esta imposición menos difícil. —cuando se dio cuenta cómo pudieron haber sonado sus palabras a los oídos de Annelise, se apresuró a corregir. —No es que sea difícil por ti, digo es hermosa y bueno…—parecía no poder hallar las palabras correctas —Sabe a lo que me refiero, ¿cierto?

Annelise lo sabía. Las palabras de Hugo no la ofendieron en absoluto, incluso se sintió halagada y comprendida. Nunca se había detenido a pensar en lo que Hugo pudiera estar sintiendo. Por primera vez en la noche, no creyó detestar a Hugo.

Era cierto, ellos no se conocían en lo más mínimo, así que no podía juzgarlo tan mal. Ella no sabía si él se sentía de la misma miserable y ultrajada manera que ella. No sabía si antes de ella había alguien más en su vida como lo había en la suya.

Un paseo corto no podía estar tan mal, ella y Hugo se merecían la oportunidad de conocerse antes de formarse un prejuicio del otro.

—Lo sé. Un paseo suena maravilloso. Y tal vez podamos dejar las formalidades de lado.

Al día siguiente, Hugo llegó muy temprano al Palacio Capital. Dijo a Annelise que la mejor hora para estar al aire libre era cuando la naturaleza despertaba, y Annelise ella estaba totalmente de acuerdo con su perspectiva.

Caminaron con recato por el sendero principal. Annelise le contaba historias de los ornamentos en los pedestales que flanqueaban el camino. Cuando se internaron en el campo, Hugo habló de parte de su infancia y Annelise de la suya. Ambas bastante parecidas; padres cerrados y sin voluntad propia.

Annelise no dejaba de sorprenderse de lo parecidos que ella y Hugo podían llegar a ser, entre más indagaba en su vida, más se daba cuenta de que definitivamente no podía odiarlo por más que quisiera; odiaba las leyes que la obligaban a estar con él.

—Deberías verlo correr, realmente pareciera que volara.

Annelise asistió.

—¿Qué hay del tuyo?

—Es una ella. Se llama Brisa.

—Curioso nombre para yegua.

Annelise rio

—Es por lo que más me gusta de montar. La sensación de libertad que me provoca la brisa fresca.

Hugo sonrió para sus adentros. Annelise no era la clase de chica que le hicieron creer. Era realmente maravillosa.

—¿Podría conocerla?

Annelise dudó. Miró la hora en su celular. Las diez en punto, Fabio estaba en el santuario. No quería que él los viera juntos, pero tampoco encontró una excusa para decir que no a Hugo. Casi sin darse cuenta, las palabras salieron de su boca.

—Claro

Al llegar al santuario, ahí estaba él, conversando con Jacín, uno de sus trabajadores, mientras acariciaba con ternura un conejo que se levantaba sobre sus patas traseras para alcanzar la comida que él le ofrecía sobre su mano.

Le fascinaba ver la manera en que Fabio se comportaba con los animales. El amor con que se entregaba a su trabajo. Verlo disfrutar tanto lo que hacía, hacía que se le llenara el corazón.

Entonces él la miró. La sorpresa invadió su rostro, pero en seguida la ocultó, tal como lo hacía con todos los sentimientos que ella le provocaba, cuando estaban en público. Pero cuando su mirada se posó en el príncipe Hugo, no pudo ocultar la desesperación e incluso los celos.

Recorrió a Annelise con la mirada y finalmente se detuvo en su dedo anular. Sintió una punzada de dolor, pero también de furor.

Annelise le dirigió una leve y tierna sonrisa antes de cruzar la entrada. Cuando estuvieron frente a frente, a ella le temblaron los labios.

—Buenos días, Alteza.—la saludo Jacín con una reverencia. —Príncipe. —se dirigió hacia Hugo.

—Buen día. —respondieron Hugo y Annelise al unísono.

Fabio apretó la mandíbula.

—Altezas. —inclinó respetuosamente la cabeza.

Después de alistar a Brisa, Jacín preparó a Canela para Hugo, una yegua de tonalidades café claro cubriendo su pelaje y una crin acaramelada.

Cuando Annelise se acercó a Brisa, Hugo se apresuró a tenderle la mano, y la tomó de la cintura con ambas manos para impulsarla a subir.

Fabio sabía que era un gesto de cortesía, pero no pudo soportarlo y apartó incómodamente la vista. Siempre era él quien tomaba de esa manera a Annelise para ayudarla a subir.

Los príncipes agradecieron a Fabio y Jacín, y comenzaron la cabalgata. No era un día caluroso, pero tampoco fresco, así que la temperatura era perfecta para recorrer los viñedos; el mejor sector natural del palacio para montar. Tanto, que, sin notarlo, Hugo y Annelise se perdieron casi tres horas entre conversaciones, risas y uvas.

No estaban forzando nada, todo fluía con tal naturalidad que parecía que no se hubieran conocido el día anterior.

Annelise estaba convencida de que se había equivocado al juzgar a Hugo. Él también estaba convencido de que Annelise era muy diferente a todo lo que había oído. Estaba totalmente encantado por ella; además de ser hermosa, su manera de ser era única, tan fresca, inocente e intensa a la vez. No tenía que fingir que le gustaba estar con ella, realmente le gustaba estar con ella.

—¿Te parece si nos tomamos un momento? —preguntó él.

—Claro.

Trece
El Orgullo por Encima de Todo

Los príncipes se detuvieron al terminarse los viñedos, en un abeto amarillo que proyectaba una gran sombra.

Hugo hizo aparecer una manta a cuadros naranjas y blancos. Y con un par de movimientos más de sus manos, materializó la escenografía perfecta para un pícnic de película.

—¿Demasiado cliché?

—Sólo un poco —rio Annelise.

Se sentaron. Hugo comenzó a servir el licor azul eléctrico en las copas.

—¿Cómo encontraste tan rápido una rima para naranja?

—Puede que haya estado practicando cada sortilegio un par de veces frente al espejo.

Annelise rio y al instante Hugo se unió a su alegre risa.

—Brindemos por el inicio de algo… nuevo. —Hugo le pasó una copa a Annelise.

Annelise levantó su copa, pero evitó la mirada de Hugo. Dio un sorbo al líquido, que en los labios era dulce y fresco, pero al tragar un poco seco; era su combinación preferida en champán.

Empezaba a bajar el sol. ¿Cuánto tiempo había pasado? Estaban disfrutando tanto su tiempo juntos que ni siquiera notaron el paso de las horas.

Una sonrisa se dibujó en sus labios. Su fantasía comenzó.

Ella y Fabio retozando entre las parras. Riendo plenos y libres. Cuando se encontraban, él la levantaba por la cintura y la hacía girar. La besaba. Ella sonreía acurrucándose en su pecho y llenándole de besos las mejillas.

Todo era perfecto, pero no real.

—¿Más? —Hugo señaló la botella de vidrio.

—Claro. —respondió ella volviendo a la realidad.

Hugo tomó torpemente la botella de vino y lo sirvió en las copas. Parecía inquieto y dubitativo.

—¿Puedo preguntarte algo?

—Pregunta.

—¿Qué piensas de esto? Me refiero a que nosotros no tenemos libre albedrío en el amor.

El rostro de Annelise se ensombreció.

—Nuestros padres nos encadenan a la persona a la que debemos obligarnos a amar o por lo menos a sobrellevar si es que no queremos vivir un calvario por el resto de nuestra vida.

Los ojos de Annelise centellearon. Se esforzó por reprimir una amplia sonrisa.

—Siendo honesta, todo eso del matrimonio arreglado me parece una estupidez. El amor es la elección del corazón de cada uno. —su mirada se perdió en la lejanía —A veces creo que los no nobles tienen más suerte que nosotros. Pueden elegir con quien compartir ese amor libremente. —bajó la mirada —Bueno, con alguien de su misma clase social.

—¿Crees que algún día nosotros podamos llegar a… gustarnos?

Annelise se congeló. Nunca espero que Hugo le hiciera esa pregunta. Nunca esperó que tuvieran nada en común. Nunca esperó sentirse culpable por estarle mintiendo.

Annelise levantó la vista hacia Hugo. Él la miraba con incertidumbre, como si tuviera miedo de lo que fuera a responder.

—Creo que ya hemos comenzado a llevarnos bien. —esbozó una leve sonrisa y puso la mano sobre la de él.

Al sentir el contacto de la mano de Annelise con la suya, Hugo supo que no podría continuar. Annelise era una de las mejores personas que se habían cruzado en su camino y estaba feliz de que fuera ella con quien sus padres lo habían encadenado. Ella no merecía otra cosa que no fuera lo mejor y él estaba dispuesto a dárselo, a luchar por ello de manera honesta y propia.

—¿Qué hay de ti? ¿Qué piensas?—le pregunto ella retirando la mano.

—Creo que no podrías haber empalabrado mejor lo que pienso. —dijo lleno de alegría. —El amor no tiene por qué imponerse, sino darse de manera natural. Nobles o no, ¿cuál es la diferencia? El amor siempre es el mismo.

Annelise rio divertida.

—Mucha gente creería que nos hemos vuelto locos por pensar así.

—Yo diría que estamos adelantados a nuestra época.

De pronto Annelise sintió unas ganas incontrolables de contarle a Hugo toda la verdad, pero se mordió el interior de las mejillas para reprimirlas.

A excepción de Carlos y Daiana, todos los nobles que había conocido antes eran fieles a lo escrito en las leyes, no las cuestionaban y parecían complacidos con ellas. Y era algo que no entendía. Primero por la imposición y falta de voluntad y después por los derechos que se les restaba.

Pero ahora que conoció a Hugo, pensó que podría haber muchos más como ellos, que hacen lo que se les dice por evitar problemáticas con sus familias, pero en el fondo, quisieran una forma diferente de vida.

Al meterse el sol, finalmente regresaban al palacio. Habían pasado todo el día juntos y apenas lo sintieron como un parpadeo. A sus propias convicciones y designios, estaban plenos y motivados.

Todo el trayecto de regreso, Annelise deseó que Fabio no estuviera en las caballerizas para recibir a Brisa y Canela, pero como era costumbre en los últimos días, no fue tan afortunada.

No lo encontraron en las caballerizas, pero sí cuando él salía de su oficina.

Fabio se quedó en la oficina todo el día para no tener que encontrárselos cuando devolvieran a los caballos, pero no imaginó que tardaran tanto en hacerlo. Apenas verlos, su mirada se llenó de incomodidad.

Jamás había sentido celos por Annelise, ni siquiera sabía cómo se sentían, pero en ese momento estaba seguro de estarlos experimentando. Ellos habían estado juntos desde el amanecer hasta el anochecer. ¿Para qué necesitaban tanto tiempo? Y ¿por qué ellos eran libres de tener el tiempo que quisieran?

—Buenas noches. —lo saludo Hugo.

—Buenas noches, Alteza.

—Usted debe ser el mayoral del santuario.

—Lo soy. —respondió Fabio con esfuerzo.

—Pues permítame felicitarlo. Este lugar es maravilloso. Hace un gran trabajo.

—Gracias, Alteza.

Annelise miró incómoda a Fabio, justo cuando Hugo la tomaba de la mano. Lo recorrió la desesperación. Aparentemente, no tenía nada de malo, pues ellos estaban comprometidos e iban a casarse, pero en realidad no era así. Ella era suya.

—Con permiso. —se despidió Annelise.

—Adelante, Altezas. —dijo lo más sereno que pudo.

Unos pasos más adelante, Hugo, atrajo a Annelise más hacia sí. Le hizo un comentario que Fabio no pudo escuchar, y ella se volvió para mirarlo.

Sus rostros quedaron tan juntos que Hugo pudo apreciar las distintas tonalidades de azul en sus hermosos ojos. Sus labios suaves y rozados rosados, Sus perfiladas facciones. El coqueto lunar bajo su fosa nasal izquierda. Era el rostro más hermoso que jamás hubiera visto.

Annelise se apartó casi de inmediato al sentir la mano de Hugo acomodándole un rizo rebelde tras la oreja.

A Fabio le hirvió la sangre.

Intentó contenerse, aferrando las manos a su varita, pero le fue imposible. Sus poderes lo delataron.

Las ventanas de la oficina se quebraron a su espalda, y cayeron sonoras al suelo. La puesta se abrió de golpe, desprendiéndose de sus goznes y las luces parpadearon una y otra vez, hasta que se fundieron.

Annelise se volvió consternada. Fabio estaba sorprendido y apenado; con eso él se lo dijo todo. Sus facciones aún estaban ligeramente crispadas y las venas en sus brazos sobresalía. Annelise lo miró interrogante y alarmada. Entonces él se relajó por completo.

Antes de que Hugo pudiera cuestionar lo sucedido, Annelise se apresuró a guiarlo a la salida.

—Ventanas frágiles, pernos flojos. Ya sabes.—respondió nerviosa Annelise. —Vamos.

Antes de desaparecer en el jardín, Annelise se volvió para mirar a Fabio. El agachó la mirada.

No quería jugar a la ruleta rusa con las advertencias de su padre y con sus futuros planes, pero no podía permitir que las cosas se quedaran así. Tenía que hablar con él. No podía sacarse de la cabeza las llamas en los ojos de Fabio, opacadas por la desesperación.

Annelise y Hugo acordaron verse nuevamente en dos días. Él quería mostrarle su lugar favorito de Onix.

Annelise entró al palacio y apenas cerrar la puerta apareció su padre ante ella con una sonrisa triunfal.

—Lo sabía —dijo él con aire de superioridad

—¿Sabías qué?

—Que te agradaría el príncipe Hugo. Ahora poco a poco te acostumbrarás a la idea de que tienes que aprender a amarlo si quieres ser feliz.

Annelise rio incrédula.

—¿Crees que porque salí con él significa que ya me he olvidado de todo? Me agrada, sí, pero eso no quiere decir nada. Amo a Fabio y estoy segura de que siempre lo haré, así tú te opongas. Y sólo me comprometí con el príncipe Hugo porque no me dejaste otra opción, pusiste tus anticuadas y absurdas leyes por sobre mi felicidad.

Annelise jamás le había hablado de esa manera a su padre. Algo dentro de ella no se sentía bien haciéndolo, pero estaba tan enojada, tan decepcionada y horrorizada que no podía evitar que la severidad llenara la garganta. Estaba segura de que su relación con él jamás volvería a ser la misma. Ambos habían sobrepasado un límite que ninguno de los dos toleraba.

—Permiso, papá—dijo pasando decididamente a su lado

El rey tampoco estaba feliz de imponerse a su hija. Claro que quería verla feliz, pero no así, no echando su vida a perder con un comunario que no tenía nada que ofrecerle, más que deshonra.

En realidad, no encontraba ningún punto en contra de Fabio, salvo su origen no noble; él era todo lo que siempre quiso para Annelise. Si no se hubiera equivocado abismalmente, probablemente él mismo anularía la regla que les impedía estar juntos, pero no podía porque eso le recordaba el peor error y vergüenza más grande de su vida.

Le horrorizaba la idea de que su propia hija siguiera sus pasos, aunque en su caso no estuviera del todo prohibido.

Catorce
No Todo lo que Brilla es Oro

—Hola.

Fabio levantó la vista y al ver a la chica que tenía frente a él no pudo reprimir una expresión de decepción.

—¿Qué haces aquí? —le preguntó con indiferencia.

—Qué recibimiento. —dijo Adilene con ironía. —También me alegra verte.

—¿Qué esperabas después de lo que hiciste? —le reprochó él

—¿De qué hablas? —contestó ella con temor.

—Humillar a Annelise. Destruir nuestra amistad. Arruinarte tú misma.

Adilene estaba petrificada. No contaba con que Fabio supiera lo que pasó lo supiera. Ella quería decírselo, para que no se dejara envolver por versiones alteradas.

—¿Hace cuánto que lo supiste? —exigió saber Fabio.

—Una semana. Los vi en tu habitación. Los vi…

—Me espiabas.

—No. Yo sólo… Fue sólo… —Adilene no conseguía hilar una sola frase. No sabía cómo defenderse.

—¿Entonces cuando me preguntaste por esa chica, ya sabías que se trataba de Annelise?

—Sí, de tu princesa a la que nunca debiste acercarte. ¿En qué estabas pensando?

Fabio pasó por alto el comentario.

—No me dijiste nada. ¿Por qué?

—¿Para qué? ¿Hubiera sido diferente?

—No tenías que hacer lo que hiciste. Ni Annelise ni yo lo merecíamos.

—Te equivocas. Tenía que hacerlo. ¿Quieres saber por qué? —sus ojos centellearon. —Lo hice porque me moría de rabia, celos y dolor. Lo hice porque odio a Annelise con cada latido de mi corazón. La odio porque ella siempre lo ha tenido todo y yo sólo tengo las sobras de lo que ella deja. No se conformó con ya habérmelo quitado todo, también tenía que quitarme tu cariño.

Fabio intentaba controlar su exasperación.

—Ella lo tiene todo porque es la princesa. En ese sentido no puedes comparar lo que ella tenga con lo que tú tienes.

Adilene abrió la boca para decir algo, pero Fabio levantó la palma de su mano derecha para detenerla.

—Adilene, —suspiró. —ella no te quitó nada, yo te quiero, lo sabes.

—Pero no de la manera en que quisiera. —gritó ella. —Y todo es su culpa.

Fabio no respondió.

—Se dio cuenta de lo que sentía por ti y por eso se metió contigo. Sólo para hacerme sufrir, como siempre lo ha hecho. ¿De verdad crees que ella, la princesa heredera que lo tiene todo podría fijarse en un comunario?

—No la conoces en absoluto.

—La conozco lo suficiente para darme cuenta de que sólo te está usando para molestarme. Sólo está jugando contigo. No te ama.

Fabio se sorprendía a cada palabra que salía de la boca de Adilene. Ella siempre había sido exagerada e imaginativa, pero lo que estaba haciendo era demasiado.

—Va a casarse, Fabio. Va a casarse con un príncipe y cuando lo haga, ¿qué crees que pasara contigo? Ni siquiera fue capaz de renunciar al trono por el supuesto amor que siente por ti. Así de grande es su ambición. No le importó lo que tú pudieras sentir, sólo le importó conservar su preciado trono.

—Te equivocas.

—Yo habría renunciado a todo por ti. —intentó tocarlo, pero él se apartó con desprecio.

—Bien, ya veremos si dices lo mismo cuando ella te traicione.

Adilene salió de la oficina, azotando la puerta tras ella. Se rascaba los brazos enérgicamente e hiperventilaba.

Sus palabras hirieron a Fabio, no porque lo hubiera hecho dudar del amor de Annelise, sino porque la que las pronunciaba ya no era la niña que llegó a su vida en el momento en que él más lo necesitaba. La fragilidad y dolor en sus ojos se había convertido en una luz extraña que brillaba cargada de ira.

—¿Y bien? —preguntó impaciente Adilene.

—Te dije que no funcionaría. No existe sortilegio que manipule los sentimientos. —le recordó él.

Adilene estaba convencida de que Annelise no amaba a Fabio, pero aun así no quiso correr el riesgo de que ella en uno de sus caprichos, faltara a su palabra y volviera a buscarlo.

—¿No funcionó ni siquiera un poco?

—No lo creo. Ella es amable y encantadora, pero no creo que esté interesada en mí. —suspiró. —Si quieres engañar a su corazón, primero tienes que convencer a su mente.

Adilene puso los ojos en blanco.

<Amable y encantadora>

—Si tanto lo quieres, ¿por qué no le haces lo mismo que a ella? Si él te quiere como dices, tal vez eso lo ayude a despertar.

—No. No quiero que sea así.

Fabio se enamoraría de ella de manera natural y verdadera.

Adilene se pasó los dedos por el cabello.

—Sigamos con tu plan, entonces.

—Annelise no es como me hiciste creer.

Adilene escaneó el rostro de Hugo y luego rio burlona.

—No me digas que en un solo día te enamoraste de la princesita.

Hugo no respondió

—No todo es lo que parece. Las apariencias engañan.

—Como sea, no quiero continuar con esto. —le dio la espalda a Adilene.

—Quiero intentar conquistarla por mí mismo. Porque ella así lo decida, no porque un sortilegio la obligue.

—En serio no sé qué es lo que les hace a los hombres para idiotizarlos. —dijo más para sus adentros que para él. —se plantó nuevamente frente a él. —Haremos lo que acordamos, o yo misma le contaré a la familia real que pusimos un sortilegio de amor en el anillo de compromiso que le diste que le diste a la princesa.

—No funcionó. —recalcó Hugo.

—No, no lo hizo, pero tu plan sí funcionará.

—Bien. Respondió resignado.

Annelise esperó a las luces de las habitaciones del palacio se apagaran para salir. Se inclinó en la ventana e hizo un movimiento de muñeca. Las chispas rosas que desprendió brillaron con intensidad en el oscuro manto de la noche. Cuando estuvo tan lejos como su visión se lo permitió, comenzó a caminar apresuradamente hasta el ala del personal.

La única luz que emanaba de las ventanas era la del cuarto de Fabio. Las cortinas estaban corridas, pero una ventana estaba ligeramente abierta. Lo suficiente para no que necesitaba.

Con otro giro de muñeca, abandonó el lugar en el que estaba y se materializó en la tan familiar pieza de Fabio.

La habitación estaba vacía, pero en el cuarto de baño escuchaba correr el agua de la regadera. Annelise esperó impaciente sentada en la cama.

Cuando Fabio salió del cuarto de baño, y sus ojos se encontraron con los de Annelise, sus músculos se tensaron; ella pudo notarlo porque no llevaba camiseta, sólo llevaba unos pantalones grises de pijama. Gotas de agua resbalaban de su cabello color chocolate. No pudo evitar pensar en lo guapo que se veía.

Ella le dedicó una dulce sonrisa, y los músculos de su marcado abdomen finamente se relajaron.

—Hola.

—Hola. —respondió él.

Se miraron por un momento sin decir palabra, únicamente contemplaban esa luz que les brillaba en los ojos siempre que estaban juntos.

—¿Qué haces aquí? —preguntó él. —No es que no me alegre verte, pero creí que no lo haríamos por un tiempo.

—Bueno, es que me puse a pensar y jamás nos despedimos debidamente.

Annelise eliminó el espacio que los separaba y se pegó al pecho de Fabio. Lo rodeó con los brazos, deleitándose con su calor.

—Te extrañaba mucho. —dijo ella pegada a sus labios

—Y yo a ti.

Ella lo besó. Sus besos se prolongaron hasta que una ráfaga de viento abrió por completo la ventana. Fabio se apresuró a cerrarla y Annelise se sentó en la cama.

Fabio se puso una camiseta a juego con el pantalón de pijama y se sentó al lado de Annelise.

—¿Qué te pasa? —inquirió ella.

—No dije que me pasara nada.

Ella lo miró con ligero recelo y posó su mano sobre la de él.

—No, pero soy tu novia y te conozco.

<Tu novia> Las palabras se clavaron en el pecho de Fabio. Palabras que nunca sería libre de pronunciar en voz alta.

Suspiró.

—Lo siento. No sé qué me pasó. Es sólo que la manera en la que él te miraba era bastante parecida a la mía cuando recién te metías en mi corazón.

—Ni siquiera lo noté, —mintió. —porque no me importa —le tomó la mano. —La única mirada que me interesa sentir sobre mí es la tuya.

Él la miró dubitativo.

—Sólo estábamos conociéndonos.

—¿Te interesa mucho conocerlo?

—Fabio.

—Lo siento. De verdad no sé qué me pasó. —agachó la mirada

Ella le tomó el rostro entre las manos y lo miro con dulzura.

—Tú eres el único para mí. Siempre lo has sido y siempre lo serás. Nunca dudes de eso. Nunca dudes del amor que siento por ti.

—Creo que no soporté la realidad de que él es el oficial y yo soy…

—No lo digas. —lo interrumpió. —Sabes que si estuviera en mí, las cosas no serían así. —dijo algo dolida.

—Lo sé. No te lo estoy reprochando, es sólo la verdad.

La verdad. Lo era.

Sin dejar de mirar los ojos avellana que tanto le gustaban, se acercó hasta los labios de Fabio y los beso con delicadeza. Con la misma delicadeza con la que cuidaba de su amor.

—Te amo.

En esos momentos Fabio se sentía tan estúpido. No es que hubiera dudado del amor de Annelise, jamás lo había hecho, ella nunca le dio motivos para hacerlo. A pesar de que su relación no traspasara las puertas de su habitación, ella estaba tan comprometida con su amor, como lo estaba con su reino. Confiaba ciegamente en ella y sabía que aun así Hugo la mirara con las intenciones que se supone que debería, ella le sería fiel a él y a su amor.

Cuando se envió el comunicado anunciando el compromiso entre Annelise y el príncipe Hugo de Onix, se repitió una y otra vez que ella lo resolvería y que el sacrificio sería temporal. Aunque desde el principio, estar con ella era un sacrificio, o más bien, los momentos en que no estaba con ella. Cuando tenía que fingir que ella era su princesa y nada más, y para ella, él sólo un empleado.

—Te amo. —le respondió ella

Inclinaron sus rostros con delicadeza, y besaron sus labios con pasión. Se abandonaron al amor y a la avidez.

Parecía que había sido ayer cuando ambos se negaban acepar sus sentimientos, porque para la sociedad su amor estaba prohibido. Cuando después de un primer beso, estaban aterrados pero encantados. Cuando a él dejó de importarle que pudieran ejecutarlo por irrespetar a su princesa. Cuando ella dejó sus miedos atrás y abrió su corazón con él. Cuando después de luchar con lo prohibido, todo estuvo permitido. A pesar de que había un millón de razones en contra, el corazón quería lo que quería.

Lo que comenzó con fascinación se volvió enamoramiento, y después amor. Un amor tan fuerte y puro que estaba dispuesto a sacrificar lo que fuera, con tal de sobrevivir. Un amor que, con cada mirada inexpresiva, hacía que murieran un poco más. Un amor que nunca tendría suficiente.

Jamás era suficiente para Annelise y para Fabio. Querían más. Más que momentos robados. Más que lágrimas que rodaban en silencio. Más que ocultarse para ser el uno del otro. ¿Por qué no podían gritar que se amaban?

Los primeros rayos de luz de la mañana entraban ligeramente por la ventana. Apenas sentirlos, Annelise abrió los ojos. Estaba amaneciendo. El cantar de los pájaros inundó sus oídos y el olor del rocío sus fosas nasales. Tenía que irse. Irse como siempre.

Odiaba siempre tener que irse apenas salir el sol. Deseaba con todo su corazón que un día fuera diferente. Que pudiera despertar al lado de Fabio y mirarlo dormir hasta que la intensidad de su mirada lo hiciera despertar. Quedarse en la cama abrazados hasta que ellos lo decidieran.

Se quitó con cuidado la mano de Fabio que rodeaba su cintura, se dio la vuelta y contempló al hombre que amaba. Se veía tan plácido, tan tranquilo. Quería despertar siempre con esa imagen.

Se incorporó sobre su codo y se inclinó para besarlo en el puente de la nariz, luego en las mejillas y finalmente en la frente. Él abrió lentamente los ojos y se revolvió en su lugar.

Fabio sonrió. Se le llenó el corazón. Que fuera ella la primera imagen que viera al despertar siempre lo hacía sentir así. La manera en que ella acostumbraba a despertarlo le hacía sentir esas típicas mariposas en el estómago. Se sentía amado y seguro.

—Buenos días. —posó una mano en la mejilla de Annelise y la acarició con el pulgar.

Ella giró el rostro y le besó la palma de la mano. Volvió a recostarse mirando hacia él y jugó con su cabello alborotado.

—Buenos días. —le dedicó una sonrisa que luego cambió por un gesto de resignación y pesadez. —Ya tengo que irme.

El suspiró y se volvió hacia el techo por unos segundos. Después volvió a mirarla.

—Lo sé.

Annelise se sentó en la cama, recogió la ropa que había llevado el día anterior del suelo, y con un movimiento, la transformó en un atuendo nuevo, en caso de que alguien la viera mientras volvía al palacio. Se vistió, con la mirada de Fabio clavada en ella, disfrutando cada detalle de su cuerpo. Se acercó a despedirse de Fabio que aún seguía en la cama, él se incorporó y ella se sentó a su lado.

Ambos se miraron con los ojos brillantes Sabían que esa era la última noche que pasarían juntos en mucho tiempo. La última vez que estuvieran tan cerca el uno del otro. La última vez que se trataran como iguales.

Él le acunó el rostro con las manos y se acercó para besar sus labios. Disfrutaron al máximo cada segundo de ese beso. Su último beso

Ella tomó la varita de plata del buró y jugueteó con ella entre sus dedos.

—Te extrañaré. —dijo ella pasando el pulgar por el diamante en forma de corona incrustada en la empuñadora de varita.

—Y yo a ti. Mucho.

Ambos se quedaron en silencio. Annelise siguió pasando el dedo por el diamante que ella misma puso en la varita de Fabio cuando cumplieron un año juntos. Ella pensaba en él como su príncipe sin corona, así que le pareció perfecto.

—Te amo. —dijo él

Ella limitó más la distancia que los separaba. Le recorrió el rostro con las manos.

—Te amo. —lo beso en la mejilla.

Con un giro de muñeca, Annelise abandonó la habitación y con ella, el placer con el que Fabio había despertado.

Annelise cerró cuidadosamente la puerta de su habitación. Se dirigió al cuarto de baño y abrió la regadera. La sensación del agua caliente y el vapor tocándole la piel, hicieron que se relajara. Dejó su mente en blanco y se dedicó a disfrutar de la acogedora temperatura y del agradable sonido del agua corriendo.

Al salir, su cuerpo estaba relajado y se sentía revitalizada. Estaba lista para seguir remando contra corriente.

Ahora que conocía un poco mejor a Hugo, se sentía inquieta y apenada por estar engañarlo, pero tenía que hacerlo. Si bien él tenía una mentalidad abierta, Annelise no conocía sus límites.

Se puso el mismo atuendo que creó en la mañana y se recogió el cabello en una coleta.

Apenas estuvo lista, Emil tocó la puerta de su habitación para recordarle la reunión en la corte que tenía dentro de treinta minutos.

Quince
La Traición No Viene de un Enemigo

El chofer aparcó en la puerta principal del palacio, para que la familia real pudiera bajar. Regresaban de la inauguración de un hospital infantil. Se había acordado que la mejor contribución que la casa real podía hacer era donar unos cuantos animales del santuario, para que funcionaran como terapia para los niños.

Antes de entrar a la casa, el rey detuvo a Annelise.

—Ve a encargarte de la recolección de los animales.

—¿Qué? ¿Yo?

—Desde luego que tú.

—Pero Emil puede hacerlo.

—Sí, puede. Pero quiero que lo hagas tú.

Annelise sabía por qué lo hacía. La ponía a prueba. Ponía a prueba la fortaleza de su promesa.

—Bien. —cedió irritada.

Annelise tomó el camino más largo hasta el santuario. Su mente divagaba en la noche anterior. No creyó que vería a Fabio tan pronto después de despedirse, y menos que estaría tan cerca de él.

Apretó los puños al recordar la sonrisa ruin de su padre cuando la enviaba con Fabio. No le importó lo mucho que pudiera lastimarla. Aunque, claro, él no sabía que desde que le dijo que no lo vería más, lo había vuelto a hacer.

Su fantasía comenzó.

Ella, visitándolo en su trabajo. Ella, recibiéndola con una sonrisa y los brazos abiertos, listo para acurrucarla en su pecho. Sin tener que cerrar la puerta o correr las cortinas. Sonriendo como su fuera algo que hicieran a diario.

Las pocas veces que estuvo con él a solas en la oficina, el corazón no dejaba de latirle con celeridad por no poder despojarse de la máscara de princesa-empleado, por temor a que alguien los viera.

Un guardia dedicó una reverencia a Annelise y abrió la reja de entrada.

Ella respiró varias veces intentando regular su respiración, antes de llegar a la oficina de Fabio. Sus manos estaban húmedas. Esos eran los peores momentos, cuando tenía que fingir que nada pasaba entre ellos, cuando en realidad sólo tenía ganas de abrazarlo.

La puerta estaba abierta. Annelise se plantó en la entrada, una vez controló su nerviosismo.

Su corazón se rompió.

Ahí estaba él, recargado en el escritorio, rodeando la cintura de Adilene con los brazos. Ella con las manos entrelazadas en el cuello de él. Se estaban besando.

Vértigo. Todo alrededor de Annelise daba vueltas. Sus ilusiones desmoronadas.

No podía estar pasando, simplemente no podía ser así. Él nunca le haría algo así, menos con Adilene. Su mente se aferraba a esa idea, pero sus ojos le gritaban que no fuera estúpida.

Quería abrir la boca, pero además de que el sollozo en su garganta no se lo permitía, ¿qué iba a decir? No tenía nada que reclamar, al menos no delante de Adilene y los trabajadores. Ella era la princesa. Él el mayoral del santuario.

Su más grande temor en su relación clandestina se hizo realidad. Desde que comenzaron le causó inquietud que Fabio la cambiara por alguien a quien pudiera ver más. Alguien con quien pudiera disfrutar del mundo sin reservas.

No soportó más. Giró la muñeca tan rápido como su temblorosa mano se lo permitió, y en un segundo estuvo tan lejos como su visión se lo permitió. En un par de movimientos más, estuvo en el palacio. En su habitación.

Se sentó en el asiento debajo de la ventana, haciendo un esfuerzo por contener las lágrimas que ya le ardían en los ojos. Respiró hondo, concentrando su atención en un punto en el césped.

No pudo más. Comenzó a llorar.

No lograba entender por qué él la había traicionado así. Juraron nunca hacerlo. Si sentían algo por alguien más, se lo dirían, pero no se engañarían.

Las palabras de Fabio se repetían dolorosamente en su mente. <Jamás, besaría unos labios que no fueran los tuyos> Pero no era cierto, todo era una cruel mentira. ¿Por qué? ¿A caso ella ya no era suficiente para él? Para ella él sí lo era.

La princesa parpadeó rápidamente para despejar su mirada. Hiperventilaba. No supo lo que el dolor en el corazón era hasta ese momento. Sólo el amor podía doler de esa manera.

En un destello de ímpetu, se arrancó del cuello el collar que, hasta ese momento, tanta afección le provocaba. Lo lanzó contra el suelo, pero cuando su mirada se relajó y se dio cuenta de lo que había hecho, corrió a recogerlo.

Se arrodilló junto a él, tomándolo entre sus manos y presionándolo contra su pecho mientras sollozaba.

Lloró hasta que sus pulmones le dieron el aire suficiente para hacerlo. Hasta que los "te amo" dejaron de tener sentido. Se levantó con dificultad por haber pasado tanto tiempo arrodillada en el duro mármol. Fue hasta su tocador y guardó el collar en el fondo de su joyero.

Al día siguiente, Annelise caminaba a la entrada del palacio, donde quedó de verse con Hugo.

Se pasó llorando la mayor parte de la noche. Intentó disimular lo hinchado de sus párpados y los medios círculos negros debajo de sus ojos con maquillaje, pero no tuvo mucho éxito.

No tenía nada de ganas de salir, y menos con el príncipe Hugo, que sólo le recordaba que las palabras de Fabio eran ciertas. Él era ahora su romance oficial. Pero se recordó a sí misma que no porque Fabio la hubiera traicionado, su vida tenía que detenerse.

Se planteó varias veces ir a la oficina de Fabio o a su pieza, pero no tuvo el valor suficiente para enfrentar el momento en que él le dijera que había dejado de amarla, pero como era su princesa, temía decírselo. No podía escuchar por qué eligió a Adilene sobre de ella, cuando le juró que ella era la única para él. No quería escuchar los motivos por los que faltó a su promesa de amor.

No deberían hacerse promesas que no pueden cumplirse.

Al llegar, Hugo ya la estaba esperando frente a una limusina negra con el escudo de Onix, con un ramo de peonías rosas en mano y una cálida sonrisa.

Al ver las flores, el corazón de la chica se encogió. Fabio le regaló una peonía rosa el día que comenzaron su relación. Sólo él le regalaba peonías rosas. Pero ya no lo haría más.

—Buenos días —dijo Hugo inclinándose para besarle el dorso de la mano.

—Buenos días.

Un hombre, que debería ser el chofer de Hugo, dedicó una breve reverencia a la princesa.

—¿Te pasa algo?

—Sólo tuve una mala noche. No es nada. —se obligó a sonreír, decidiendo dejar el dolor y la tristeza de lado, al menos por un momento.

Hugo asintió.

Dio la orden a Berkly, su chofer, de subir al auto. Él mismo abrió la puerta a Annelise.

Cuando estuvieron en el auto, Hugo recordó a su Berkly las instrucciones que previamente le dio y comenzaron a andar.

—¿A dónde vamos? —preguntó Annelise.

—Ya lo verás —le respondió Hugo juguetón.

Annelise hizo un mohín y Hugo no pudo evitar que se le acelerara el corazón y sus labios se curvaran en una sonrisa.

Ese gesto tan inocente hizo que la apariencia majestuosa de Annelise, se convirtiera en un completo misterio; un misterio que él estaba dispuesto a descubrir. Quería conocerla en todos los sentidos, desde cosas banales como su fruta u hortaliza favorita hasta lo que soñaba ser algún día.

Annelise no era como las demás princesas a las que había conocido, que sólo se preocupaban por su apariencia y por cuanto las adoraba el pueblo. Era única.

Dieciséis
La Fragilidad de una Flor

Minutos después de pasar el letrero digital que anunciaba la llegada a Onix, la limusina se adentró en un bosque de coníferas. Annelise se inclinó hacia adelante y contempló maravillada a través del cristal de la ventana, el sol que iluminaba los tonos cálidos y algunos aún verdes de las hojas de los árboles. Hugo abrió la ventana para que ella pudiera ver mejor, y Annelise le dedicó una sonrisa en agradecimiento.

Los olores de la naturaleza pura golpearon el rostro de Annelise. El olor de las hojas de las coníferas frotándose entre sí, tenía una frescura fascinante; el de la tierra mojada liberando vapor era cautivador y debía haber una cascada corriendo en algún lado porque el clima era húmedo y olía agua.

La limusina aparcó en un claro en el que Annelise encontró la fuente del olor a agua. Una cascada enorme se imponía ante ellos. El agua corriente desembocaba en un río de agua cristalina flanqueado por montañas moteadas de intensos tonos verdes y marrones.

Nuevamente Hugo se apresuró a abrir la puerta para Annelise. Le tendió la mano y la ayudó a descender del auto. Dio instrucciones a Berkly de regresar más tarde, y éste y el auto se perdieron entre las coníferas, lo que hizo que Annelise se sintiera un poco incómoda.

Cuando estuvo con Fabio, ya sabía que saldría con Hugo, pero no le dijo nada.

Llenó sus pulmones con el aire fresco y puro, por alguna razón se sentía libre y feliz, tal vez fuera el paisaje que era realmente hermoso.

—Bienvenida a las Cascadas Iris ¿Qué opinas? —preguntó Hugo.

—Es hermoso —contestó Annelise con la vista fija en la cascada.

—Y no has visto la mejor parte. Ven.

Tomó a Annelise de la mano, giró la muñeca y estuvieron al frente de la cascada.

—Piensa en un color.

Annelise asintió.

Hugo condujo la mano de Annelise al interior de la cascada. El agua era cálida.

Los ojos de Annelise se abrieron mucho cuando el agua cristalina de la cascada se tornó de un hermoso tono aguamarina cristalino. Estaba maravillada.

—Es… es.

Hugo rio.

—Me sorprende que este lugar no esté lleno de turistas.

—No muchos aprecian la belleza de la naturaleza.

Annelise pensó en otro color y volvió a meter la mano en la cascada. El color fucsia se extendió sobre el agua.

—Cuando me siento abrumado por la presión de mis asuntos reales, vengo aquí a relajarme. Hay tanta paz que siempre me funciona. —cogió las manos de Annelise entre las suyas. —Espero que también a ti.

Annelise esbozo una sonrisa, apretó ligeramente las manos de Hugo y luego se la retiró. Le parecía extraño que, a escasos días de conocerla, él le estuviera mostrando algo tan importante para él.

Sintió una opresión en el pecho cuando recordó que tenía sentido, porque ellos estaban comprometidos, iban a casarse y formar una familia. Él quería dejar de ser un extraño para ella.

Los príncipes se sentaron al borde de la laguna. Hablaron de muchas cosas. Annelise se sentía cohibida, pero no por Hugo, sino por la farsa.

—¿Melodías dices? —preguntó Annelise.

—Cierra los ojos.

Annelise obedeció.

—Ahora no te muevas. Sólo déjate llevar. Siente el viento en tu piel, aspira la naturaleza, escucha el viento pasando a través de las hojas de los árboles y finalmente el agua de las cascadas corriendo.

Annelise inhaló profundamente, exhaló y se dejó llevar. Se concentró en captar todas las sensaciones y sonidos posibles. Sintió la brisa acariciándole la piel, escuchó el viento moviendo las hojas de las coníferas, las aves cantando a lo lejos y finalmente la melodía de las cascadas.

Cuando los acordes de algo que parecía un arpa entre el eco inundaron sus oídos, en su rostro se dibujó una sonrisa. Las suaves notas de la cascada enmudecían los demás sonidos de alrededor. Annelise se sentía en una especie de trance en el que sólo existían la cascada y ella.

Abrió lentamente los ojos y se espabiló. Hugo la miraba enternecido.

—Lo escuchaste, ¿cierto?

Ella asintió.

—Este lugar es maravilloso.

—La naturaleza es como el ocultismo, llena de misterios esperando a ser descubiertos.

Annelise no podía estar más de acuerdo.

—Aún hay más. —dijo guiñando un ojo. Te va a encantar.

Hugo y Annelise se internaron en el bosque, detrás de la cascada que ya había recuperado su tono original. Llegaron a una vereda flanqueada con arbustos con bayas de distintos colores.

Annelise miró sorprendida a Hugo.

—Te lo dije.

Él cortó dos fresas azuladas y le tendió una a la princesa.

—Se supone que los nobles no podemos comer cosas de dudosa procedencia, —hizo comillas aéreas. —pero las reglas se hicieron para romperse, ¿no?

Annelise asintió con una luminosa sonrisa.

El sabor de la fresa era exquisito. Mucho más acentuado que el de una fresa común.

Regresaron al claro, y Hugo hizo aparecer dos almohadones grises de terciopelo al pie de un árbol que aún conservaba sus tonos verdes.

Estaba a punto estaba a punto de girar la muñeca.

—Déjame adivinar. ¿Champán?

—¿Así que ahora también lees la mente?

—Es un don. —se rio.

Hugo sonrió fascinado. Continuó lo que hacía y en el césped aparecieron dos copas y una botella de líquido morado.

—Me vas a malacostumbrar.

—Eso espero.

Enseguida Annelise se arrepintió de lo que dijo.

De vez en cuando, sentía una punzada en el pecho. En un solo día, con Hugo había hecho cosas que siempre anheló hacer con Fabio. Le parecía increíble que con Hugo todo pareciera tan libre, tan correcto, tan común; en cambio con Fabio, todo era prohibido, incorrecto y atípico. Ellos eran sólo personas y a pesar de compartir esa condición, no gozaban de las mismas voluntades.

El tiempo trascurrió rápido, mientras hablaban de cosas triviales, que aparentemente no eran mucho.

—¿Peonías?

Annelise asintió.

—Creo que yo también puedo leer la mente. —señaló el ramo de peonías que le había dado a Annelise.

Annelise rio.

—Incluso adivinaste el color.

Por un segundo Hugo la miró como si ella fuera una escritura borrosa que intentara descifrar.

—Me encantó montar a caballo ayer. Brisa y Canela son hermosos, el mayoral verdaderamente hace un excelente trabajo.

—Sí, es bastante dedicado a lo que hace.

—Me di cuenta de eso. —la voz de Hugo se tensó un poco.

—Deben de estar complacidos de tener a alguien tan eficaz como él.

—Lo estamos. —dijo Annelise lo más relajada que pudo.

—¿Tiene mucho trabajando para ustedes? —quiso saber Hugo.

Annelise comenzaba a ponerse nerviosa.

—Siete años, me parece.

Hugo asintió, con los ojos ligeramente entrecerrados.

Annelise esbozó una leve sonrisa incómoda, pidiendo en su interior que la conversación cambiara de rumbo.

—No quiero parecer entrometido, pero sé que tu familia acogió a una huérfana hace años, ¿cierto?

—No, no está bien, todo el reino lo sabe. Se llama Adilene, tiene mi misma edad.

Hugo asintió.

—Llegó al palacio cuando tenía ocho años.

—Fue un gesto muy noble de su parte darle un hogar.

—Sí. Papá tiene un gran corazón.

Annelise no supo si verdaderamente pensaba lo que había dicho. Hasta hace unos días, su padre era un ejemplo para ella, ¿pero ahora qué era para ella?

—No la vi en... cuando pedí...

—No. Pasa que ella y yo no nos llevamos muy bien.

—Claro.

—En realidad nunca hemos tenido la oportunidad de convivir. Desde que llegó, ella decidió que no me quería en su vida, y no sé por qué.

—Suena a algo difícil.

Annelise se encogió de hombros.

—Antes lo era, pero creo que ya me acostumbré.— se rio ligeramente para restar peso a lo que acababa de decir.

Hugo movió hábilmente la mano, de ellos brotaron chispas verdes y segundos después materializó una peonía rosa pálido, densa y lozana. Después le pasó la palma de la mano por encima y la hizo brillar. Annelise jamás había visto que una flor brillara así.

Hugo le tendió la flor.

Un pinchazo en el corazón.

—Para mi futura esposa.

Annelise sonrió por cortesía y tomó la flor. La acercó hasta su nariz y aspiró el aroma que tanto amaba. Era muy fuerte, tanto que se sintió mareada por un segundo. Se alejó la flor y parpadeó varias veces para espabilarse.

Hugo le tomó la barbilla y ejerció una leve presión para que ella lo mirara.

Annelise estaba totalmente enternecida por el gesto de Hugo. Pero no era sólo eso. Desde que lo conoció, él sólo se había dedicado a complacerla y literalmente a tratarla como una princesa. Se estaba esforzando porque ella se sintiera lo más cómoda posible. Se esforzaba por complacer a la que sería su esposa.

Nunca creyó que ese pensamiento fuera a pasarle por la mente. ¿Y si Hugo era el hombre ideal para ella? ¿Y si Fabio le atraía únicamente porque estaba prohibido? No lo había pensado así hasta ese momento.

Ella ya estaba comprometida con Hugo, ¿por qué no casarse con él y evitarse uno de tantos problemas que iba a tener? De cualquier manera, ya no había un futuro para ella y Fabio. Él ya había decidido que no fuera así.

Su corazón latía con tanta velocidad que creía escucharlo. Se estaba enamorando de Hugo, tan fuerte que le dolía el pecho.

Miro los ojos azabache de su prometido. Lo contempló encantada, tanto como él la miraba a ella. Poco a poco sus rostros se atrajeron, hasta que sus labios se rozaron y se fundieron en un beso.

Diecisiete
Promesas Rotas

Fabio aún tenía tan fresco el aroma de la piel de Annelise en sus fosas nasales que de vez en cuando sonreía inconscientemente. Lo lograrían, claro que lo harían. A esas alturas ya debería haber aprendido que, si su amor se había mantenido por tantos años, un par de meses más no eran nada. Su momento finalmente llegaría.

Caminaba por los jardines del palacio disperso en sus ensoñaciones, sintiendo la brisa otoñal vespertino en el rostro.

De pronto, todo su mundo se hizo pedazos. Sintió que se le desgarraba el corazón y que le faltaba la respiración. Debía estar teniendo visiones. La escena que tenía ante sus ojos simplemente no podía ser real. Esa no podía ser su princesa.

—Gracias por hoy. —dijo Annelise acariciando la mejilla de Hugo.

—Gracias a ti por esta oportunidad. —tomó la mano de ella y la besó.

—Funcionará. Funcionaremos —sonrió ella.

—Eso lo sé.

Annelise acercó sus labios a los del príncipe Hugo. Él posó una mano en su mejilla para atraerla más hacia sí.

Para Hugo era increíble que eso estuviera pasando. Su vida con Annelise realmente podría funcionar. Podrían ser felices. Podrían llegar a amarse tanto que olvidaran que se casaron por cumplir un compromiso.

—¿Te veré mañana?

—Eso espero. —dijo ella sonriendo.

Se despidieron con un rápido beso.

Ella miró la limusina alejándose, con Berkly al volante, agachando la cabeza en señal de respeto.

Estaba cansada, había sido un día lleno de nuevas emociones y sensaciones. Su mente se sentía feliz, pero ocasionalmente su corazón le palpitaba dolorosamente, como si se resistiera a la felicidad que Hugo le provocaba.

En ese momento lo sintió. El corazón ardiéndole en el pecho. Intentó concentrarse en algo más. Levantó la vista hacia los árboles del fondo y lo que vio, más que ayudarla, hizo que el pecho le doliera aún más.

Fabio la miraba con expresión derrotada, recargado en el tronco de una jacaranda en el fondo del sendero. Un sentimiento profundo de culpa la invadió al instante; no debió haber hecho las cosas así.

Movió la muñeca y al instante se encontró frente a él. Sus ojos estaban cristalinos y la miraba como si fuera la primera vez que lo hacía.

—Yo...

—No me digas, ¿todo es parte de la fachada?

—Lo siento. —fue lo único que la garganta de Annelise consiguió decir.

—¿Por qué lo hiciste? —preguntó él con serenidad.

Annelise abrió la boca para decir algo, pero Fabio la detuvo estirando la palma de su mano.

—Si no es la verdad, ni lo intentes.

—Hugo y yo nos daremos una oportunidad.

A Fabio se le cayó el alma a los pies. Las palabras de Annelise lo golpearon tan fuerte, que tuvo que dar un paso hacia atrás.

—¿Qué estás diciendo?

—Yo... me di cuenta de que lo nuestro nunca iba a funcionar. Tú y yo somos muy diferentes.

—¿Te refieres a que tú eres una millonaria heredera al trono y yo sólo un simple comunario?

—¿Qué? No, yo no me refería a ese. —relajó su tono escandalizado.

—Me refiero a todos los prejuicios y leyes que nos separaban.

—Eso nunca te importó.

—Lo sé, lo sé. Es sólo que recién me di cuenta de eso. Y... no se puede pelear por lo que no es real. —dijo en un susurro apenas audible.

—¿Qué no es real? ¿Dices que lo nuestro no es real?

Annelise tomó aire antes de decir lo siguiente.

—Creo que lo había entre tú y yo sólo era atracción, o tal vez un afán de desafiar lo prohibido. Supongo que nos gustaba esa sensación de peligro. Pero no era amor.

—¿Cómo puedes decir eso? —Fabio la miró de arriba a abajo, como si quisiera comprobar que en realidad la persona con la que estaba hablando era su Annelise ¿Y atraernos? Annelise, yo te amo. Y pensé que tú también a mí.

—También creía eso, pero estaba confundida, estaba deslumbrada por el riesgo. Nada más. Sé que debí habértelo dicho antes de que... —señaló el lugar en el que hace unos minutos estaba con Hugo. —bueno, antes de que vieras todo eso.

Fabio se pasó las manos por el cabello.

—¿Y qué? ¿Del príncipe sí estás enamorada?

—Lo estoy.

Fabio se arrepintió de preguntarlo.

—Lo he conocido, y me he dado cuenta de que él es diferente de lo que yo pensaba. Él me entiende. Tú también deberías hacerlo.

—Pero no puedo hacerlo. No puedo entenderte. No puedo creer como alguien es capaz de mentir tan bien. —su voz se quebró. —Ayer me juraste que entre tú y él no había nada. Dormiste conmigo. Me dijiste que me amabas. —dijo subiendo la voz. —¿Eso no significó nada? ¿Lo hiciste sólo por la satisfacción del riesgo?

Annelise sintió un doloroso pinchazo en el corazón. Agacho la mirada sin saber qué responder.

—Me arrepiento de eso. Me arrepiento de todo.

Ahora, definitivamente Fabio no sabía a quién le estaba hablando. A cada palabra Annelise lo destrozaba más y él se horrorizaba por nunca haberse dado cuenta de que la chica por la que daría la vida podía llegar a ser tan fría y de tan baja moral. Su princesa se le cayó.

—Tres días y se te olvidan tres años. Tres días y te enamoras de él. —dijo con ironía. —Tres días y mandas nuestra relación a la basura. Creí que los "te amos" tenía más sentido para ti.

—No pensé en lo que decía.

—Claro que no lo pensaste. —suspiró relajando la ira comenzaba a llenarle las venas.

Dio la espalda a Annelise y se concentró en mirar el puente del lago, se concentró en contener las lágrimas que amenazaban con brotar. Se puso ambas manos en la nuca y respiró hondo. Volvió a darse la vuelta y una vez más comprobó que aquella era su Annelise, o más bien la que lo había sido.

—Lo siento. —dijo ella.

—Que lo sientas no reconstruye lo que estás rompiendo.

—No tengo excusa, lo sé. Pero no lo sé, es algo que simplemente pasó; no lo controlé. Mi mente me dice que es Hugo el indicado para mí.

—¿Y qué es lo que dice tu corazón? —Fabio dio un paso hacia ella.

Annelise sintió unas ganas irrefrenables de decirle a Fabio que olvidara todo lo que le había estado diciendo, de lanzarse a sus brazos y dejarse embriagar por su olor y su calor. Pero ni sus labios ni su cuerpo consiguieron hacerlo.

Su corazón se lo pedía a gritos, pero no podía hacerlo, era como si una fuerza invisible la reprimiera.

Su cerebro le envió un dolor tan agudo, que la hizo cerrar los ojos por un segundo. Entonces sus deseos se disiparon y el pensamiento que hace un momento tuvo, se fue tan rápido como había llegado.

—Ya no hagas esto. —suplicó Annelise.

—No me estás respondiendo.

—Me encariñé contigo, sí, pero nada más. Ahora que conocí a Hugo me di cuenta de cómo se siente el amor en realidad.

—¿Ahora ya lo amas? —rio él con amargura.

—Sí.

—No puedo creer que esté diciendo eso. No… no sé quién eres.

De pronto, una ola de rabia golpeó a Annelise, y un mar de dolor se acumuló en su pecho.

¿Por qué se sentía culpable? Ella no fue quien disparó primero.

Rio amargamente.

—No tienes derecho a reprocharme nada después de como me engañaste. Antes de esto tú y yo ya no éramos nada. Tú así lo quisiste. Tú tampoco me amas.

—¿De qué estás hablando?

—Lo sabes muy bien. —dijo exasperada. —Así que basta de reclamos. No hice las cosas bien, lo admito, pero tú lo hiciste peor.

—No sé de qué estás hablando.

—Bata de eso. No más mentiras. Al menos ten el valor para aceptarlo.

—¿Aceptar qué, Annelise?

Annelise desvió la mirada de los intensos ojos avellana de Fabio que la miraban llenos de súplica y dolor. No respondió.

Fabio se acercó tanto a ella, que ella pudo sentir su respiración quemándole la piel. La tomó de las muñecas. Esta vez, ella sintió un dolor mucho más fuerte en el corazón.

—Dime mirándome a los ojos que es él a quien eliges. Que no me amas. Y te prometo que me alejaré de ti. Dímelo, Annelise. —ejerció presión sobre sus muñecas.

El rostro de Annelise era sereno comparado con la batalla que libraba en su interior. Pensar en Fabio de la manera en que su mente le decía que no lo hiciera, hacía que su interior ardiera.

Abrió la boca para responder, pero antes de que pudiera hacerlo, en la soledad del bosque escuchó a alguien riendo y aplaudiendo pausadamente.

—Pero que escena más trágica.

A Annelise y a Fabio se les desvaneció lo acalorado del momento al ver a Adilene mirándolos triunfante.

—¿Te aburriste ya de tu juguete? Qué rápido te dejaste deslumbrar por los encantos de un príncipe. Eres más interesada de lo que pensé.

—Veo que no te cansas de espiarnos.—le reprochó Fabio.

—No espiaba. Su discusión se escucha a kilómetros. Deberían tener más cuidado. —agitó varias veces el dedo índice. —No querrás que tu padre se entere de que faltas a tu palabra. O que tu futuro esposo se entere de tus… tropiezos —sonrió irónicamente al pronunciar la última palabra.

Annelise y Fabio la miraron hartos.

—Ay, pero no me miren así, yo sólo estoy diciendo la verdad. —dijo con un tono de voz dulce claramente fingido.

—Bueno, si es lo único que viniste a decir, creo que ya puedes irte. —dijo Annelise.

—¿Es que acaso no te gusta que te digan tus verdades?

—No me gusta que se entrometan en mis asuntos.

La sonrisa en los labios de Adilene desapareció.

—Si me entrometo, ten por seguro que no es por ti, es porque no quiero que alguien como tú —miró a Annelise de abajo hacia arriba. —lastime a alguien que me importa.

—Creo que puedo cuidarme sólo, gracias. —expresó tajante Fabio.

—¿Es que después de todo aún te aferras a ella? —dijo Adilene llena de histeria. —Acaba de decirte que nunca te amó y que está enamorada de alguien más. ¿Por qué insistes en mendigar su cariño? Yo puedo darte lo que ella nunca podrá. Te amo, —tensó su tono. — y a ti ni siquiera te importa porque estás empeñado en darlo todo por un amor que, si antes no tenía futuro, ahora lo tiene menos.

Adilene intentó tocar a Fabio, pero él la tomó por las muñecas impidiéndoselo.

¿Por qué continuar con la farsa si Annelise ya lo había descubierto?

—Y es él quien mendiga amor. —susurró Annelise irónicamente.

Adilene se volvió rápidamente hacia Annelise con la mirada encendida de furia.

—No es justo que Fabio te ame a ti. ¿Por qué a ti te tocó lo mejor en la vida? Tú lo tienes todo y yo no tengo nada. —gritó Adilene.

<<¿Amarme a mí? Me traicionó contigo, cínica>> Pensó Annelise que sólo se burlaban de ella.

—Yo no tengo la culpa de eso.

Adilene negó con la cabeza

—Qué poca vergüenza tienes.

Adilene no pudo más. Todo el coraje que guardaba en su interior y lo que siempre había querido gritarle a Annelise a la cara, salió como un torrente de sus labios. Lágrimas comenzaron a resbalar por sus enrojecidas mejillas y sintió que le ardía la piel.

—¿Y qué tengo yo? Yo no tengo nada. —rabió Adilene y su respiración se aceleró drásticamente. —No te bastó con ya habérmelo quitado todo, tenías que quitarme también a la única persona que me importa. ¿Y para qué? Sólo para restregármelo en la cara y herirme, herirme como siempre lo has hecho. —gritó.

Adilene sintió que una energía que nunca antes había sentido corría por su interior, enardeciendo sus entrañas y haciendo vibrar cada parte de su cuerpo. Le gusta esa sensación. Le gustaba mucho.

Miró a la princesa a los ojos, y recordó que ella era la razón de su tormento. Levantó una mano en el aire y la dirigió velozmente al rostro de

Annelise.

De su mirada saltaron chispas cuando su mano no llegó a tocar la piel de la chica. Annelise sostenía la mano de Adilene con una fuerza de color rosa. Ella quiso luchar, pero le fue en vano.

Adilene había cruzado una línea que Fabio no comprendía. Si antes no la reconocía, ahora estaba completamente seguro de que esa ya no era la amiga que siempre estuvo ahí para él, en sus altas y bajas. Todo el cariño que sentía por ella, ahora se transformaba en decepción y sobrecogimiento. ¿Por qué nunca se dio cuenta de todo lo que Adilene ocultaba en su interior?

Adilene lanzó un grito de cólera.

—Te odio. —gritó.

Miró derrotada a Fabio para después, con un movimiento de su varita, marcharse con la sangre hirviendo en su interior y lágrimas rodando por sus mejillas. Lloraba de coraje y de liberación.

<Te humilló>

Annelise estaba pálida y agotada. Adilene le había dejado muy claro que no le agradaba. Y en ocasiones, Annelise sospechaba que la odiaba. Pero gritárselo a la cara era diferente. Era caer de golpe en la realidad.

Comprendía que estuviera molesta por el rechazo de Fabio, pero no por eso tenía derecho a levantarle la mano. ¿Acaso le había hecho algo tan malo y no lo recordaba?

El fervor del altercado con Adilene hizo que Annelise y Fabio olvidaran su propia discusión. Ninguno de los dos dijo nada, sino hasta que asimilaron lo que acababa de pasar. Sus miradas se encontraron.

Fabio separó los labios, pero Annelise no le permitió hablar.

—Por favor, —suspiró agotada. —ya no hagas mi vida más complicada de lo que ya es. Si realmente sientes lo que dices por mí, déjame intentar ser feliz con alguien que pueda darme lo que necesito. Te agradezco mucho el tiempo que estuvimos juntos. Aunque no hayamos funcionado, en un momento, fuiste todo lo que quise en mi vida. —se limpió rápidamente una lágrima que bajaba por su mejilla. —Ahora ve, consuela a tu amante.

Con un movimiento de muñeca, Annelise desapareció, dejando a Fabio confundido, con el corazón destrozado y el alma desgarrada.

Él se recargó en el tronco del árbol más cercano, inclinando la cabeza hacia atrás para mirar hacia el cielo. Era como si en éste viera una proyección de todo lo que había vivido con Annelise. La primera vez que sus manos se tocaron. Su primer beso. El primer te amo que se dijeron...

No podía creer que de un momento a otro las cosas hubieran terminado así. Él estaba seguro de que lo que sentía por ella no era sólo una atracción hacia lo prohibido, como ella lo llamó, era amor, amor de verdad. No podía creer que ella le hubiera hecho eso.

Con cada recuerdo que pasaba por su mente, lágrimas se agolpaban en sus ojos. Sentía que le hubiesen arrancado la vida. Annelise era todo lo que él tenía. Era su vida entera. Había esperado tanto tiempo para finalmente poder estar con ella sin tener que esconderse, que, faltando tan poco tiempo para eso, su ruptura parecía ser una mala broma del destino.

Pero para ella, él era sólo un devaneo, que desechó en cuanto consiguió a alguien mejor. Lo llevó al cielo para después abandonarlo en el infierno Se repetía a sí mismo que debía odiarla, pero su corazón se negaba a escucharlo.

No pudo más. Suspiró y finalmente se abandonó. Dejó salir lo que tanto contuvo. Lágrimas bajaron por sus mejillas de manera persistente. Poco a poco, dejó su cuerpo deslizarse por el tronco, hasta sentarse en el césped con las piernas ligeramente recogidas. Desesperado, deslizó las manos entre su cabello varias veces. Posó los codos en sus muslos y agachó la cabeza.

Quería gritar de dolor. Destrozado y abatido. ¿Cómo iba a poder reponerse a eso? ¿Cómo sobrevivir a la agonía de tener que olvidarla amándola como la amaba? ¿Había vida después de ella?

Dieciocho
La Estrella que Brilla en la Oscuridad

Carlos y Daiana se miraron desconcertados como si su amiga estuviera hablando en un idioma alógeno.

—¿Qué? —preguntaron al unísono.

Por un segundo se miraron sorprendidos al haber hecho la misma pregunta, con el mismo tono y con los mismos gestos en el rostro.

Se volvieron nuevamente a Annelise.

—Creo que no entendimos muy bien lo que dijiste. —dijo Carlos pausadamente.

Annelise los miró con mala cara.

—No me cuestionen ni me den un sermón ustedes también. —dio un suspiro.

—¿Dices que no te cuestionemos ni te demos un sermón cuando nos estás diciendo que de la noche a la mañana dejaste de amar a Fabio y ahora te estás dando una oportunidad con alguien a quien conociste hace menos de una semana? —dijo Daiana con ironía.

—No les pido que lo entiendan, porque yo tampoco lo hago. Sólo, apóyenme, ¿sí? —suplicó Annelise.

—Si quisiéramos, pero es que así no eres tú.

—Adoras a Fabio, y has luchado por su relación durante años. No puedo entender que algo como lo que ustedes tenían, se te olvide, así como así. —

expresó Carlos.

—No es así como así, ya se los dije. Lo que teníamos Fabio y yo no nunca fue amor, era sólo un capricho por no poder estar juntos.

—¿Te estás escuchando? ¿Cómo puedes decir algo así? —le reprochó Daiana.

Annelise agachó la mirada.

—Además, no fui yo quien lo engaño a él.

—¿Qué quieres decir?

—Nada. —dijo resignada. —Sólo les pido que ya no me cuestionen más. Ya he tenido suficiente.

Daiana y Carlos sabían que algo no estaba bien, conocían demasiado bien a Annelise para saber que ella jamás abandonaría su amor por Fabio, y menos de la manera en que lo hizo. Estaba claro que algo le sucedía, y se encargarían de averiguarlo.

Se miraron con complicidad, estando seguros de que estaban pensando exactamente lo mismo.

Decidieron no hacer más grandes las cosas y ceder a lo que Annelise quería.

—Bien. Ciertamente que no comprendemos tu decisión, pero la respetamos. —le dijo Carlos.

Annelise miró a Daiana, esperando que su mejor amiga le diera la aprobación que tanto necesitaba oír.

Daiana suspiró resignada.

—Bien. —dijo ella por fin.

—Gracias.

Annelise extendió los brazos y sus amigos se acercaron, dejándose envolver por sus brazos. Ella posó la barbilla en los hombros de ambos y sintió el calor del soporte que tanto necesitaba en esos momentos. Que ellos estuvieran de su lado, la reconfortaba enormemente. Más cuando su corazón estaba tan confundido.

Habían pasado algunos días desde la ruptura de Annelise y Fabio. Desde entonces ella no se separaba de Hugo. Las cosas entre ellos parecían ir de maravilla. El rey no podía estar más feliz por eso. Finalmente, su hija estaba cumpliendo el legado que escogió para ella y qué mejor que lo hiciera por elección propia, también.

Fabio, era quien no la estaba pasando nada bien. No había día en que no hubiera llorado la ausencia de Annelise y maldecido la existencia del príncipe Hugo, e incluso la suya propia.

Cuando consideraron que había pasado el tiempo suficiente para que Fabio se serenara, Daiana y Carlos, se presentaron en el santuario. Él estaba sentado en el piso cerca del lago, rodeado de varios gansos bebé que se tambaleaban haciendo un esfuerzo por no tropezar con sus propias patas.

—Hola. —lo saludó Carlos.

Fabio se volvió hacia ellos y les ofreció una lánguida sonrisa. Sus ojos estaban ligeramente enrojecidos y semi círculos oscuros habían comenzado a formarse debajo de ellos.

A Daiana se le arrugó el corazón apenas ver su rostro; estaba claro que sufría porque su amor por Annelise sí era verdadero y no un capricho como ella aseguraba.

—Hola. —les respondió.

Se levantó, bajando un cisne que había subido a su muslo. Se acercó a sus amigos.

La nobleza y el vulgo manteniendo una amistad. Otra ley quebrantada.

—¿Podemos hablar? —preguntó Daiana.

Fabio asintió. Y como siempre que lo visitaban, Daiana y Carlos lo siguieron hasta su oficina. Una vez dentro, Fabio aseguró la puerta y cerró las persianas. Los invitó a tomar asiento. Él se quedó de pie frente a ellos recargándose en su escritorio de madera reluciente.

—¿Cómo estás? —preguntó Carlos

—He estado mejor. —Fabio respondió con una risita, pero sin ironía. —Supongo que están aquí porque Annelise —inmediatamente se corrigió sintiendo una punzada en el corazón. —la princesa, Annelise les contó lo que pasó.

—Sí. —Carlos asintió con pesar.

—Nosotros no tenemos idea de por qué se está comportando así. No entendemos por qué hizo lo que hizo, ni por qué lo sigue haciendo. Tú más que nadie sabes que ella no es así. —expresó Daiana con compasión.

Fabio permaneció en silencio mirando hacia el suelo

—Sentimos mucho lo que paso. —añadió Carlos

—Mucho. —enfatizó Daiana.

—Esto no es lo que parece. Estamos seguros de que hay algo anómalo en esto.

—¿Su falta de corazón? —preguntó Fabio amargamente.

Ellos no respondieron.

—Es en serio. Ella te ama, de eso estamos seguros. Es sólo que... no sabemos qué le pasa. —Daiana se levantó y se dirigió hacia Fabio. Le puso una mano en el hombro.

—Ella dijo algo sobre que la había engañado. No sé a qué se refería.

—A nosotros nos dijo lo mismo, pero no quiso explicarnos.

—Hay una explicación para todo esto. —aseguró Diana.

—Y la encontraremos. —dijo Carlos uniéndose a ellos. —Estamos aquí, lo sabes.

Sólo querían que supiera que, aunque Annelise y él ya no estaban juntos, eso no cambiaba en nada su relación.

Desde que Annelise los presentó, ellos se habían vuelto muy buenos amigos. Siempre apoyaron su relación y guardaron el secreto. Desde entonces habían compartido mucho, aunque no libremente.

A ellos no sólo les agradaba Fabio porque vieran lo feliz que hacía a su amiga, sino porque él era una de las mejores personas que habían conocido. Nunca pusieron una barrera con él. Nunca creyeron ser más que él.

Les encantaba pasar tiempo furtivo en la pieza de Fabio, haciendo cosas que para él eran totalmente normales, pero que, para ellos, eran extremadamente desaprobadas. Ver películas, jugar juegos de mesa, beber refresco, comer más que alimentos con nombres que ni siquiera podían pronunciar, rodar el suelo, bailar más que música clásica, cantar canciones de adolescentes y reír hasta no poder respirar, los hacía sentirse tan libres como cualquier persona normal.

Él les enseñó que la vida podía ser divertida. Que se podía ser de la realeza y todo hacer.

Creían fervientemente que, al igual que el amor, la amistad tampoco debería tener restricciones. Estaban totalmente convencidos de poder confiar más en Fabio que en muchos de los "amigos" nobles que la sociedad aceptaba. Noble o no, con ocultismo de nacimiento o sin él, Fabio era su amigo.

—Gracias.

Ambos abrazaron a Fabio y se despidieron de él, prometiéndole que encontrarían una explicación y pidiéndole que siguiera creyendo en el amor de Annelise.

El que sus amigos también creyeran que lo que pasaba con Annelise era algo atípico, encendió en el corazón roto de Fabio una pequeña llama de esperanza.

Diecinueve
La Delgada Línea Entre el Orgullo y la Dignidad

Perdido en vagos pensamientos, Fabio miraba el techo de su habitación, cuando pequeños golpes en la puerta lo desviaron. Se levantó de la cama con la esperanza de que detrás de esa puerta estuviera su princesa, aunque ella casi nunca llamaba a la puerta, simplemente aparecía dentro de la habitación.

Al abrir la puerta, suspiró decepcionado y harto a la vez.

—¿Qué? ¿Es que acaso esperabas a alguien más?

—¿Qué quieres? —le preguntó con indiferencia.

—Pero qué recibimiento más cálido. ¿Puedo pasar?

Resignado, Fabio se apartó de la entrada e hizo un gesto con la mano invitando a Adilene a pasar. Ella entró, sentándose directamente sobre la cama, ignorando por completo el sillón previo a ella. Cruzó una pierna sobre la otra, se acomodó la falda y se ajustó el escote más pronunciado que él la había visto usar.

—¿Cómo estás?

Fabio rio con amargura.

—¿En serio estás preguntándome cómo estoy?

—¿Por qué no lo haría? —dijo ella despreocupada.

A Fabio le parecía increíble como en tan poco tiempo, todo había cambiado tan drásticamente. Sabía perfecto que Adilene tenía un carácter complicado, pero con él nunca lo había mostrado.

—Qué cínica eres.

—Pero no pongas esa cara, antes te encantaba que te visitara.

—Te lo dije. Destruiste nuestra amistad

—¿Eso qué significa?

—Significa que no quiero nada más de ti. Vete.—señala la puerta.

—¿Estás enojado conmigo por haberte dicho la verdad? Lo único que quería era cuidarte, protegerte de ella. No quisiste escucharme y mira lo que pasó, ella te desechó apenas ver lo que un príncipe podía ofrecerle.

Fabio la miró con mala cara.

—Sé que es difícil aceptarlo, pero ya no tienes oportunidades con ella. Deja ya de atormentarte; tú no hiciste nada malo, es ella quien falló. Ella tendría que sentirse mal por la manera en que jugó contigo, y yo no la veo nada arrepentida por eso. De hecho, parece estarla pasando muy bien con el príncipe. —se burló

Fabio respiró hondo tratando de calmar la cólera que crecía en su interior. Imaginar que Annelise no estaba ni un poco afectada por lo que pasó y fuera tan descarada, que ya todos se hubieran dado cuenta de su nueva relación. Además, las palabras y el tono de voz de Adilene no estaban ayudando en nada.

Adilene se levantó de la cama y fue hacia Fabio. Posó la mano en su mejilla y lo miró a los ojos.

—Olvídala. Ella jamás te amó. No como yo lo hago. Dame una oportunidad para demostrarte que yo nunca te defraudaría.

Se abalanzó sobre él, intentando pegar sus labios a los suyos, pero él la rechazó con cierta brusquedad. Se plantó desesperada frente a él.

—¿Por qué? ¿Por qué no puedes amarme como a ella? —su mirada ardía de delirio. —Mírame. ¿Es que no te gusta lo que ves? —se acercó nuevamente a él, pegando su cuerpo al suyo.

Fabio ni siquiera la miró; la apartó súbitamente. Ella se arrodilló a sus pies.

—Por favor. —lo miró desesperada. —Sólo quiero que me ames.

—¿Por qué te humillas así? Ya te he dicho que no te veo de esa manera.

—No lo haces porque te aferras a una fantasía.

Estaba harta de que Fabio no aceptara la realidad. De que no pudiera darse cuenta de que no era amor lo que sentía por Annelise. Sólo estaba deslumbrado por su carita de muñeca, su cuerpo estilizado y sus riquezas.

—Intenté que lo entendieras de la mejor manera, Adilene. Realmente me importabas y no quería lastimarte. Pero ya basta. —la miró directo a los ojos. —No me dejas otra opción que decírtelo así. —suspiró. —. Que no esté más con Annelise, no significa que vaya a estar contigo. Ella es y seguirá siendo el amor de mi vida. —su tono era frío y tajante. —Ya ni siquiera me interesas como amiga.

Se dirigió a la puerta y la abrió. Miró a Adilene con aversión y contuvo las ganas de sacarla él mismo de su habitación.

—Vete. —exigió.

Adilene volvía a sentir la misma energía que sintió en el bosque al discutir con Annelise, corriendo por sus venas. Se sentía avergonzada y humillada por el rechazo de Fabio, pero también estaba furiosa, pero no con él, sino con Annelise. Aun cuando ya no estaba en la vida de Fabio, seguía interponiéndose entre ellos, su recuerdo seguía ardiendo en la mente y el corazón de Fabio, haciendo que no se diera cuenta de que tenía a la mejor mujer delante de él.

Con la cólera revolviéndole las entrañas, se levantó y salió de la habitación sin mirar a Fabio. Apenas la puerta se cerró, se recargó de espaldas a ella y reprimió un grito. Lágrimas que no estaba segura si eran de tristeza o de rabia rodaron por sus mejillas.

Haría que Annelise pagara por esa humillación. Haría que pagara por causarle tanto dolor y sufrimiento. Haría que se arrepintiera por ello cada instante de su maldita vida.

Se dirigió rápidamente hacia el castillo. Cruzó con decisión los pasillos y las escaleras hasta llegar a la habitación de Annelise. Abrió la puerta de golpe y la vio sentada al lado de la ventana.

Annelise se sobresaltó, pero inmediatamente recuperó la compostura al ver que lo que se avecinaba era otra de las rabietas sin sentido de Adilene.

—Adelante. —dijo Annelise irónicamente y esbozó una resignada sonrisa.

Estaba tan acostumbrada a las escenas de Adilene, que había optado por no darles demasiada importancia.

—No te hagas la dulce conmigo. ¿Crees que me creo ese cuento de la princesa perfecta?

—Bueno, esperaba que lo hicieras. —respondió sarcásticamente, encogiéndose de hombros.

—¿Por qué lo hiciste? Enamorar a Fabio para luego deshacerte de él, apenas lograras lo que querías.

Adilene había dado justo en el punto débil de Annelise, aunque ella no entendía muy bien por qué lo era. Se tensó por un segundo.

—Otra vez con eso. —miró exasperada al techo. —Lo que pasó entre Fabio y yo no es asunto tuyo. Así que supéralo ya.

—¿Tanto me odias para habérmelo quitado?

—Yo no te quité nada. Que yo sepa, a él nunca le has interesado.

Los ojos de Adilene centellearon. Sus ojos se cristalizaron, pero se juró a sí misma que no lloraría, no frente a Annelise.

—Además, él ya está bastante grandecito como para saber lo que siente y por quién lo siente.

—No si lo encantas. Libéralo. —gritó.

Annelise rio.

—¿No puedes simplemente aceptar que él se enamoró de mí y no de ti, porque su corazón así lo eligió?

—Claro que no. A él ni siquiera podría llegar a gustarle alguien como tú, mucho menos amarte. —cerró las manos en puños apretados y temblorosos.

—Sólo se aferra a tu sortilegio.

—Sus labios contra los míos no decían lo mismo.

Harta del dolor en el cerebro y el pecho, Adilene levantó una mano y rápidamente la dirigió al rostro de Annelise, y esta vez, ella no la detuvo.

Annelise intentó contenerse e ignoró por completo el golpe.

—Esa sí es una verdad.

—Tú tampoco lo amas a él. Sólo lo utilizaste para saciar tu enorme ego de ser mejor que yo siempre, de tener lo que yo quiero.

Annelise comenzó a impacientarse.

—¿Ahora eres mitómana?

—Esa es la verdad. —insistió desesperada.

—Así que crees que me valoro tan poco para poner un sortilegio de amor sobre él. —Annelise asintió varias veces, ignorando la seguridad de Adilene.

<Acéptalo ya. Ella no necesitó nada más que a ella misma para enamorar a Fabio. No como tú>

—¿Es que acaso no te gusta que te digan tus verdades? —dijo utilizando el mismo tono de voz burlón con que Adilene se lo dijo la última vez que discutieron.

—Cállate. —se cubrió los oídos con las manos temblorosas.

Annelise la miro desconcertada. —No sabes nada del amor que hay entre Fabio y yo. —Al igual que tú tampoco sabes del que hay... había entre nosotros. Y, sin embargo, aquí estás, entrometiéndote como siempre en lo que no te corresponde. ¿No te cansas de humillarte así?

Era la segunda vez ese día que alguien cuestionaba a Adilene por eso. Ella no se humillaba, ella peleaba para que develar la verdad y por lo que debería ser suyo.

—¿De mendigar amor? ¿De culparme por todo lo malo que te pasa?

Annelise no tenía la más mínima idea de lo que era mendigar amor, porque ella sí creció rodeada de una familia que la amaba. Que ignorara el infierno que era su vida, la hacía rabiar aún más a Adilene. La soberbia de la princesa hacía que no se diera cuenta de nada de lo que pasaba con los demás, sólo se preocupaba por ella misma y por hacerle la vida imposible a ella, simplemente por afición.

—Es que tú sí tienes la culpa de todo lo malo que me pasa. Todo lo malo que siempre me ha pasado. Te odio. —rabió Adilene.

—Bueno, pues si me odias tanto y todo lo malo que te pasa es por mi culpa, ¿por qué no te vas? No hay nada ni nadie que te retenga aquí. —aumentó el tono de voz. Su paciencia llegó a su fin. —He sido muy tolerante contigo por el motivo que te trajo aquí, pero la realidad es que ya no te soporto. Me tienes harta con tus reclamos y berrinches infantiles. Nada de lo que te hemos dado te ha sido suficiente. Pero ya no más; me cansé de ser paciente contigo, si desde ahora algo no te gusta, las puertas están abiertas para ti. ¿Te quedó claro?

—No eres nadie para hablarme así.

—Soy tu princesa y tu futura reina. Tienes que respetarme y te exijo que lo hagas.

Annelise nunca había usado su título para imponerse ante nadie, pero realmente estaba cansada de la insolencia de Adilene.

Adilene rio.

—¿Futura reina? —Adilene frunció el entrecejo. Sus ojos verdes centellearon. —Eso ya lo veremos.

—No me digas que ahora también quieres que comparta mi corona contigo.

Fue como si las palabras de Annelise hubieran encendido una mecha en el interior de Adilene. Annelise había dado justo en lo que más le dolía, en lo que más le fastidiaba, en su única y más grande miseria.

Adilene tomó un ornamento de cristal en forma de sirena y lo arrojó contra la pared mientras daba un grito colérico.

—Eres una egoísta.

—¿Egoísta? Entonces es cierto, ¿de verdad quieres mi corona?

—No es tu corona. —gritó Adilene levantándole nuevamente la mano a Annelise.

Esta vez, Annelise la detuvo. Había llegado a su límite. Su corona era algo sacro para ella, y que alguien que ni siquiera tenía idea de todo lo que implicaba portarla se expresara de esa manera, hacía que sintiera ganas de estallar.

—No permitiré que lo vuelvas a hacer. —le dijo Annelise mirándola fijamente.

Veinte
Oscuros Secretos

Dos guardias aparecieron acelerados, abriéndose paso entre los sirvientes que se habían aglomerado en el pasillo fuera de la habitación de la princesa.

—Maldita estúpida. —gritó e intentó liberarse de la magia de Annelise.

Annelise perdió el control. Extendió el brazo, pegando enérgicamente la espalda de Adilene en la pared al en el extremo de la habitación, e inmovilizándola. La colisión causó tal estrépito que dos cuadros cayeron al piso, causando un fuerte ruido al estrellarse los cristales.

Sin bajar la mano, Annelise cruzó la habitación. La mirada de Adilene reflejaba confusión, sorpresa y temor. Siempre había molestado a Annelise, pero ella nunca reaccionó, no hasta ese día.

—¿Se encuentra bien, Alteza? —preguntó uno de los guardias.

—Por supuesto que no está bien. Está loca, ¿no lo ven? —jadeó Adilene.

—Alteza… —dijo el segundo guardia al tiempo que apuntaba con su mosquete plateado a Adilene.

—Yo me encargaré. No es necesario que estén aquí.

Los guardias se mantuvieron a una distancia prudente, pero no salieron de la habitación.

Al tenerla frente a frente, Adilene vio una luz que nunca había visto en los ojos de Annelise.

Ella estaba realmente molesta. Normalmente, manejaba la ira con diplomacia y discreción, pero Adilene ya no era sólo la chica molesta a la que intentaba soportar para no tener conflictos, ahora ella era realmente su enemiga.

Miró furiosa a Adilene. No estaba dispuesta a dejar que ella volviera a insultarla o a ponerle una mano encima sin obtener una respuesta de su parte. Se acercó y súbitamente la abofeteó, primero con la palma de y después con el dorso. Ella intentó tomar la varita de su bolsillo, pero Annelise la apretó aún más.

—No más princesa estúpida que soporta todos tus desplantes sin siquiera abrir la boca.

—Annelise. —gritó exhausta su madre por haber corrido a la habitación.

—Suéltala ya. —dijo angustiado el rey.

Annelise obedeció y Adilene dio un traspié al dejar de sentir la presión que la mantenía adherida a la pared.

—¿Qué está pasando? —exigió saber el rey.

—Ustedes saben lo tolerante que he sido con Adilene, pero ya estoy cansada de serlo y de que ella no ponga de su parte. No voy a permitir que vuelva a faltarme al respeto.

La reina hizo una mueca de preocupación y asombro al escuchar esas palabras salir de la boca de su hija. Ella y el rey sabían que la relación entre ellas no era buena, pero no creyeron que llegara a tanto. Hasta hacía poco, ella no le daba importancia a las rabietas de Adilene.

—No voy a tolerar que alguien en mi propia casa me trate de esa manera. No voy a dejar pasar una sola más. Si ella me detesta tanto como dice, puede irse en cualquier momento. —miró a sus padres esperando que apoyaran su postura.

—Será como tú quieras. —dijo el rey. —Ahora sal de aquí, Adilene; espérame en la oficina. Tú y yo hablaremos de esto. —la miró con mala cara.

Adilene miró a Annelise con llamas en los ojos. Salió de la habitación, empujando e insultando a los sirvientes que estorbaban su camino.

—¿Estás bien? —la reina se acercó preocupada a Annelise y le tomó una mano.

—Lo estoy.

—No sabíamos que todo esto estaba pasando entre ustedes. —la reina miró con reproche a su esposo.

—Está bien, sólo... —no consiguió terminar la frase.

—Nunca te había visto reaccionar así.

—Bueno, todos tenemos un límite.

La reina asintió.

—Muy bien. —dijo el rey poniendo una mano en el hombro de Annelise. —Hablaré con ella.

En la habitación, Fabio sentía que se ahogaba. Salió a caminar por los jardines para respirar el aire fresco, deseando que el relente de la noche le devolviera al menos un poco de su serenidad perdida.

Rogaba por encontrar en la brillante luna creciente que se alzaba en el cielo estrellado, una respuesta a la pregunta que se hacía todos los días desde que Annelise decidió desechar años de relación por el primer príncipe que se le puso enfrente.

¿Y ahora qué? ¿Cómo se suponía que continuara ahora?

En tan sólo un par de semanas perdió a una amiga, y a la chica a la que amaba.

—Hola, Fabio. —lo saludo Hugo con presunción.

Fabio se sobresaltó, pero lo ocultó muy bien. No creía que el príncipe conociera su nombre.

—Alteza. —dijo él intentando mantener su voz lo más neutra posible y su semblante sereno. —¿Se le ofrece algo?

—No. —pasó al lado de Fabio, pero a unos cuantos pasos, se volvió. —

De hecho, sí, hay algo.

Las facciones de Hugo se endurecieron al recordar lo que noches atrás vio por la ventana de la pieza del comunario.

—Quiero que te alejes de prometida. No quiero que siquiera pienses en ella como algo más que no sea tu princesa.

Un nudo se formó en la garganta de Fabio.

—¿Disculpe?

—Ya me oíste.

Claro que lo oyó, y sabía perfectamente a lo que se refería.

—No finjas conmigo. Sé de la aventura que tuvieron tú y Annelise. Ella y yo nos tenemos tanta confianza como para contarnos todo.

Fabio se mantuvo indiferente a pesar de que la palabra "aventura" le oprimía el pecho.

—Con todo respeto, Alteza, si ella y usted se lo cuentan todo, sabrá que esa aventura. —su tono al pronunciar esa palabra fue apretado. —ya terminó, así que no tiene de que preocuparse.

—Lo sé, pero esperaba que lo tuvieras muy en claro. —sonrió petulante. —Espero no estés muy desilusionado. Era evidente que ella no convertiría a un comunario en rey.

Hugo se paseó con presunción haciendo crujir algunas hojas secas que habían caído de los acres.

Un sinnúmero de palabras quemó la garganta de Fabio, pero su mente llegó a la conclusión de que no ganaría nada respondiéndole. Así no le gustara, él era su superior, y la única razón por la que abriría la boca, ya lo había sacado de su vida.

No amaba a Annelise por su corona, no lo hacía.

El prejuicio de que las clases sociales no debían mezclarse hacía ridículamente obvio que los burgueses sólo podían utilizar a los menesterosos para divertirse, y los menesterosos sólo ver a los burgueses como un signo de capital.

Apretó los puños tan fuertes que comenzaron a temblarle. Suspiró y cerró los ojos por un segundo para bajar el color que había subido por sus mejillas. Su idea de relajarse con el aire fresco se había desvanecido justo antes de llegar a realizarse.

—Deberías agradecer que alguien como Annelise, al menos haya querido divertirse un rato contigo. Ella es una poderosa princesa ocultista y tú... —lo miró de arriba abajo. —bueno, ya sabes lo que eres; un simple criado— se plantó delante de Fabio. —Espero disfrutes el recuerdo, porque será lo único que tendrás de ella.

Con un movimiento de muñeca, Fabio desapareció en la oscuridad de la noche.

Ya no existía lugar en el mundo en que Fabio pudiera sentir que no se ahogaba con su dolor.

Adilene esperaba meciéndose enérgicamente en una de las sillas frente al escritorio. Estaba realmente furiosa, jamás en su vida había sentido tanta rabia, y rabia era la emoción que había sentido durante toda su vida. Una vez más Annelise había probado que ella era mejor que ella por el simple hecho de que por sus venas corría sangre real pura y por tanto ocultismo.

El rey entró en la habitación, cerró la puerta y sin siquiera mirar a Adilene, se sentó tras el escritorio, suspiró y puso los codos sobre éste, entrelazando los dedos.

—¿Vas a decirme qué fue lo que pasó?

—¿Para qué? Su hijita ya se lo dijo todo. Ella es la mártir que después de tantos años de soportar los malos tratos de la villana.—dijo con ironía.

—Si Annelise reaccionó de esa manera es porque, aunque lo digas en ese tono, todo es cierto. ¿Pero por qué? Sé que estás enojada con el mundo entero, pero lo que has hecho, ya es demasiado. ¿Qué te ha hecho ella para que la trates así?

Adilene frunció el ceño y apretó los puños.

No podía creer el cinismo del rey al preguntar eso. Tal parecía que estuviera burlándose de ella.

—¿Qué me ha hecho? —rabió. —Bien —miró fríamente al rey, si quieres saberlo, te lo diré. —se levantó de la silla, apoyó las manos en el escritorio y se inclinó hacia adelante. —Si no fuera porque ella nació, tú no hubieses dejado a mi madre. La habrías ayudado, y ella no habría muerto. —gritó. —Mamá seguiría con vida de no ser porque a ti te dio tanta vergüenza mirar a tu bebé con el recuerdo de tu error, que quisiste ocultarlo dejándolo atrás, como si nunca hubiera pasado. Pero sí pasó, claro que pasó. —rio sarcástica y amargamente. Sólo me trajiste aquí porque no tuviste otra opción; ella era todo lo que tenía. —sollozó. —Y pensar que cuando llegué aquí, tenía la ilusión de que finalmente dejarías de renegar de mí, que tendrías el valor suficiente para confesar tu verdad a tu familia. Pero no, en lugar de eso, elegiste presentarme como la pobre niña huérfana que necesitaba ayuda, y no como tu hija. —gritó.

El rey miró hacia la puerta, preocupado de que alguien pudiera escuchar a Adilene. En tantos años de ocultar su origen, ella nunca lo había enfrentado así. Nunca había mencionado su parentesco.

—Yo era sólo una niña que lo único que anhelaba al perder a la persona que más amaba en el mundo era conquistar el amor que su padre le había negado durante años. Pero tú ni siquiera te tocaste el corazón al pedirme que ocultara todo ese cariño que estaba ansiosa por darte. No te importó por lo que yo estaba pasando. —sus ojos deslumbraron de delirio. Sus manos comenzaron a temblar.

—Adilene, por favor. —dijo el rey con cautela.

—Te encargaste de que creciera llena de resentimiento, viendo como le dabas todo a la que juras, es tu única hija. Como la llenabas de besos y abrazos. Como te sentías orgulloso de ella. Como le decías lo mucho que la amas, cuando a mí ni siquiera me dejabas llamarte por lo que eres. Mi padre

—gritó. —Como tienes un trono preparado para ella.

—Adilene, basta. Sabes que siempre he tratado de darte lo mejor.

—Sí, has cumplido cada uno de mis frívolos caprichos, pero me has negado lo más importante, el cariño que un padre debe sentir hacia su hija.

—Eso no es así, tú me importas.

—¿Sí? ¿Qué estoy estudiando? ¿Alguna vez me lo preguntaste?

—Sí me importas. —insistió el rey, aunque evadió las preguntas.

—Que lo digas en voz alta no hará que sea real. —le reprochó. —Yo jamás te he importado, sólo me tienes aquí porque no soportas la culpa de lo que nos hiciste a mi madre y a mí. Me "adoptaste" —hizo comillas aéreas. —para aliviar un poco de tu culpa. Si me has ayudado es por ti, no por mí.

Adilene sentía que estaba por estallar algo en su interior.

Dio la espalda a su padre y se dirigió hacia la puerta. Tomó la perilla y antes de girarla volteó a ver nuevamente al rey.

—Que odie tanto a mi hermana es sólo culpa tuya. —dijo con los ojos cristalizados, pero llenos de ira.

Veintiuno
Almas Perdidas

Annelise no estaba arrepentida de haber actuado como lo hizo con Adilene, pero sí se sentía un poco extraña por haber utilizado su ocultismo contra ella.

Annelise nunca iba a ser quien iniciara una pelea, pero si había una en la que alguien intentara dañarla o a alguien que le importara, no desistía de ella. No era la clase de princesa que necesitaba que sus guardias pelearan sus batallas.

Pensaba en lo increíblemente voluble que podía llegar a ser la vida. Primero, todo indicaba que Adilene y ella podían llegar a ser las mejores amigas; incluso una familia. Después pasaron a la inquina; ni siquiera se dirigían la palabra si no era para discutir. Y ahora, ya habían sobrepasado una línea de la que iba a ser difícil, sino es que imposible retirarse.

Hacía días que sentía una dolorosa opresión en el pecho, como un mal presentimiento. Y tal parecía que la pelea con Adilene lo había acentuado.

Se sentó frente al espejo del tocador y miró su rostro. Intentó calmarse haciendo aparecer una de sus cosas favoritas; una peonía rosa. La contempló fascinada, tocando sus suaves pétalos y embriagándose con su delicado aroma. La sostuvo contra su pecho y entonces su mente viajó directamente al rostro de Fabio. No entendió por qué. A diario, Hugo la llenaba de esas flores, y, sin embargo, ella no pensó en él.

Apretó la peonía entre sus manos, que ese día no funcionaba como un bálsamo para su inquietud, sino como detonante.

Se miró sobresaltada al espejo por la sensación. Notó algo irregular en su mirada. Pequeñas motas rojas camuflándose entre el azul de sus ojos. Estaba convencida de que por más imperceptibles que pudieran parecer, no siempre habían estado allí.

—Para que pueda verme eficiente, acércalo lo suficiente. —giró el índice y lo apuntó al frente.

La imagen en el espejo se hizo más grande y nítida.

Definitivamente esas motas no formaban parte de ella hasta hace poco.

—No puedes culparme por esto, Jenna.

—¿Entonces a quién debo culpar? Tú fuiste quien la trajo aquí.

—Tú estuviste de acuerdo. —le recordó el rey.

—Sí... —su semblante se tornó pensativo y confundido. —lo estuve. —dijo con lentitud. —Lo estuve porque quería apoyar tu decisión. Me pareció un lindo gesto que quisieras ayudar a una pequeña huérfana. Quería poner de mi parte para que Adilene se sintiera parte de la familia, pero ella no fue lo que esperaba. Bien sabes que prácticamente desde que llegó, nos dejó claro que no le agradamos en lo más mínimo, especialmente Annelise. —la reina dio la espalda a su esposo. —Fue la decisión equivocada. Adilene no es una buena persona.

—Sí, lo es, es sólo que...

La reina lo interrumpió.

—¿Por qué la defiendes tanto, Erendor? —volvió a mirar a su esposo.

Él no respondió, sólo desvió la mirada.

—Que haya apoyado tu decisión, no quiere decir que la entendiera. Nunca comprendí por qué de tantos huérfanos que hay en el reino, tenía que ser precisamente ella. De miles de niños que ha dejado abandonados en nuestras puertas, ¿por qué ella sí merecía una oportunidad?

—Ya te lo dije. Vio morir a su madre. Ella se desvaneció apenas pedirme que cuidara de ella. ¿Cómo iba a negarle algo en su agonía?

La reina puso una mano en el hombro del rey, le acarició el rostro con la otra, mirándolo con recelo y resignación.

—No fue la primera vez que le puso la mano encima a Annelise.

El rey agachó ligeramente la cabeza.

—Esto ya ha ido demasiado lejos, Erendor. No voy a arriesgar el bienestar de mi hija por esa chica, y espero que tú tampoco.

La reina abandonó la sala sin dar oportunidad al rey de responder. Aunque de haberlo hecho, él no hubiera conseguido que las palabras salieran de sus labios. Ella tenía razón, la situación con Adilene ya había llegado demasiado lejos. Pero ¿qué podía hacer él? No bastaba con reprenderla, eso sólo hacía que su comportamiento empeorara. Y aunque apoyó a Annelise en la decisión que tomó de sacarla del castillo si volvía a faltarle al respeto, no sería capaz de hacerlo. No podía echar a su suerte a su propia hija, no cuando ya se había equivocado tanto con ella.

Todo era un desastre. ¿Cómo es que la situación se le había podido salir así de las manos?

El dolor de no poder tener un hijo y el rechazo de su esposa, lo llevaron a cegarse tanto como para faltar a sus votos, al amor y fidelidad que le juró a su reina en el momento en que su compromiso dejó de ser mera legalidad y se convirtió en algo del corazón.

Desde el día en que faltó a su promesa, nada había sido lo mismo. Él nunca se lo perdonó. Nunca se perdonó haber sido tan estúpido como para traicionar a su amada esposa justo cuando ella más lo necesitaba.

Cuando Miranda le dijo que esperaba a Adilene todo fue peor. Su conciencia no soportaba que hubiera una prueba tan tangible de su más grande falta.

Aún lo atormentaba el recuerdo de esa costurera al decirle con el rostro lleno de ilusión que esperaba una hija de él, y la manera en que cambió cuando él la rechazó. Miranda era consciente de que el rey jamás iba a dejar a su esposa por ella, pero cuando supo de Adilene, estaba segura de que tenía oportunidad, pues llevaba en su vientre lo que él más anhelaba.

Pero él la destrozó por completo cuando le dijo que su única hija era la que su esposa llevaba en su vientre. Eso terminó con el amor que ella sentía por él.

Años después de no saber nada de ella ni de su hija, Miranda se presentó el castillo. Él estaba furioso y totalmente aterrado. Se aseguró de que entrara a la oficina sin que nadie la viera.

Ella no se veía nada bien, estaba enferma, muy enferma. No tenía los recursos suficientes para pagar un tratamiento y su ocultismo no tenía la suficiente fuerza, así que no tuvo más opción que recurrir a él. En otras circunstancias, ella no hubiera necesitado nada de él. Ella crio y sacó adelante a su pequeña hija sin la ayuda de nadie y estaba orgullosa de eso. Si no fuera porque su hija era lo que más amaba en la vida y no estaba dispuesta a dejarla sola, nunca hubiera acudido a su desnaturalizado padre.

No le pidió que lo hiciera por ella, sino por Adilene. Pero, aun así, el rey se negó. No le importó el destino que su hija pudiera tener. Sacó a Miranda del castillo y le exigió que jamás volviera. Ella cumplió hasta el día de su muerte.

Cuando dos años después, Emil le informó que fuera del palacio había una mujer agonizante que exigía hablar con él, supo inmediatamente que se trataba de la costurera. Se apresuró a llegar a ella, pero fue demasiado tarde; dos años tarde. Lo único que consiguió hacer por ella antes de que la vida la abandonara fue que prometerle que cuidaría de Adilene.

Adilene, su pequeña hija que sólo tenía ocho años, estuvo hecha un ovillo junto al cadáver de su madre hasta que ésta se convirtió en tierra, y se dispersó en el aire.

Después de trece años de mentiras y caretas, él finalmente se dio cuenta de lo mucho que se había equivocado. Con Miranda, con su familia y con Adilene, que no tenía mayor culpa que tener un monstruo de padre como él.

Los ojos de desesperación, dolor y tristeza de Miranda era una imagen que nunca abandonaba sus pesadillas.

Pasaron casi dos meses desde el altercado entre Annelise y Adilene. Muchas cosas habían acontecido y cambiado desde entonces.

Cuando Annelise contó a Daiana y Carlos la manera en que puso un alto a Adilene, ellos casi se asfixiaron de tanto reír. Les hubiera encantado estar ahí para ver la expresión de la chica. A ellos siempre les pareció que, por alguna extraña razón que ni la misma Annelise conseguía entender, le tenía más paciencia que a cualquier persona; esperaban esa reacción en ella desde hace mucho.

Ese día, ellos también notaron las motas rojas.

Adilene se mantenía alejada del mundo, encerrada siempre en su habitación. Apenas salía para ir la biblioteca, pero no pasaban ni diez minutos cuando ya estaba de regreso con una pila de libros cubierta por una manta; o a la cocina, para llevarse los restos de las comidas. Incluso pidió a las mucamas dejar de limpiar su habitación. Después de un tiempo, sólo se sabían de su presencia por los ruidos que de vez en cuando se colaban del umbral de la puerta.

La relación entre el príncipe Hugo y Annelise funcionaba aparentemente bien. Él se enamoraba más de ella a cada día que pasaba y ella también, o al menos trataba de convencerse de eso. Ya sabían todo el uno del otro, a excepción de ciertas cosas que era necesario mantener ocultas. Él estaba convencido de que su matrimonio podría llegar a ser tan perfecto como el de los padres de Annelise. Pero Annelise últimamente no estaba convencida de nada de lo que tuviera que ver con Hugo. Se esforzaba en poner de su parte, haciendo lo que su razón le dictaba como correcto, pero no estaba feliz con ello.

La relación entre el rey y Annelise no mejoró, o al menos no para Annelise. El rey volvió a comportarse con ella de la misma forma que antes. Incluso parecía estar más feliz con ella. No paraba de decirle lo orgulloso que estaba de ella por haber consolidado su relación con el príncipe Hugo. Annelise no le decía nada, pero la verdad era que eso la irritaba y sólo la alejaba más de él. Le parecía paradójico que entre más lo sufría y más confundida estaba, su padre estuviera más orgulloso de ella que cuando era plenamente feliz. Después de todo, ella seguía siendo la misma. Amar a Fabio o a Hugo no la hacía más o menos valiosa, más o menos razonable.

Fabio se aseguró de que su mente no tuviera un solo momento libre para que pensara en Annelise. No hacía otra cosa que no fuera ocuparse del santuario. El poco tiempo que no estaba enfrascado en su trabajo, lo pasaba con Carlos y Daiana. La pequeña llama de esperanza que ellos encendieron en él meses atrás, se avivó aún más cuando le contaron la teoría que tenían sobre el comportamiento de Annelise y de las motas rojas en sus ojos.

Según cada libro de ocultismo que consultaron, el color rojo en los ojos sólo podía simbolizar la huella de un sortilegio de amor. Como ventanas del alma, sólo en los ojos podía reflejarse que un sortilegio no se aceptaba en su totalidad. Pero, la única manera de despertar de él era con el más antiguo de los transgresores: el beso de amor verdadero.

Estaban seguros de que, si Fabio besaba a Annelise, podía liberarla de su sortilegio; no tenían dudas de lo que había entre ellos era amor verdadero, por más disfrazado que pareciera en ese momento.

El problema, era que Annelise siempre estaba custodiada por guardias, seguramente por órdenes de su padre, y cuando no lo estaba, Hugo parecía su sombra.

Con el tiempo, al ver a Annelise tan feliz con el príncipe, la esperanza en Fabio se apagó. Sus ilusiones de que Annelise estuviera bajo un sortilegio de amor, se disolvieron. Ella no parecía en absoluto estarse resistiendo a nada.

Trataba de evitarlos, pero tal parecía que las casualidades le jugaban una broma cruel. Sus heridas no podían sanar. Se abrían cada vez que veía como Hugo tomaba sus dedos con lo de Annelise. Cada que ella le daba besos fugaces en las mejillas. Cada que los veían como una verdadera pareja.

Si no podía ser feliz con Annelise, al menos sería feliz por ella. Tenía que olvidarla, así eso significara para él una triste agonía por la manera en que la amaba.

La partida de Annelise no era la única herida que ardía en las entrañas de Fabio, sino que había funcionado como etanol en las heridas que años atrás creyó haber cerrado. La muerte de sus padres, la soledad, los días de agonía en las calles. Todos esos recuerdos se arremolinaban dolorosamente en su mente.

Annelise llegó a la vida de Fabio como un bálsamo que adormeció su dolor, hasta que él logró enterrarlo en lo más profundo de su interior. Ahora, sin ella, sus días sangraban de desesperación, angustian y aflicción.

Veintidós
Anhelos Legítimos

Después de mucho tiempo de espera, el momento que Annelise más anhelaba, finalmente llegó. No fue un plazo sencillo, así que, más que nunca, Annelise se alegró de que llegara a su fin.

Toda la semana previa, el castillo fue un completo desastre. Los sirvientes iban y venían del salón de baile más grande del palacio, llevando manteles, cubiertos, vajilla, adornos, instrumentos... Todo lo necesario para hacer de la coronación de la que sería la reina de Tierra Fantasía, una ocasión perfecta y memorable para todo el reino.

El pueblo no podía pedir mejor princesa que heredara el trono. Annelise trataba desde el comunario más humilde hasta el príncipe más distinguido con el mismo respeto y la misma bondad.

Un escalofrío recorrió la espalda de Annelise al verse al espejo con los rizos cayéndole sobre los hombros en una diadema trenzada con su mismo cabello. Los parpados brillándole intensamente por la sombra amarilla, naranja y roja perfectamente difuminada. El vestido rojo con detalles amarillos y volutas doradas a juego con el maquillaje, haciendo honor a los colores de Tierra Fantasía; y por primera vez en mucho tiempo no portando ninguna tiara, ya que en tan sólo unas horas portaría por la corona que ella misma había diseñado para ser su corona de reina oficial.

Era un manojo de nervios, yendo y viniendo de un lado a otros de su habitación.

Sin que nadie la viera, salió al jardín. Le urgía respirar algo más que el denso aire de apuro del palacio, antes de que su mente sobrepensara tanto la situación, que ya no pudiera controlar su ritmo cardiaco.

Caminó hasta el lago, relajándose con la brisa con notas florales que le ondeaba los rizos y le erizaba la piel. Era un día hermoso. El sol brillaba con intensidad, pero sin llegar a ser pesado; la brisa era delicada y fresca, mitigaba perfectamente las ondas de calor que emanaban de la tierra húmeda. Annelise no sabía si era su imaginación por la euforia del día o realmente había algo más quimérico que lo usual fluyendo en el aire.

Inconscientemente en su rostro se dibujaba una sonrisa llena de esperanza. El momento que por tantos años imaginó e idealizó estaba a tan sólo a unas horas de su alcance. Lo había logrado. Toda su vida se preparó para una sola cosa; el cambio.

Desde pequeña se prometió a sí misma que sería una reina diferente, una reina entregada a que cada habitante de su reino fuera libre de hacer de su vida lo que más le hiciera feliz. No más ataduras, no más prejuicios, no más leyes arcaicas.

Se sentó en el césped, justo en el límite del agua. Su atención se centró en una pareja de cisnes que surcaban el agua con elegancia; uno rosa y otro azul pastel. Al verla, los cisnes se aproximaron a la orilla. Pasaron varias veces y ella los acarició, pasando sus dedos por el suave y reluciente plumaje.

De pronto una punzada en el corazón la hizo saltar. Los cisnes enderezaron la cabeza de golpe y la miraron sobresaltados. Ella volvió a acariciarlos y les sonrió a modo de disculpa. Su corazón comenzó a acelerarse al tener el repentino recuerdo de su padre golpeándola por primera vez.

Si su padre se había atrevido a algo así por su relación con Fabio, ¿qué le haría cuando viera lo que planeaba hacer con su reino? Ella no era más una niña a la que sus padres pudieran decirle qué hacer y qué no, y mucho menos siendo la reina. Legalmente, ellos ya no tendrían ningún poder sobre ella, seguirían siendo sus padres, y aunque quisiera evitarlo, sus opiniones sí le importaban. No podía medir cuanto le afectaría si ellos no la aceptaban después de ese día.

Debía ser fuerte, tenía que ser así. No podía permitir que sus emociones ni la postura de sus padres le impidieran hacer lo que le dictaba el corazón. Tendría que prepararse para la tempestad que muy seguramente vendría.

Se concentró en eliminar sus abrumadores pensamientos con una fantasía.

El pueblo aplaudiendo a su futura monarca, al darse la vuelta del presbiterio, portando por primera vez la corona de reina, que no sólo eran un símbolo de su ascensión al trono, sino también de la ascensión de Tierra Fantasía como nación.

Annelise no fue consciente de que los cisnes se alejaron, hasta que graznaron para atraer su atención. Ella los miró, batiendo una y otra vez sus pestañas para salir de la ensoñación.

Las aves habían unido sus cabezas para formar un corazón perfecto con sus cuellos.

Annelise rio enternecida.

—Cristalina y pura, destina ligera a través de mí. —giró el índice y lo apuntó al agua.

Con la danza de una de sus manos, levantó del agua del lago, pequeñas esferas que moldeó en forma de corazones que rodearon a los cisnes.

—Buenos días, princesa.

Sobresaltada, la princesa cesó su encantamiento, dejando caer los corazones, que chapotearon en el agua.

—Lo siento, no quería asustarte. —se corrigió rápidamente —No quería asustarla.

—No pasa nada. Es sólo que supongo que estoy algo sensible.

Fabio asintió. Él más que nadie sabía lo que ese día significaba para

Annelise.

Él y Annelise no habían cruzado palabra ni estado tan cerca desde el día de su primera y última discusión. El saberse tan cerca y sin nadie a su alrededor, hizo el corazón les diera un doloroso vuelco.

—Entiendo.

Ella lo miró preocupada y después volvió a mirar a los cisnes que se alejaban, como si intuyeran que lo mejor era darles un momento a solas. Fabio caminó titubeante hasta su lado.

—¿Puedo? —dijo mirando el césped.

—Claro.

Fabio se sentó junto a Annelise, dejando un espacio considerable entre ambos. Se le iluminó el rostro al verla así; se veía preciosa, pero lo mataba de dolor.

—¿Quiere contarme?

Annelise lo miró dubitativa.

—Tengo miedo. —dijo por fin —miró a Fabio con los ojos humedecidos. —Estoy feliz de que este día al fin haya llegado, pero me preocupa lo que pase después. Desde que mi padre se enteró de…—agachó la mirada y dejó inconclusa la oración, esperando que Fabio supiera a qué se refería. — Desde ese día no he tenido la mejor relación con él, ni con mi madre, y ahora con lo que voy a hacer, —miró hacia el cielo y respiró profundo. — no sé si podrán entenderme o perdonarme.

—No le voy a decir que no se preocupe porque evidentemente tiene razones suficientes para hacerlo. —suspiró. —Pero desde el principio sabía que no sería fácil, y aun así no abandonó sus ilusiones, aun cuando para los demás sus ideales eran… controversiales. Nuestras decisiones o ideologías no siempre serán compartidas, pero eso no quiere decir que sean incorrectas o inapropiadas. El cambio puede parecer imponente y aterrador, pero no sabremos si es bueno a malo si no lo probamos. —miro el azul intenso en los ojos de Annelise. —Y tengo la fuerte sensación de que el cambio que propone abrirá muchos corazones y mentes. No tiene ambiciones personales, sino para todo el pueblo. Eso es admirable. La aristocracia quizá tenga sus reservas, pero estoy seguro de que el resto del pueblo la quiere; anhelamos el reinado de Annelise de Tierra Fantasía.

Los ojos de Annelise brillaron.

—Sabe que personalmente, creo que su ideología es extraordinaria. Creo en ella. Creo en usted.

—Gracias. —una leve sonrisa apareció en los labios de Annelise.

—Además, ha esperado mucho por esto. Disfrútelo hoy y preocúpese por las consecuencias luego. Recuerde que él no de parte del pueblo y su familia ya lo tiene seguro, —limpió con el pulgar una lágrima que rodó por la mejilla de Annelise. — va por el sí. No tiene nada que perder.

La leve sonrisa de Annelise se convirtió en una tan radiante que el corazón de Fabio rebozó de ventura.

—Vale la pena arriesgarse por ciertas cosas.

Annelise asintió. De pronto sintió unas ganas ingobernables de lanzarse a los brazos de Fabio. Anhelaba que él la abrazara y le dijera que todo estaría bien, que lo iba a lograr y que él siempre iba a estar ahí para ella. Pero algo en su mente le dijo que no lo hiciera, que no estaba bien.

—Gracias. Siempre tienes las palabras que necesito oír. —posó su mano sobre la de él.

—Es para mí un placer, Alteza.

<Alteza>

—Se ve hermosa, por cierto. —la recorrió con la mirada con cierto disimulo.

—Gracias. —rio. —Los colores del reino. —señaló su vestido con ambas manos.

—Le quedan bien.

Annelise se sonrojó. ¿Qué era lo que le pasaba? ¿Qué era eso que estaba sintiendo? No podía caer nuevamente en el mismo capricho. Ella se casaría en pocos días y se aferraría a la idea de ser feliz. Pero ¿por qué no se sentía en absoluto feliz de imaginarlo?

Había ido ahí a despejar su mente. No quería pensar en nada más que no fuera su presente, y su presente era el momento que estaba viviendo con Fabio.

Permanecieron un minuto en silencio, contemplando las ondas de luz en el lago. Fabio sentía que volvía a vivir. El sólo hecho de tenerla cerca, lo hacía sentirse en paz, como si ella fuera todo lo que necesitaba para existir. Annelise también se sentía en paz, como si él fuera un refugio en medio de la tormenta. Se necesitaban tanto el uno al otro que estando juntos se sentían completos.

Fabio se mordió el interior de las mejillas, suspiró y se giró hacia la princesa. Si lo que Carlos y Daiana decían era verdad, ese era el momento de descubrirlo.

Veintitrés
Corazones Malheridos

—Annelise.

—Fabio.

Entonces él las miró. Esas pequeñas motas rojas en sus ojos azules. Su esperanza.

Sus rostros se atrajeron cual imanes. Sus miradas se enfocaron en los labios que tanto anhelaban volver a besar. No lo pensaron, sólo sintieron.

Annelise entrelazó sus dedos con los de Fabio. Él sintió que algo en su interior volvía a funcionar. Volvía a tener esa sensación en el estómago que creyó que no volvería a sentir. A ella le ardía el pecho y le temblaban ligeramente todos los músculos. Sus cueros se relajaron, sus mentes dejaron de razonar, sus corazones se abandonaron.

Era amor. Siempre fue amor.

Annelise sintió que caía tan súbitamente en la realidad que parpadeó varias veces para despejar su nebuloso alrededor.

La flor.

Las imágenes de su mal sueño, arañándole la mente, calcinándole la piel. Volvía a tener el control de su voluntad. Sintió como ese dolor latente en su pecho desaparecía, la pesadez en su mente y aunque no podía verlo, estaba segura de que las motas rojas de sus ojos ya no estaban allí. ¿Cómo había sido débil para someterse a un sortilegio de amor?

Una lágrima rodó por su mejilla.

Intentó abrir la boca para decir algo, pero los sollozos arremolinados en su garganta no se lo permitieron. El remordimiento la apretó tan fuerte que los pulmones le dolieron, dejándola incapaz de respirar.

Fabio la miraba como si fuera un experimento del que espectara su reacción.

Annelise miró a Fabio con los ojos inundados de lágrimas. Temblaba. Aterrorizada de sí misma, se alejó torpemente de él.

—Lo siento. Lo siento mucho. —dijo con voz temblorosa, apenas en un susurro. —giró la cara, incapaz de mantener la mirada profunda de Fabio. Incapaz de soportar su vergüenza.

Fabio se acercó lentamente, como si ella fuera un animal herido al que tratara de no asustar. Con precaución, tomo sus manos entre las suyas.

—Anne...

Annelise retiró las manos.

—Yo sabía lo que hacía. —sollozo. —Sabía que lo que hacía no estaba bien, pero aun así lo seguía haciendo. No fui lo suficientemente fuerte para luchar contra mi mente.—hizo una pausa para recuperar el aliento. —Todo lo que te dije. Lo que hice... Lo siento. Es sólo que estaba tan lastimada que cerré mi corazón. Cuando...

Recuerdos de todo lo que había pasado desde la mañana en que vio a Fabio atrapando los labios de Adilene entre los suyos se agolparon en su mente, abrumándola y causándole pesar.

—¿Cuándo qué?

Annelise se volvió con brusquedad al lago.

—Cuando la besaste.

—¿Qué? ¿A quién?

—Adilene.—dijo secamente.

—¿Qué? Yo nunca... ¿A eso te referías cuando...?

Annelise asintió con pesar.

Fabio se arrodilló con una rodilla a su lado. Volvió a tomar sus manos y las apretó.

—Annelise, no sé por qué crees eso, pero no es así. Excepto la vez que te conté, no ha pasado otra vez.

Una ola de rabia golpeó a Annelise. Fabio le estaba mintiendo en la cara.

—Yo los vi.

—No, eso no es posible. Nunca pasó.

—¿Así que, miento?

Él suspiró.

—¿Cuándo lo viste? ¿En dónde?

—Un día antes de que tú y yo...—no fue capaz de terminar la frase. —En tu oficina. Fui a buscarte y tú y ella...—lloró.

Se sintió contenta de que la maquillista real hubiera utilizado un sortilegio para preservar su maquillaje, de lo contrario, a esas alturas ya estarían muy molesta por el desecho de su trabajo de casi dos horas.

—Dijiste que jamás besarías unos labios que no fueran los míos. Dijiste que me amabas. ¿Por qué mentirme y lastimarse así? Faltaste a tu promesa.

Fabio estaba desconcertado, pero sin duda las lágrimas y el dolor de Annelise tenía que venir de algún lado.

—¿A qué hora fue eso?

—No sé, en la mañana, no sé.

La mente de Fabio viajó hasta ese día por la mañana. Estaba llenando algunos expedientes en su oficina cuando Adilene se presentó, y luego... No podía recordarlo. ¿Cómo pudo ser tan tonto?

—Sé que sonará a pretexto, pero, creo que no eres la única a la que le lanzaron un sortilegio.

Annelise lo miró incrédula.

—No puedo recordar nada de lo que pasó esa mañana. Nada hasta que vi a Adilene. Sé que suena difícil de creer, pero estoy seguro de que hizo algo para que tú creyeras que yo la besaba. Ella. —dijo con pesar.

Annelise sintió que su dolor palpitaba con menos intensidad.

—Te aseguro, Annelise, que yo jamás te engañé... bueno, al menos no conscientemente. ¿Crees que sería tan tonto para traicionar a la mujer perfecta? —le acunó el rostro entre sus manos. Nunca falté a mi promesa. —la acarició con el pulgar. —Te amo.

—Y yo te amo a ti.

Se fundieron en un sentimental y desesperado abrazo. Los sollozos de ambos fue el único sonido que hubo en kilómetros.

Annelise miró los ojos avellana de Fabio, sintiéndose desbordadamente enamorada. No reprimió más el impulso y pegó sus labios a los suyos.

Era él. Siempre fue él.

Ella se retiró con suavidad y acarició su rostro con suma delicadeza. Recorrió con los dedos aún temblándole, su rostro. Pasó por las pecas apenas perceptibles en el tabique de su perfilada nariz y pómulos. Por sus cálidos parpados. Por sus suaves labios. Recorrió cada centímetro de su precioso rostro.

—Perdóname. Por favor, perdóname.

La imagen de los ojos cristalinos de Fabio mientras ella terminaba con todo con lo que alguna vez soñaron apareció en su mente. Se detestaba por no haber dejado que una imagen nublara la confianza que tenía en él. Si los papeles se hubieran invertido, ella estaría desolada por haber perdido lo que más le importaba en la vida y por no entender que era lo que había hecho mal para que las cosas terminaran de una manera tan drástica y nada decorosa.

Fabio lidió con la falta de decencia de Annelise, al restregarle en la cara que él sólo había sido un juego para ella y que había encontrado a alguien que sí estaba a su altura, con el que no tenía que ocultar nada y con quien podía ser plenamente feliz.

Los labios de la princesa temblaban a la espera de la respuesta de Fabio y sus ojos se cristalizaban. A cada segundo que pasaba su miedo se incrementaba y se apoderaba de ella, haciéndola imaginar los peores escenarios en los que él le regresaba un poco del dolor que ella le causó.

—No tengo nada que perdonarte. —le acarició el dorso de la mano. No es tu culpa. No es de ninguno de los dos.

No fue difícil que Fabio cediera. Si él hubiera visto lo que Annelise vio, seguramente su corazón también habría estado tan malherido, que hubiera permitido un sortilegio.

Ellos sólo eran víctimas.

Las lágrimas que Annelise mantenía a la espera de la respuesta finalmente rodaron por sus mejillas; lo hicieron en señal de alivio. El aire que no sabía que le faltaba volvió a llenarle los pulmones. Sintió que su corazón explotaría. Nunca había amado tanto a Fabio como en ese momento. No porque la perdonara, sino porque aun cuando parecía que no tenía motivos para hacerlo, él confió en ella. No podía haber hombre mejor que él en el mundo.

Fabio volvía a sentirse estúpido por haber dudado de Annelise. ¿Pero podían culparlo? Todo parecía tan real. Aunque una parte de él siempre eligió seguir siendo fiel a ese amor a pesar de las circunstancias.

Las palabras para describirlo no alcanzaban, no le hacían justicia a la realidad. Desde ese primer momento en que se dio cuenta de que ella estaba tan enamorada de él como él de ella, se sintió afortunada. Y ahora se sentía la mujer más afortunada del mundo.

Fabio limpió delicadamente con sus pulgares las lágrimas de Annelise

Volvieron a hundirse en la calidez de sus cuerpos. El dolor que sentían se desvaneció, se apagó por completo. Ahora todo estaba bien. Todo podía volver a ser como antes.

El dolor del tormentoso recuerdo siempre estaría con ellos, pero también estaría el recuerdo de que lo fuerte y verdadero de su amor superó seguramente la prueba más grande en su relación. Ahora sólo tenían que sanar, y el tiempo sería la mejor medicina para eso. Comparado con todo lo que habían tenido que esperar, ya no faltaba nada para que pudieran estar realmente juntos y dedicarse a recuperar el tiempo que les fue arrebatado.

Veinticuatro
Resistir

El viento soplando entre las hojas de los árboles, era un analgésico para la tensión que Annelise y Fabio libaron. Se sentían libres por haber dejado de cargar tanto pesar en sus almas. Miraban el agua correr y se deleitaban con su aroma.

Hugo se aclaró la garganta antes de dirigirse a su prometida.

—Annelise.

Annelise y Fabio se sobresaltaron, pero lo disimularon bastante bien.

—Hola. —dijo ella con aspereza y no se volvió. No quería que su temperamento tomara el control y lo azotara, aunque no mereciera menos.

Fabio se puso de pie, pero no hizo ninguna reverencia. Hugo lo miró con cierta preocupación.

—¿Qué haces aquí?

—Sólo salí a distraerme un rato.

Hugo asintió.

Una vez Annelise sintió que la aberración se ocultó en su interior, se levantó y fue hacia él.

—Te ves hermosa, cariño. —le acarició la mejilla.

El contacto hizo que a Annelise se le revolviera el estómago.

—Gracias. —Annelise le regaló la sonrisa más cálida que pudo.

Él le rodeó la cintura y le dio un rápido beso en los labios.

Annelise se esforzó por reprimir las náuseas y Fabio la cólera. <<Falta poco>> pensaron al tiempo.

—¿Vamos? —le preguntó Hugo tendiéndole el brazo.

Ella asintió, rodeando el brazo de Hugo.

—Permiso. —dijo Hugo inclinando la cabeza hacia Fabio.

Fabio le respondió el gesto lo más respetuosamente posible, aunque él no se lo mereciera. Sus ojos se clavaron en los de Annelise, quien lo miraba de la misma forma en que él.

Hugo giró la muñeca y ambos se desmaterializaron, dejando pequeñas partículas doradas del vestido de Annelise tras ellos. Con tres movimientos más, estuvieron en la sala principal del palacio.

Annelise aún se relajaba por lo que acababa de suceder; creía que el súbito subir y bajar de su pecho la delataría en cualquier momento, así que trató de no quedarse mucho tiempo de frente a Hugo.

—¿Qué haces aquí? —le preguntó con desdén.

Hugo la miró con aire indignado.

—Digo, me alegra que estés aquí, pero pensé que te vería hasta la ceremonia. —se corrigió.

—No pude esperar a verte. Anoche no pude dormir pensando en lo hermosa que te verías. Bueno, tú siempre te ves hermosa. —le besó el dorso de la mano.

Ella le dedicó una sonrisa incómoda.

—Además, quería darte algo. Es para que lo uses hoy. Creo que te combina a la perfección. —giró los dedos y en su palma apareció una pequeña caja circular de terciopelo amarillo.

Annelise tenía la misma expresión que hubiera puesto si hubiera visto un nido de cucarachas.

Tomó el objeto que Hugo le tendió y al ver la mirada expectante de este, se vio obligada a abrirlo.

Se quedó helada. Una exclamación ahogada salió de su boca y sus manos se debilitaron, soltando la caja aterciopelada, dejando salir la joya que había en su interior. La ira volvía a consumirla.

<<Descarado>>

Hugo la miró confundido.

Annelise se espabiló. Quería disculparse por su acción, pero no consiguió que palabras finas salieran de sus labios.

—¿Te pasa algo? —Hugo dirigió su mano hacia la caja y la joya que yacían en el piso y una nube verde los llevó hasta ella.

—Nada. Lo siento. Supongo que estoy algo nerviosa el día.

—Me imagino. Ser nombrada reina de toda nuestra nación no es algo que pase todos los días. Pero tranquila, estoy seguro de que Tierra Fantasía no podría quedar en mejores manos.

<<Pues claro, porque no serán las tuyas. No serás rey>>

—Gracias. —Annelise sonrió tímidamente.

Hugo dejó la caja aterciopelada a un lado y volvió a tenderle la joya.

—¿Puedo? —dijo tomando ambos extremos de la cadena y elevándola a la altura del cuello de Annelise.

Ese collar le recordaba lo mucho que odiaba a Hugo. Pareciera una mala broma del destino, pero no lo era, era un acto de lo más cínico y cruel.

—Mejor no. Preferiría guardarla hasta el gran momento.

La mirada de Hugo reflejaba un dejo de pánico.

—Es hermoso. Gracias.

Hugo se limitó a asentir y a entregar a las manos de Annelise la caja cerrada nuevamente.

—Lo que sea es poco para ti. —tomó la mano de Annelise y le acarició el dorso con el pulgar. —Ahora tengo que irme. Hay algunos asuntos que requieren mi atención.

—Claro. Nos veremos al rato.

—No puedo esperar.

—Tampoco yo.

Hugo besó los labios de Annelise, y ella se encargó de que fuera un beso rápido. Con un movimiento, él desapareció, dejando a Annelise y a sus recuerdos solos en la sala.

Annelise llegó tan rápido como pudo a su habitación. Se dirigió como una exhalación hasta su joyero y antes de abrir el último cajón, respiró hondo y se palpó el corazón. Introdujo los dedos en el interior, y cuando éstos hicieron contacto con el frío oro de una cadena, sintió que el estómago le daba un vuelco. Mordiéndose el interior del labio, cerró los dedos sobre la cadena y sacó el collar.

Verlo hizo que una lágrima repentina resbalara por su mejilla. Sostuvo el collar en el aire, el collar que Fabio le dio en el cumpleaños que sabía era el más importante para ella, y que era idéntico al que Hugo acababa de darle.

Aunque de idénticos, sólo tenían la apariencia. Aunque los revolviera, sabría cuál era de Fabio y cuál de Hugo. Con sólo tocarlos, se daba cuenta de que el de Fabio hacía que una corriente eléctrica la recorriera y se le arremolinara el estómago. En cambio, el de Hugo, sólo le causaba un vacío. Idénticos en su exterior, pero distintos en el interior. Las personas que se los obsequiaron le daban todo el valor.

Se dirigió a la chimenea apretando con fuerza el collar de Hugo. Lo miró furiosa y lo arrojó al fuego, que sólo se avivó por un segundo.

—Que el fuego arda sin sosiego calcinando el diamante. —giró el índice y lo apuntó a las llamas.

El diamante ardió envuelto en un fuego blanco con tanta energía que Annelise tuvo que retroceder. En pocos segundos, volvió a su estado original de carbono y unos pocos más después, se hizo cenizas.

La princesa miró orgullosa su obra. Se pasó el dorso de la mano por los labios y lo restregó hasta que le ardieron. No quería nada de Hugo en ella.

Se envolvió la cintura con los brazos, sintiéndose extrañamente sucia. No quería recordar, pero tampoco podía evitarlo. Todas las veces que las manos de Hugo la tocaron. Todas las veces que sus labios besaron los suyos. Se apretó aún con más fuerza intentando suprimir la remembranza.

<<Tonta. Tonta. ¿Cómo pudiste?>>

Cayó sobre sus rodillas, intentando perdonarse por lo mucho que había hecho sufrir a alguien a quien siempre había querido cuidar. Intentó calmarse recordándose que nada de eso era su culpa. O tal vez sí lo era, por haber confiado en las personas equivocadas. Eso le costó mucho.

Se levantó con dificultad y se dejó caer en el diván, jadeando de alivio. Sintió que su mente le daba un descanso, al tener nuevamente el control sobre su corazón. Respiró hasta que dejó de oír su pulso en el interior de su cabeza.

Tomó una bocanada grande de aire y sonrió con ilusión. Nadie dijo que el amor era fácil. Con las manos temblorosas por la emoción, se puso el collar que tantas emociones provocaba en ella, el que tanto adoraba y el que portaría con orgullo en su coronación. Estaba justo en el lugar al que pertenecía y el que nunca debió abandonar.

Veinticinco
Ilusiones Quebrantadas

Nunca antes Annelise se había sentido tan nerviosa. El corazón le golpeaba enérgicamente el pecho, las piernas le temblaban, el estómago se le contraía cada vez más y apretaba fuertemente los dientes. Su momento había llegado, el momento con el que tanto fantaseó. El momento que tanto temor y alegría le provocaba a la vez.

Las puertas de piedra gris de la abadía de Diamante, capital de Tierra Fantasía, se abrieron. Las fanfarrias saliendo de las trompetas de los guardias pulcramente vestidos con el uniforme oficial que cercaban las escaleras, resonaron jubilosas por todas partes.

Una alfombra roja se extendía desde el vestíbulo hasta el altar dividiendo los asientos de la congregación. Vitrales contando la historia de la creación de la nación enmarcaban los costados de las paredes de piedra. La bandera roja con escudo dorado de Tierra Fantasía se desplegaba en lo más alto del sagrario, flanqueada un grado más abajo por dos banderas blancas con un círculo, una estrella y un corazón; la bandera del ocultismo. Y justo en el centro del sagrario, se alzaba majestuosa una estatua de oro del Ave Fénix, la divinidad de la nación.

La realeza, la nobleza y el vulgo de Diamante, Obsidiana, Topacio, Zafiro, Esmeralda, Rubí, Aguamarina y Onix, las ocho comarcas de Tierra Fantasía juntos por primera vez desde la coronación del rey Erendor.

—Su Alteza Real, la princesa Annelise de Tierra Fantasía. —dijo el guardia del lado izquierdo más cercano a la credencia.

Con una sonrisa enmarcándole el rostro, cuidando su postura y caminar, Annelise avanzó por la alfombra que se tendía a sus pies, acompañada por una ligera melodía proveniente del coro. Se repetía a sí misma que lo que sentían eran nervios virtuosos, así sentirlos era un placer.

Al pasar, los invitados reverenciaban respetuosamente a su futura reina, lo que hacía que Annelise sintiera aún más nervios. Un toque extra de alegría se añadió a su sonrisa al pasar al lado del príncipe de Obsidiana y la duquesa de Topacio. Sus amigos la miraban llenos de orgullo y felicidad por ella. Sabían que estaba viviendo el momento que tanto anheló.

Al pasar por la familia real de Onix, la madre de Hugo le sonrió con ansia y ambición, Katrina con genuinidad y su padre con indiferencia. Annelise sólo le devolvió la sonrisa a Katrina. La mirada de Hugo viajó a su cuello, sonriendo y dándole a su semblante un toque de engreído. Annelise no pudo evitar divertirse con ello.

Buscó con la mirada a Adilene, pero lógicamente ella no estaba presente. Tal vez el rey y la reina la invitaron, pero por simple orgullo, no quiso asistir. O bien, no era parte de su castigo impuesto. No estaba segura de si le hubiera gustado o disgustado que ella estuviera allí.

Una vez estuvo frente al presbítero, se le erizaron todos los vellos del cuerpo. Pasó saliva, respiró hondo y levantó el mentón. Estaba lista para ser la próxima soberana de Tierra Fantasía; una que marcara un antes y un después.

Las melodías del coro cesaron y el oficiante dio inicio a la ceremonia.

La aún princesa, intentaba concentrarse en las palabras del presbítero, pero su mente sólo revoloteaba cual mariposa alrededor de la corona y el cetro dispuestos en un aterciopelado almohadón rojo descansando en un pedestal. Ya casi podía sentir su peso en su cabeza. Sentía tanta felicidad que creía que en cualquier momento perdería la compostura.

Después de minutos que parecieron una eternidad, el rey Erendor y la Reina Jenna se ubicaron a ambos lados de Annelise, se retiraron las coronas que portaban y las colocaron sobre dos almohadones de terciopelo amarillo que sostenían dos guardias. Antes de regresar a su lugar, la reina dedicó a Annelise una cálida sonrisa y una lágrima rodó por su mejilla. El rey la miró complacido y aliviado e hizo un gesto en señal de aprobación.

Dos guardias mujeres salieron de la sacristía: una llevaba el Huevo Fundador resguardado en una cúpula de cristal y la otra tomó el almohadón con la corona de reina. El oro de la base resaltaba exquisitamente con los diamantes rojo sangre que brillaban intensamente al ser tocados por la luz, especialmente los que adornaban las cinco puntas.

El presbítero hizo una señal para que los presentes se pusieran de pie. Después dedicó a Annelise la sonrisa más afable que había visto y ella sonrió al saber lo que venía. Subió los peldaños que la separaban del altar.

—Princesa Annelise Alexa Tiare. —apuntó la punta de su varita a la cabeza de Annelise, que ya estaba inclinada. —¿Jura solemnemente gobernar al pueblo de Tierra Fantasía con justicia, consagración y benevolencia?

—Lo juro solemnemente. —respondió con firmeza, colocando la palma de la mano derecha sobre su corazón.

El oficiante tomó con suma delicadeza la corona del almohadón. Los ojos de Annelise se humedecieron y sintió que sus pies amenazaban con abandonar el suelo. Irguió la cabeza y le hizo la más respetuosa reverencia que había hecho en su vida a la corona. Pronto sintió un nuevo peso su cabeza. Recuperó su postura, con todo el porte que pudo y luchó por contener las lágrimas.

El presbítero levantó la cúpula que cubría el Huevo, dejando aquella reliquia al descubierto en todo su esplendor. Hizo una seña con la palma de su mano, incitando a Annelise a tomarlo. Era momento de sellar su compromiso con la nación y ser su reina oficial.

Annelise se sorprendió cuando su mano no atravesó el campo que siempre protegía al huevo. Seguramente sus padres lo habían quitado por ser una ocasión especial. Sostuvo el huevo con ambas manos cerradas cuidadosamente debajo de él. Las sintió y le preocupó que los demás pudieran notarlo.

Era extraño, pero no sentía nada. La energía que siempre emanaba de la reliquia y con la que estaba tan encantada, no estaba allí. Tal vez sus nervios hacían que no pudiera sentirla. De igual manera sostuvo el Huevo Fundador con honor y lo levantó tanto como sus brazos se lo permitieron. Se volvió hacia los presentes y sintió que se mareaba por tanta emoción.

—Adelante, princesa. —dijo el presbítero.

—Yo, la princesa Annelise Alexa Tiare de Tierra Fantasía, prometo ser fiel a mi compromiso, al asumir el trono de mi reino, siendo una monarca justa y consagrada a mis votos. —su tono estaba lleno de orgullo y honestidad.

Hizo levitar el Huevo en lo alto y estiró el brazo hacia él dirigiéndole su sortilegio

—Bajo el testimonio del Huevo Fundador, elevo mi compromiso de soberanía hasta el Ave Fénix.—hizo círculos con el índice y lo apuntó al huevo cuando terminó.

Nada pasó.

Un silencio aterrador y expresiones de horror llenaron la abadía. Annelise miró angustiada a sus padres en busca de respuestas, pero ellos tenían la misma expresión desconcertada que ella.

El arzobispo estaba a punto de decir algo cuando una risa maliciosa que resonó en todo el lugar lo detuvo.

—¿Sorprendidos?

A Annelise se le heló la sangre al reconocer la voz.

—Estoy segura de que no esperabas que esto pasara, ¿no es así, Anne? —se burló la voz de Adilene.

Annelise buscó rápidamente la fuente de la voz, pero no pudo verla.

—Espero no hayas creído que las cosas se quedarían así.

Adilene apareció repentinamente delante de Annelise.

—Porque si es así, estás muy equivocada. —sonrió fingiendo compasión.

Annelise la recorrió con la mirada. No llevaba su varita.

—¿Qué es lo que quieres?

—Lo que es mío. Sólo eso.

El rey hizo una seña a los guardias para que aprendieran a la intrusa, pero con un movimiento, ella convirtió sus armas en ramos de rosas negras.

El rey palideció. La reina palideció. Annelise palideció. Los presentes palidecieron.

Sólo los ocultistas más avanzados podían hacer sortilegios de trasmutación en objetos tan poderosos como los mosquetes cargados con balas de plasma nuclear.

—¿Cómo hiciste eso? —Annelise sintió que el suelo debajo de ella se movía.

—¿Qué? —Adilene giró la muñeca y desapareció para luego volver a aparecer al lado del rey. —¿Te refieres a esto? Es sólo ocultismo. —la miró simulando decepción. —Te creí más inteligente. Como princesa, deberías saber que todos los nobles poseemos ocultismo por naturaleza. Y bueno, en realidad, debo agradecértelo todo a ti, porque si no fuera por todo lo que me hiciste sentir en nuestro último… —hizo ademán de buscar la palabra correcta. —encuentro, yo jamás lo habría descubierto.

Annelise recordó todas las veces que vio a Adilene cruzar de la biblioteca a su habitación saturada de libros. Libros de ocultismo.

El rey quería intervenir, pero el estupor que sentía era demasiado.

Annelise miró confundida y aterrada a Adilene.

—¿Qué? ¿Acaso no tienes idea del tipo de sangre que corre por mis venas?

Se dirigió al centro, extendió la palama de la mano e hizo aparecer un huevo idéntico al que Annelise aún mantenía en el aire.

—Por cierto, ese huevo que sostienes es sólo una copia del original. —dijo señalando el huevo que levitaba sobre su palma.

Annelise dejó caer el huevo que suspendía. Éste, en lugar de romperse al tocar el suelo, se evaporó como la ilusión que era.

—Te lo dije.

—¿Cómo es que pudiste tomarlo?

—Ay, Annelise. ¿Es que hay que explicártelo todo? Fue bastante sencillo. Verás, sólo la familia real de Tierra Fantasía puede atravesar el campo que lo mantenía protegido.

Al ver a su esposo suspenso, la reina hizo una seña a los guardias en la segunda posición para que intervinieran, pero a ella de nuevo sólo le bastó con mover los dedos para congelarlos.

Más ocultismo avanzado.

—Será mejor que me deje terminar, Majestad. Estoy segura de que lo que tengo que decir le interesa enormemente.

—Entonces sé rápida. —exigió la reina.

—Como ordene. —inclinó la cabeza hacia ella.

Adilene miró al rey con picardía y luego se dirigió hacia los invitados.

—Yo reclamo el trono de Tierra Fantasía.

—Adilene, ya basta. No tienes nada que hacer aquí. —el rey por fin consiguió que las palabras salieran de su boca.

Adilene fingió un puchero, que después sustituyó por una expresión llena de vileza.

—¿Cómo que no tengo nada que hacer aquí? Estoy reclamando lo que por derecho me corresponde. La ley de Tierra Fantasía es muy clara al señalar que el trono le será otorgado al primogénito del monarca en vigor.

Se acercó lentamente a Annelise y le sonrió.

—Y yo, querida hermana, soy la primogénita del rey.

Veintiséis
Verdades Ocultas

Expresiones ahogadas de asombro inundaron repentinamente el salón. Los murmullos hacían que el silbido en los oídos de Annelise se incrementara.

Emil mantenía la cabeza baja, como si se arrepintiera de algo.

—¿No es así, padre? —arrastró la última palabra.

Se volvió hacia el rey, que parecía a punto de desmayarse. Estaba blanco como el papel y le temblaban los labios. Ver al siempre imponente y seguro rey así de aturdido e indefenso llenaba el corazón vengativo de Adilene. La reina miraba suplicante a su esposo, esperando a que negara la acusación, pero él no lo hacía.

Desesperada la reina rompió el silencio.

—Habla de una vez, Erendor. Di que lo que esta niña está diciendo es mentira. —casi lloraba de la impresión.

El rey tenía la mirada perdida en Adilene. Veía su rostro, pero no lo miraba. Estaba aterrado, avergonzado y devastado. Sabía que todo había acabado para él. El momento que tanto temió que llegara estaba justo frente a él, amenazando con arrancarle lo que más amaba en la vida.

—Erendor. —gritó la reina con desesperación y una lágrima resbaló por su mejilla.

El rey finalmente se volvió hacia su esposa, luego a su hija y regresó a Adilene.

—Es cierto.

La reina retrocedió tambaleándose como si las palabras del rey la hubieran empujado. Sus labios y manos temblaban.

—Adilene es mi hija.

Exclamaciones de sorpresa, murmullos y rostros atónitos volvieron a hacerse presentes. El aire se volvió tan denso que era difícil respirar y la situación tan reveladora que era difícil apartar los ojos de la familia real y de su aparentemente nueva integrante.

Los ojos de Annelise se abrieron de par en par, sus piernas amenazaron con dejarla caer y las paredes de la abadía dieron la impresión de caérsele encima; de pronto el lugar resultaba ridículamente pequeño. Deseo con todas sus fuerzas que todo fuera una pesadilla de la que debería despertar en cualquier momento. Enterró las uñas en las palmas de sus manos, esperando que el dolor la sacara de ahí, pero lo único que consiguió fue abrirse la piel.

Miró llena de dolor a su padre. ¿Por qué nunca antes relacionó el parecido el verde de sus ojos y su cabello pelirrojo?¿Cómo es que esa idea nunca le había cruzado por la mente? ¿Cómo es que su padre, al que tanto admiraba, en tan poco tiempo se había vuelto un completo desconocido? Ahora ni siquiera podía reconocerlo. Pasó años mintiéndoles en la cara, burlándose de ella y de su madre. ¿Por qué destruir así a su familia cuando lo tenía todo?

Ahora todo tenía sentido, la rebeldía de Adilene, su profundo odio hacia ella.

—Jenna, por favor, hablemos de esto en otra parte.

—¿Pero por qué? —intervino Adilene. —Más arruinado no puedes estar. Tu pueblo y tu familia acaban de darse cuenta de que no eres el rey intachable que ellos creían. Además, tienen derecho a presenciar lo que su nueva princesa tiene que decir.

—Adilene, por favor, hablemos de esto los dos, podemos arreglarlo, llegar a un acuerdo en el que tengas lo que mereces, pero por favor no hagas esto.

—¿Ahora sí te interesa que obtenga lo que merezco? Quisiera saber por qué ¿Será porque no tienes más opción o por qué acabo de exponerte como el hipócrita que eres?

Adilene chasqueó la lengua varias veces mientras agitaba el dedo índice.

—No, no, no. Ya es tarde. Veintiún años tarde. —su tono era áspero.— Durante veintiún años engañaste a tu familia fingiendo ser un esposo y un padre consagrado a su familia. Y luego por trece años les mentiste, haciéndome pasar por una huérfana que tuvo la suerte de llegar a las puertas del palacio tras la muerte de su desamparada madre.

Annelise miró con ojos cristalinos a Daiana y Carlos. Ellos la miraban a ella como si fuera una niña pequeña que acabara de caer de la bicicleta y se hubiera raspado la rodilla. Quisieron acercarse a ella, pero Adilene rápidamente envolvió las dos hileras de asientos en un campo de fuerza.

—Les aconsejo a todos que no hagan nada de lo que puedan arrepentirse.

—Adilene miró fríamente a los amigos de Annelise que tanto detestaba.— Todos sabemos el gran poder que el huevo alberga, una sola chispa de él y adiós a uno de ustedes.

Todos los presentes se paralizaron. Claro conocían el desorbitante poder que el Huevo Fundador guardaba en su interior. En manos equivocadas, podría hacer perecer la nación entera.

—¿Qué es lo que quieres? —inquirió la casi reina.

—Sólo ofrecerte un trato. —se regodeó paseándose de un lado a otro. — Quiero que renuncies a tu derecho no tan derecho al trono. Si me declaras monarca legítima de la nación, dejaré que escape. Dejarás atrás tu vida aquí y nunca regresarás.

—¿Exilio?

—Bueno, pensé en asesinarte, pero luego llegué a la conclusión de que me eres más placentera viva. Deberás estar viva para que nunca olvides que fui yo quien te arrebató todo lo que se suponía era tuyo. Para que sufras la soledad y falta de amor que yo sufrí por tu culpa. —se acercó un paso más hacia ella. —Jurarás ante el Huevo Fundador que este reino me pertenece a mí.

<<¿Sólo eso?>> Annelise la miró con una ligera mueca de burla.

—¿Y si me niego?

—Alguien pagará el precio.

Dirigió la mano a una niña del sector noble y la hizo traspasar el campo de fuerza. La arrojó con fuerza al suelo para luego tomarla de la garganta con una fuerza roja. La apretó y la apretó. La niña jadeó.

—Basta. —gritó Annelise al tiempo que dirigía una corriente de agua a Adilene.

No llegó a tocarla; Adilene la evaporó con facilidad, pero soltó a la niña.

—Eso es lo que le pasará a tus preciados súbditos si tú no aceptas mi trato.

Annelise rogaba porque nada de eso fuera real. Porque no fuera más que una de sus fantasías, que adquirió un toque sanguinario por lo nerviosa que estaba. Pero por más que trataba, no podía salir de ella.

Adilene se miró las uñas en señal de aburrimiento y harta de que ella no respondiera, volvió a hablar.

—Muy bien, nuevo trato. Te daré una oportunidad sólo para que no digan que no soy una princesa benévola—sus ojos centellearon. Tengamos un duelo, tú y yo hermanita. Si tú ganas, yo me iré, serás coronada como estaba planeado, gobernarás a tu extraña manera y todas esas cosas que pasan por tu ilusa cabecita. Pero si pierdes, tendrás que hacer lo que te dije antes.

—Annelise, no. —exigió su madre al ver la mirada decidida de su hija.

—Lo siento, mamá.

La reina miró al rey esperando que dijera algo, pero no lo hizo. Ni siquiera estaba mirando a sus hijas.

Annelise tenía razón sabía que Adilene sólo la estaba retando para humillarla y desquitar toda esa ira que por tantos años le guardó. Pero, si existía la más mínima posibilidad de conservar su futuro, la iba a pelear, así muriera en el intento. Además, no estaba segura de que Adilene quisiera lo mejor para el reino.

El rey se sentía cual basura. Quería intervenir, pero el rostro le ardía de vergüenza; no se consideró en posición de nada. Si tan sólo hubiera sido lo suficientemente valiente para hacer las cosas bien desde el principio o arreglado su error una vez cometido, con honestidad y humanidad...

—Acepto. —dijo Annelise con seguridad.

—Perfecto. —Adilene sonrió y una luz extraña brilló en sus ojos.

Annelise se moría de miedo, pero no lo demostró

Veintisiete
Batallas Desconocidas

Sentado en la banca exterior más alejada a la abadía, Fabio esperaba impacientemente con el codo descansando sobre su muslo y la barbilla descansando sobre su puño. Había pasado demasiado tiempo desde que la ceremonia comenzó.

Deseaba poder ver el brillar de la mirada de Annelise al convertirse en reina. Verla hablar con tanta ilusión de ese día, hacía que él se alegrara tanto como si fuera su propio día. Si ella era feliz, él era feliz. Más aún en ese día, que parecía perfecto y lleno de esperanza.

Aún no podía creer que Annelise fuera nuevamente su Annelise. La felicidad y tranquilidad que sentía, hacían que valiera la pena todo o que había tenido que sufrir por ella. Tratándose de ella, todo valía la pena.

Lanzó una expresión ahogada cuando sus pensamientos fueron interrumpidos por la puerta de piedra de la abadía, que se desprendió con tanta fuerza de sus goznes que terminó a quince metros de su ubicación original, haciéndose pedazos y levantando una nube de polvo al caer. Se levantó de un salto, desconcertado y preocupado.

Annelise atravesó la entrada, caminando hacia atrás, evitado con un escudo de acero, las bolas de fuego que Adilene lanzaba enérgicamente contra ella. Al ver que todas chocaron con el metal con ambas manos produjo una bola mucho más grande y brillante que las anteriores. La lanzó y el escudo de Annelise no cedió, pero sí la fuerza en ella. El impacto la hizo caer rodando por las escaleras.

Fabio corrió hasta ella y se arrodilló a su lado. Ella ya estaba sentada, se veía bien, pero algo aturdida. A pesar de la situación, sus ojos se iluminaron al ver el collar que llevaba al cuello. En seguida reprimió la sensación.

Estaba a punto de tocar a Annelise cuando un rayo eléctrico atravesó el espacio que separaba su mano del contacto con ella.

—No la toques. — le exigió Adilene, bajando apresuradamente las escaleras.

Fabio miró a Annelise esperando una explicación lógica a lo que estaba sucediendo, pero ni una palabra salió de sus temblorosos labios.

—¿Qué está pasando? —Fabio se volvió hacia Adilene.

—¿No lo ves? Es un duelo. Ya sabes, peleamos, una pierde, la otra gana. —lo miró irónicamente.

—Te lo explicaré todo, pero no ahora. —Annelise se puso de pie. —Ahora por favor vete. No es seguro que estés aquí.

—No, no voy a dejarte.

—Por favor. Sólo intento protegerte.

—Pues no me protegerás manteniéndome en la incertidumbre.

Annelise se acercó a Fabio, hizo el ademán de acariciarle el rostro, pero no lo tocó.

—Sólo quiero que estés bien. Yo lo estaré, te lo prometo. —Annelise no supo si lo que había en sus palabras realmente era sinceridad o desesperada esperanza

—Sabes, eso suena ridículamente hipócrita viviendo de alguien que le rompió el corazón.

—Sólo por el sortilegio que tú y Hugo pusieron en nosotros. —le contestó con ira.

Adilene abrió mucho los ojos. Miró la expresión de dureza y aversión en la mirada penetrante de Fabio.

—¿Lo ves? Te dije que no era amor. Si su amor —hizo comillas aéreas.
—fuera tan fuerte como te empeñas en hacernos creer, habrías rechazado el sortilegio. Tu desconfianza y ofensa permitió que tu débil mente aceptara el ocultismo. No hizo falta mucho para que dudaras de él.

A Annelise le ardía la cara, pero no estaba segura de sí era por vergüenza o por enojo.

—Y a ustedes les hizo falta un sortilegio para separarnos. De lo contrario nunca hubieran podido.

Adilene apretó los puños y le dolió el pecho, pero pasó por alto el comentario.

—Bueno, si quieres quedarte, no hay ningún problema. —dijo pasando por alto su develación.

Encerró a Fabio en un campo de fuerza.

—Sería un placer para mí que presenciaras la derrota de tu adorada princesa.

Repentinamente, Adilene volvió a atacar a Annelise. Ella apenas pudo reaccionar, el fuego sólo le rozó el hombro. Lanzó a Fabio una sonrisa nerviosa camuflada por calidez y sosiego en tanto se ponía en pie.

No tenía la más mínima idea de cómo pelear. Jamás se lo enseñaron. Jamás lo necesitó. Tampoco conseguía hacer del ocultismo su aliado. Toda su vida lo estudió, pero no para combate; no sabía qué sortilegios utilizar o cómo hacer que las rimas correctas vinieran a su mente. Sólo sabía que tenía que defenderse y escuchar al instinto de supervivencia que nunca antes necesitó. En cambio, Adilene parecía tan diestra en ello, que la intimidaba aún más.

Adilene volvió a atacar, pero esta vez Annelise lo evitó.

—Contenla fuerte, que permanezca inerte. —apuntó.

Un aro reluciente apareció alrededor de la cintura de Adilene, otro apresándole las muñecas y uno más ciñéndose a sus tobillos. Ella perdió el equilibrio y cayó.

La desesperación y el esfuerzo en su rostro por liberarse y su pánico eran evidentes. No iba a dejarse vencer, no ahora que estaba tan cerca de obtener lo que tanto deseaba. Con un esfuerzo abismal, consiguió romper los aros de Annelise.

Le lanzó un rayo eléctrico, que ella apenas evitó. La situación se había vuelto tediosa, no la estaba lastimando como había imaginado, no como quería. A pesar de que Annelise no la atacaba, su defensa era sólida y temía que pudiera vencerla sólo con eso. Eso sería una humillación más para ella.

Volvió a lanzarle un rayo. Annelise se cubrió y convirtió el metal de su escudo en plástico, haciendo que el rayo rebotara en su escudo y regresara a su emisaria. Adilene no lo esperaba, así que, golpeada por la fuerza de su propio ataque, chocó fuertemente con el tronco de una secuoya.

Nuevamente Annelise la aprisionó con los aros, que ahora le apretaron más. Los apretó y los apretó.

Adilene acezó. Su alrededor le daba vueltas por la falta de oxígeno.

<¿Otra vez? Practicar tanto no parece haberte servido de mucho>

<<No, otra vez no>>

Con un grito liberador de fatiga, Adilene volvió a romper los aros de Annelise. Se puso tambaleante de pie; le ardía y punzaba donde se le habían ceñido.

Hizo que las raíces de un árbol crecieran y tomaran a Annelise de los tobillos, arrastrándola por el césped. Ella intentó detenerse, pero fue inútil. Cuando llegó al pie del árbol, sus ramas crecieron y se le enredaron en el cuerpo, cubriéndola hasta que no pudo ver un solo rayo de sol.

Adilene respiró profundo aún recuperándose, juntó las palmas, se concentró y las separó lentamente, materializando el Huevo Fundador, justo para cuando Annelise se liberaba de su prisión. Entonces le disparó directamente con el huevo; tener su poder a su mando ya no bastaba. Una llamarada de fuego salió despedida tan fuerte, que hizo que Adilene retrocediera un poco.

Annelise cayó al suelo, con el cuerpo ardiéndole y la cabeza dándole vueltas. No tuvo tiempo de aturdirse, pues la falda de su vestido se incendiaba. Desesperada, miró a su alrededor buscando algo que pudiera salvarla. Podría quitarse el vestido, pero eso le llevaría tanto tiempo, que para entonces ya estaría completamente calcinada.

Odiaba lo ridículamente ostentosos, saturados y estrechos que eran los vestidos de la realeza.

Entonces lo recordó. Se detestó fugazmente por olvidar, cuando apenas minutos antes lo había utilizado.

Dirigió sus palmas a su falda y pronto la empapó, sofocando el fuego que ya comenzaba a extenderse por el corsé. Dio un suspiro de alivio, sintiéndose contenta de haber jugado con el agua del lago esa misma mañana. Se quitó apresurada las zapatillas y las arrojó lejos.

A esas alturas, ya quería llorar, pero su corazón le gritaba que no podía darse ese lujo. Tenía que seguir y ganar.

Sintiendo las piernas de osmio, se obligó a ponerse de pie. Ahora el vestido era aún más pesado y estorboso. Se arrancó de un tirón la parte de la falda mermada por el fuego.

—¿Tuviste suficiente?

—No, ¿y tú?

Annelise no esperó respuesta. Decidió que era suficiente de defensiva. De ambas manos hizo brotar corrientes de agua tan intensas, que a pesar de que Adilene intentó cubrirse, el impacto la hizo rodar varios metros atrás. Antes de que pudiera recuperarse, Annelise hizo caer un torrente de agua sobre ella. Adilene jadeó y tosió, dándose la vuelta a la tierra, para sacar el agua de sus pulmones.

Annelise se apresuró a pensar, pero su mente estaba en blanco. No podía lograr que las palabras aparecieran en su mente. Tenía miedo, Tenía mucho miedo.

Para cuando pensó en algo, Adilene se levantó.

Ya estaba harta de lo tedioso de la situación. Claramente subestimó que una corona no es sinónimo de inutilidad o fragilidad. Lo supo la noche en que se Annelise usó por primera vez su ocultismo contra ella, pero una vez más, no lo quiso aceptar.

Un rayo eléctrico golpeó a Annelise, pero no fue fugaz, sino que se ciñó a su cintura, cual lazo corredizo de un jinete. El dolor era abrumador, como si millones de agujas se clavaran en la piel de Annelise. La princesa no lo soportó y cayó de rodillas, gimiendo de dolor.

Las lágrimas brotaron involuntariamente de sus ojos.

Adilene rio burlándose.

—Hice llorar a la princesa. —hizo un puchero. —Seguro que ahora quiere a sus papis para que la consuelen.

Annelise lloró aún más, porque, aunque Adilene lo dijera en ese tono, ella sí quería que sus padres la rescataran. Quería sentirse a salvo.

Fabio no soportaba ver a Annelise de esa manera. Luchaba por romper el campo de fuerza, pero era demasiado fuerte. <<Por Annelise. esfuérzate por ella>> Respiró hondo, dejo que todos los sentimientos que tenía hacia la princesa lo inundaran y apuntó una vez más su varita al frente.

Su prisión se disipó.

Apuntó al trozo de puerta más grande y con cierto pesar, pero de manera decidida, lo lanzó a Adilene.

Annelise lo miró con los ojos brillantes y el rostro perlado de sudor. Se puso rápidamente de piel y antes de que Adilene pudiera sobreponerse, le apuntó con el índice.

—Encerrarla en barrotes de relámpago quiero, aprésala en una jaula.

Una jaula de grueso metal con barrotes chisporroteantes de relámpagos puros cautivó el cuerpo jadeante de Adilene. Se apresuró a esconder el huevo.

Se incorporó rápidamente. Por un segundo miró furiosa a Fabio, pero volvió a concentrarse en su enemiga. Tomó los barrotes, sabiendo lo que le pasaría; intentó destruirlos, pero eran fuertes y no pudo soportar más el dolor, así que los soltó exasperada.

Fabio se acercó a Annelise, justo a tiempo para sostenerla de su deliquio. Se recuperó casi de inmediato, pero su semblante parecía profundamente agotado. El mayor esfuerzo físico que había hecho en su vida era cuando aprendió caída tras caída a montar un qilin.

—¿Estás bien?

—Ahora lo estoy. —le sonrió con todos los músculos de la cara doloridos. Se volvió hacia la chica en la jaula. —Se acabó, Adilene.

Veintiocho
Perecer en la Adversidad

Adilene no respondió, permaneció inerte, abrazando sus piernas pegadas a su pecho. Respiraba irregularmente, le temblaban las manos, su mirada estaba perdida en el frío suelo de la jaula.

¿Cómo podía perder en su propio juego? Aún con el poder del huevo a su mando, Annelise era más diestra que ella. La superaba en años de experiencia. A ella nunca le interesó aprender ocultismo más de lo necesario, hasta que plasmó la idea en su mente de que sería su herramienta más útil para sacarla de su vida. Hasta que la imagino retorciéndose de dolor, suplicando misericordia, humillada.

Pero no es que Annelise fuera más diestra, era que ella peleaba por un bien común que la impulsaba a hacer lo que nunca pensó.

En su momento no le puso demasiada atención a la posibilidad que tenía de perder, pues su condición le impidió pensarse derrotada; estaba segura de que la princesita mimada huiría al primer raspón en su cuidada piel.

El dolor y la humillación atacaban cada vez con más fuerza su cuerpo, pero su mente seguía tan lúcida como era natural para ella, buscando entre sus recuerdos el sortilegio que dejó como último recurso. El que tanto le había costado y prefirió sepultar en su memoria por la agonía que le causó.

Las palabras vinieron a su mente como un relámpago.

Con las fuerzas que le quedaban, alimentándose de su deseo de venganza, hizo estallar la jaula. Un pedazo de metal se enterró en las costillas de Annelise; lanzó un grito ahogado de dolor.

Adilene tomó ventaja de ese instante caos e hizo retroceder a la princesa y a Fabio con una riada constante de viento. Se encerró a sí misma en una burbuja protectora, volvió a develar el huevo y con una serie de movimientos algo torpes lo hizo brillar con una intensidad casi cegadora. Tomando una bocanada grande de aire, pronunció unas palabras y se atravesó el pecho con el huevo.

Gritó de dolor y se encogió con las manos pegadas a donde había incrustado el huevo. Sentía que cada parte de su cuerpo era desgarrada. Era el dolor más intenso que jamás había sentido. Lágrimas de tortura resbalaron por sus mejillas, pero en seguida las suprimió. No era momento de sentir dolor, era momento de causarlo. Sus ojos verdes resplandecieron de delirio.

Una acometida de Annelise la hizo recobrar la compostura. Se apartó con dificultad y con el rostro aún crispado de dolor, se puso en pie. Una tétrica sonrisa se dibujó en sus labios.

Volvió a disparar a Annelise. Ella se cubrió, pero el poder de la ráfaga de fuego blanco derritió el metal de su escudo, que descendió por los brazos, calcinándole la piel y dejando su dermis al descubierto. Lanzó un grito desgarrador.

Fabio la miraba alarmado. Se apresuró a humedecer las quemaduras de Annelise para detener la acción del calor. Ella lo miró con el semblante aliviado, con el pecho subiéndole y bajando enérgicamente.

Adilene hizo un sonido de asco.

—Suficiente, me harté de tanta cursilería. —Se volvió hacia Annelise. —Es increíble que ni en estos momentos abandones la farsa. —le reprochó irónicamente. —regresó a Fabio. —Ya tuvo suficiente ayuda.

Ya no era un dolor agobiante el que Adilene sentía por el amor no correspondido de Fabio, sino un dolor latente que le perforaba lentamente el corazón. Se acostumbró a que fuera así, a que él amara a quien ella más odiaba. Ahora sólo sentía ira por haber fallado incluso en frustrar su relación. Ya había aceptado que él nunca se fijaría en ella de la manera en que ella quería, pero estaba decidida a que, si no estaba con ella, tampoco estaría con Annelise. Por eso el exilio era la mejor opción para ella.

Apuntó a Fabio, haciéndolo desaparecer. Annelise imaginó que lo trasportó al interior de la abadía, por cómo se apresuró a hacer crecer las ramas de los árboles más cercanos a la entrada, para sellar el hueco de la puerta desprendida.

Annelise miraba desesperada lo que hacía su recién descubierta hermana. Varias veces leyó en los libros de ocultismo la posibilidad de que un ocultista natural fusionara el poder del Huevo Fundador con el suyo, pero no creyó que fuera real, sin embargo, ahora en el peor momento, se daba cuenta de su veracidad.

Según el mito, que para desgracia de Tierra Fantasía ya no lo era, sólo un corazón emocional podía ser capaz de lograr tal hazaña.

Adilene desapareció y reapareció al frente de Annelise, la tomó del cuello con su fuerza roja y la oprimió hasta hacerla toser. Annelise logró liberarse, intentó transportarse, pero Adilene fue más rápida y antes de que pudiera hacerlo, le lanzó una bola de fuego.

Abatida por el impacto, Annelise cayó súbitamente al suelo. Antes de que pudiera levantarse, Adilene estaba nuevamente a su lado, lanzando una bola tras otra. Annelise quería cubrirse, pero además de que sentía los brazos exangües de dolor, apenas intentaba levantarlos, Adilene las hacía caer nuevamente.

Por primera vez, Annelise consideró útiles tantas capas en su vestido. Aunque esa utilidad no duró mucho, pues en varios lados, la última capa de tela ya comenzaba a dejar ver la piel.

El fuego no tardó mucho para dejar ver la dermis de Annelise en más que sus brazos. La chica apenas se movía, ya. Se repetía una y otra vez que tenía que levantarse, que ese no podría ser el final, pero con cada quemadura en su piel, veía ese momento más lejano.

Adilene cesó el ataque y se acercó al ovillo de princesa que yacía en agonía.

—¿Ahora sí tuviste suficiente?

Annelise no respondió. No porque mostrara rebeldía, sino porque el dolor no se lo permitió.

Enfadada, Adilene dio un paso más hacia ella.

—Modales debe aprender, un azote eléctrico para enseñar.

Una corriente de energía eléctrica chisporroteante se materializó en manos de Adilene, formando un azote con mango de goma.

La ira y la venganza brillaron en sus ojos al descargar el primer azote en la pierna desnuda de Annelise. Uno tras otro, sus movimientos acertados en la piel rosada y abierta de la princesa, acompañados de sus alaridos de dolor, le produjeron un placer desmesurado.

<Lo estás logrando. Lo estás logrando>

Por primera vez, sintió que su odio hacia ella disminuía, que su rencor se aplacaba.

Se detuvo jadeante de satisfacción, riendo con vesania.

—Creo que ahora sí tuviste suficiente. Mírame. —gritó a tiempo que usaba su fuerza rosa para hacerla levantar la cabeza.

Una sonrisa perversa adornó sus labios cuando atinó el azote al rostro de Annelise.

—Se acabó. Ahora tu reino me pertenece a mí. Estaré complacida de hacer unos cuantos cambios…—se encogió de hombros. —aunque me temo que no a todos les gustarán. —le guiñó el ojo.

Annelise no estaba lista para perder. No estaba segura de si el cuerpo le dolía tanto que ya no podía sentirlo, o si era altamente tolerante al dolor y por eso se mantenía serena. Quiso aferrarse a la segunda opción, pero cuando intentó levantarse sintió que le clavaban miles de cuchillos en la piel. El corazón martilleándole el pecho y la migraña atacando su cerebro, no le ayudaban en absoluto.

Estaba segura de que esos cambios de los que hablaba Adilene, no se parecían en nada a los que ella tenía planeados, y desde luego no eran nada buenos. Algo en las entrañas se lo decía.

<<Levántate. Estás bien. Puedes seguir. Hazlo por ellos>>

—No... aún no. —Annelise se puso súbitamente de pie, como si la dermis de sus brazos no estuviera al descubierto, no tuviera franjas rojas irregulares cruzándole la piel que se veía y también la que no, como si no tuviera el labio roto por el último azote.

—Despierta, Annelise. Si te aferras a un final feliz, entonces jamás lo encontrarás.

Annelise tomó fuerzas de donde no las había y lanzó a Adilene bola tras bola de agua. Ella ya la consideraba derrotada, así que ni siquiera tuvo tiempo para cubrirse del ataque,

—Candente y luminoso, que la fuente del fuego arda a través de mí. —apuntó a su adversaria antes de que pudiera recuperarse.

Ataque tras ataque, el aspecto de Adilene se parecía más al asolado de Annelise.

Las posibilidades de Adilene se agotaban a cada segundo. Aun con poder fusionado con el poder del huevo, seguía siendo débil en comparación de Annelise. Pero no entendía por qué. A esas alturas Annelise ya debería estar arrastrándose a sus pies, suplicando por su vida.

Estaba convencida de que, si perdía, Annelise no tendría el corazón para desterrarla. Pero también estaba convencida de que quedarse no era una opción. Los rostros aterrados de las personas en la abadía le decían que de tirana e infame no la bajarían.

Respiró hondo y concentró las fuerzas que le quedaban, en recuperar el deseo de venganza que había quedado opacado por el dolor. Pensó en lo mucho que anhelaba que Annelise sufriera. Con un gemido de dolor, logró materializar una burbuja protectora.

—El amor es un arma de doble filo. Da vida y mata, crea y destruye, sana y hiere, fortalece o debilita. Nosotros decidimos si dejamos que nos consuma o lo usamos para consumir. —su mirar resplandeció de alivio. —En tu caso, el amor es tu perdición. —dijo tajante.

Con un giro de muñeca desapareció. Annelise miró a todos lados con el corazón golpeándole violentamente el pecho. No entendió las palabras de Adilene hasta que escuchó un alarido proveniente del interior de la abadía. Se le heló la sangre al reconocer a la dueña de tal sonido.

Corrió a la entrada bloqueada y acometió rama tras rama hasta que consiguió trasminar un poco del interior. Giró la muñeca y en un segundo que pareció eterno, estuvo dentro.

—No creíste que te dejaría ser feliz así de fácil, ¿o sí? —preguntó con ironía Adilene.

Veintinueve
Decisiones de Cristal

Annelise reprimió un grito cuando vio a Daiana de rodillas frente al atar. Adilene empuñaba una espada que atravesaba el estómago de su amiga.

Al verla, a pesar de la expresión de dolor en su rostro, los ojos de Diana reflejaron alivio. La sangre que resbalaba desde la herida, le había manchado el vestido azul menta que llevaba.

—No. —sollozó Annelise.

Los presentes miraban horrorizados el aspecto de su princesa, aunque también admirados y agradecidos de que siguiera en pie. Cuando Adilene volvió a la abadía, pero ella no, a todos se les heló la sangre.

Los guardias de la primera, segunda, tercera posición y los refuerzos, seguían encerrados en un campo de fuerza al lado del de los invitados. Adilene habría querido congelarlos a todos, después de que intentaran utilizar hasta la daga más pequeña para defender a su princesa. Pero Anelisse no se los permitió, les ordenó quedarse al margen, pues decidió que ninguna vida valía menos que la suya.

El ocultista de la corte tenía dos bolas de metal rodeándole las manos para que no pudiera volver a utilizar su varita en alguna tontería como la que había cometido minutos antes de azotar a Adilene contra la pared.

Los rostros de los reyes y el de Carlos habían perdido por completo el color. La reina lloraba desconsoladamente.

Cadenas de hierro salían del mármol del suelo y se ceñían a los tobillos y muecas de Fabio, quien, al verla, luchó por liberarse, pero sólo consiguió hacerse sangrar. Estaba tan aliviado de verla con vida, que volvió a respirar. No estaba en las mejores condiciones, pero estaba viva.

Adilene retiró bruscamente la espada del cuerpo de Daiana. Ella soltó un alarido aún más estremecedor que el primero y se desplomó temblorosa en el suelo.

Annelise intentó avanzar hacia ella, pero Adilene movió hábilmente la espada y dirigió la punta al cuello de su amiga.

—Un paso más y ella morirá. No creo que quieras que eso pase.

Annelise se quedó dónde estaba. La mandíbula le temblaba, los oídos le zumbaban y sentía las palmas de sus manos empapadas.

Adilene presionó la espada contra el cuello de Daiana, haciendo que un hilo de sangre bajara por su clavícula.

—Detente. Tu lucha es conmigo.

—Precisamente por eso lo hago. Ahora, si quieres que ella viva, harás lo que te dije.

—Eso no es justo.

—La vida no es justa, acostúmbrate a ello.

Adilene conocía perfectamente el peso de sus palabras. Era una lección que la vida le obligó a aprender mucho tiempo atrás.

—No lo hagas. —Daiana tosió y pringas de sangre salieron de su boca. —Mi vida no vale el reino. —sus ojos suplicaban a Annelise no ceder ante el chantaje.

—Tic tac, Annelise. No tengo todo el día.

Annelise se sintió la persona más miserable del mundo por los pensamientos que cruzaban veloces por su mente. No se preocupaba por su destino en lo más mínimo, sino por el que correría aquellos a quienes dejara atrás con Adilene como su reina.

De tanto evaluar la situación se sintió mareada. Un dolor agudo volvía a azotar cada centímetro de su devastado cuerpo. Lloraba de desesperación por no saber qué hacer. De cualquier manera, un remordimiento siempre estaría presente.

Pidió con todas sus fuerzas que el mal presentimiento en sus entrañas fuera sólo miedo por enfrentarse a lo desconocido.

<<Adilene será la mejor reina que Tierra Fantasía pueda tener>>

Una vez ancló lo suficientemente fuerte el pensamiento en su mente, miró los rostros aterrados de su pueblo, el ovillo en que Daiana se había convertido, el semblante preocupado de Carlos y sus padres, el rostro aterrado de Fabio y por último los penetrantes ojos de la chica que tanto sufrimiento le estaba causando.

Carlos se sentía abismalmente inútil al no poder hacer nada por la chica de la que estaba tan secretamente enamorado. No valía la pena si no había futuro para ellos; desde hacía años, la mano de alguna de las mujeres de la casa real de Zafiro estaba destinada para él. Sus padres veían la solución de los conflictos mercantiles entre las dos naciones en una alianza matrimonial.

Que Annelise ascendiera al trono, era la única esperanza para él, pero ahora…

Adilene fue muy acertada al esposarle las manos, pues de lo contrario hubiera defendido a Daiana con su vida, si era necesario.

—Recuerda que no sólo la vida de tu amiga está en juego.

Adilene lanzó una corriente de aire que se coló por el campo de fuerza de los invitados y los pegó súbitamente a uno de los extremos. Luego lanzó una bola de fuego al sector del vulgo.

—Detente. Me iré. Tendrás lo que quieres. Ganaste.

—Sabia decisión. —sonrió delirante.

—Pero primero —miró a Daiana que ya casi no se movía.

—Con gusto. —mintió.

Adilene hizo que Carlos traspasara su prisión, pero extendió una mano frente a Annelise para que no se moviera.

Él dedicó una mirada rápida a Annelise y luego se dirigió a la chica que yacía inerte en el suelo sobre un charco de sangre. Con la angustia brillándole en los ojos, se arrodilló a su lado y tocó con manos temblorosas su mejilla, rogando volver a ver esos ojos cafés que tanto le gustaban.

Ella no se movía. Carlos sintió tanto vertido que tuvo que apoyar ambas manos en el suelo. Se cubrió los ojos con la mano y sollozó. ¿Por qué no aprovechó el tiempo con ella cuando aún lo tenía?

Enterró la cara en su cuello con aroma a vainilla, tomó su mano entre la suya y se sorprendió al sentir una débil presión. Se incorporó conteniendo el aliento, a la espera de aquello por lo que rogaba.

Daiana abrió lentamente los ojos. Su respiración era tan débil que era imperceptible, pero aún estaba ahí. Carlos le pasó el brazo por el cuello y la incorporó ligeramente para poder envolverla entre sus brazos. Sus lágrimas de tristeza fueron reemplazadas por lágrimas de alegría y alivio.

—¿Creíste que podías deshacerte de mí? —dijo Daiana en un susurro.

—Contaba con que tu terquedad lo impidiera.

Sin sobrepasarlo, acercó sus labios hasta los de ella en un tierno beso rápido. Ella le dedicó una dulce sonrisa antes de desvanecerse en sus brazos.

—No sé qué tienen ustedes con encapricharse con imposibles. —giró el índice en torno a Annelise y a Carlos.

Después de dejar a Daiana en la habitación de Annelise y de atender sus heridas, Carlos volvió a la abadía.

—¿Cómo está? —preguntó Annelise.

—Se recuperará.

Fabio suspiró aliviado.

—Muy bien, hora de irse.

Hugo se aclaró la garganta. Adilene lo miró con fastidio, pero lo liberó del campo de fuerza y lo plantó frente a Annelise.

—¿Estás bien? —preguntó él recorriéndola con la mirada.

—¿Te importa? —respondió ella tajante.

—Pues claro que sí, cariño.

Adilene se rio.

—Ya puedes dejar esa farsa. Lo sabe todo.

Hugo miró a Annelise con la mirada inyectada de pánico.

—Puedo explicarte.

—¿Qué más da? No volveremos a vernos.

—Pero necesito que lo sepas, que comprendas...

—No me interesa.

—Amor.

—No me llames así. —el tono de Annelise estaba cargado de desprecio. Con la mirada encendida, depositó una contundente bofetada en la mejilla de Hugo

Ya no tenía que fingir, pues ya no tenía nada para perder.

Expresiones ahogadas volvieron a llenar el salón.

—Por favor, deja que te explique.

—¿Qué parte de que no me interesa no entiendes? No quiero nada de ti.

Hugo intentó acercarse, pero Annelise retrocedió con el ceño fruncido.

—Caíste demasiado bajo. —caminó por su lado, dirigiéndose a Adilene.

Hugo se sentía miserable. El poco tiempo que pasó con Annelise, le bastó para que ella le importara. Aunque sabía que nada de lo que hacía venía de su voluntad propia, por un momento se dejó llevar pensando que era real, que ella realmente estaba enamorada de él, así como él se había enamorado de ella.

Se arrepentía. Tal vez se la hubiese ganado, tal vez no, pero lo habría hecho por sus propios méritos, no porque algo la obligara a sentir algo que evidentemente no sentía.

El corazón del príncipe se aceleró. No todo estaba perdido, Annelise prometió ante el Huevo Fundador que se casaría con él. Si se lo recordaba, tal vez Annelise lo perdonara y Adilene lo dejara irse con ella.

—Espera. —Hugo tomó a Annelise del brazo y la hizo girar hacia él. —Vas a casarte conmigo ¿Olvidas que lo prometiste? —dijo Hugo con ironía.

Annelise rio.

—Yo prometí contraer matrimonio, pero no dije que fuera a ser contigo

Los ojos de Hugo se dilataron y su mandíbula se apretó.

—Annelise…

—Yo jamás me casaría con alguien como tú.

El semblante de Hugo se endureció, pero no dijo nada.

Treinta
La Distancia de la Luna

—Estoy lista. —dijo Annelise con firmeza.

Adilene se regodeó pasando los dedos por la corona que había tomado de la cabeza de Annelise.

Annelise se dirigió al campo de fuerza, puso las palmas sobre él, y sus padres hicieron lo mismo del otro lado.

—Los amo. —musitó.

—Y nosotros a ti, mi niña. —le respondió su madre.

—Nunca olvidaremos tu sacrificio. —dijo el rey con la voz apretada y una lágrima bajando por su mejilla.

<<Ni el por qué tuve que hacerlo>> La furia, aversión y el resentimiento hacia su padre aún seguían ahí, pero se disfrazaban un poco por la tristeza de no volver a verlos nunca.

Annelise retiró sus manos de las suyas. Se esforzó por tragar su llanto y sus ganas de gritar. No quería hacer más difícil la situación para sus padres.

—Adilene, por favor, —suplicó el rey. —no tienes que hacer esto. Podemos enmendar las cosas, podemos ser una familia, hija.

—No me llames así. —gritó Adilene. —Que lleve tu sangre no te da el derecho de llamarme hija.

Los ojos de Adilene llamearon. Que el rey se atreviera a llamarla hija hacía que le hirviera la sangre. Nunca la había llamado así, pero ahora que suplicaba por la vida de su preciada hija reconocida, la palabra le salió de la manera más natural. Hipocresía e interés, era sólo eso. No era necesario que llegaran a tales extremos, pero él así lo había querido. Era su culpa y tendría que vivir con ella.

—Ahora que no te queda nada me llamas hija, ¿pero antes? A la única a quien tratabas como hija era a tu preciosa princesa, con ella sí eras un verdadero padre, no conmigo. Que me hubieses tratado como a ella... eso te haría mi padre.

Así que ahora no finjas que te importo y quieres reparar todo el daño que me has causado.

—Pero sí me importas. Eres mi hija.

—Que no me llames así. —el color le subió por las mejillas. —Ahora cállate y deja de ser tan patético. Acepta las consecuencias de lo que tú causaste.

Fue todo para el rey. No fue capaz de volver a mirar a Annelise.

Annelise suspiró y se volvió hacia Carlos, que, con un solo gesto, comprendió lo que ella quería decirle. Le devolvió el gestó y sus ojos se tornaron vidriosos.

Y, por último, se dirigió a Fabio. Lo miró con los ojos vidriosos y el corazón destrozado, tal como él la miraba a ella.

—Adilene. —suplicó él.

La chica se volvió hacia él exasperada y con mala cara, pero enseguida suavizó su expresión al ver la genuina tristeza en sus ojos. Se acercó a él.

—En verdad la amas, ¿no es así?

Él asintió.

—Más que a mi vida.

Librando una batalla consigo misma, Adilene evaporó la prisión de Fabio. Él se dirigió velozmente a Annelise y la abrazó con fuerza, olvidándose del mundo a su alrededor.

—Perdóname por todo el daño que te hice. —se separó para mirarlo a los ojos. —No lo resistí. No fui lo suficientemente fuerte para luchar por nosotros. Lo siento, lo siento. —sus palabras casi quedaron ahogadas por su llanto.

Si hubo exclusiones de sorpresa, expresiones escandalizadas o murmullos, Annelise no se percató. Ya no importaba nada de lo que ninguno de los presentes pensaba. Ella amaba a Fabio y no tendría otro momento para volver a demostrárselo.

Fabio secó delicadamente sus lágrimas.

Ya nada de eso importa. Dejemos el pasado atrás, ¿sí? Lo que ahora importa es este momento. —su rostro se ensombreció. —No sé decirte por qué o cómo, pero te aseguro que esto no ha terminado.

Annelise enterró la cara en el cuello de Fabio, le echó los brazos al cuello de Fabio, y se dejó envolver por su protección. Al menos por un segundo, sintió que su mundo no se estaba derrumbando. Rompió silenciosamente en llanto.

—Esto no era lo que quería.

—Lo sé. —una lágrima escapó de sus ojos. —Pero estarás bien, de eso estoy seguro. Si alguien puede enfrentar esto, eres tú.

—No quiero dejarte. —sollozó. —Se suponía que estuviéramos más juntos, no menos.

—Oye. —le acarició la mejilla y le besó la frente. —Si vemos la misma luna, no estaremos tan lejos.

Ella sonrió con debilidad.

—Te amo, bonita.

—Y yo a ti. Mucho.

Sus labios se fundieron en un anhelado y entregado beso; las lágrimas de ambos le dieron un toque salado. Sus corazones anhelaban más. Más tiempo. Más cercanía. Más oportunidades. Pero ese beso de despedida tenía que ser suficiente.

Annelise se quitó el collar que llevaba al cuello y se lo puso a Fabio en la mano.

—Cuídalo por mí.

Lo abrazó, impregnándose una última vez del aroma que tanto amaba y que la hacía sentir que todo era posible.

Miró con ojos cristalinos a todos en la estancia; su vista comenzaba a nublarse por las lágrimas contenidas. Se le hizo un nudo en la garganta y un hueco en el corazón.

—Bueno, me encantaría quedarme aquí todo el día, pero tengo un reino que asolar. Perdón, quise decir gobernar. —Adilene se rio. —Cuidaré muy bien de mi pueblo, no te preocupes. —le guiñó un ojo a Annelise.

Hizo círculos con la mano, y una gran nube roja en forma de círculo, se formó a nivel del suelo.

—Te diría que fue un placer conocerte, pero estaría mintiendo.

Sin mirar atrás, Annelise atravesó el portal. Dejando anhelos, ilusiones y fantasías que habían estado a punto de hacerse realidad. Se sentía tan pequeña, como la niña mimada que Adilene siempre le decía que era. Sólo quería correr a su habitación, envolverse en las cálidas mantas, dormir y al despertar, sentirse feliz al saber que todo había sido una pesadilla.

Adilene cerró el portal, levantó ambos brazos al cielo, y los desplazó lentamente hacia los lados. La tierra tembló por unos segundos. No estaba dispuesta a arriesgarse a que especialmente a Fabio le diera por correr tras la princesita.

—Hasta nunca, hermanita. —clavó la fría y triunfante mirada en la nada.

Treinta y Uno
Fantasmas Invisibles

Annelise cayó súbitamente al agua. Se revolvió desesperada por tomar un poco del aire que no había tenido tiempo de tomar. Las piernas y los brazos no le respondían por más rápido que los movía. No entendía por qué aún no había llegado a la superficie. Los pulmones comenzaban a arderle por contener la respiración; comenzó a perder el conocimiento.

Dejó luchar y el mundo a su alrededor se ralentizó. Su cerebro se concentró en el silencio y el eco de las profundidades del lago. Su ritmo cardiaco disminuyó; comenzaba a relajarse. Su mente suspendida en el tiempo, en un apacible y silencioso momento.

Ella y Daiana se aseguraban de la temperatura del agua del lago Cristal, rozando delicadamente el agua con las yemas de los dedos cuando de pronto, las manos de Fabio y Carlos se ajustaban a sus cinturas desnudas y se zambullían en el agua con ellas. Ellas emergían haciendo mohines y fulminándolos con la mirada, pero luego reían hasta que les dolía el estómago.

El agua meció su cuerpo como si lo arrullara, pero luego ese arrullo se convirtió en un progresivo vaivén. Annelise intentó concentrar su poco nítida vista en la criatura que sea acercaba depredadora hacia ella. No podía distinguir lo que era, pero aun en su ensoñación, su cerebro la alertaba del peligro.

Ella lo sabía, sabía que tenía que huir, pero su cuerpo estaba tan plácido flotando en el agua, que hacía que el ardor de sus heridas y lo dolorido de sus músculos disminuyera increíblemente; y su mente estaba tan cómoda sólo pensando en el hermoso e imponente verde azulado de las profundidades del lago, que no pensaba en por qué había llegado ahí.

Un golpe en el hombro la sacó súbitamente de su sopor. Su mente volvió a despertar y se concentró en la abaia que circulaba depredadora y pretenciosa a su alrededor, como si estuviera dando un último espectáculo para su víctima antes de ser engullida.

Annelise encontró el suficiente aire en sus pulmones para volver a moverse. Desesperada nadó hacia la superficie, pero la cola de la abaia se envolvió en sus tobillos. Atemorizada, braceó y dejó escapar un grito sordo que le quitó el escaso oxígeno que tenía.

Otra vez ese pinchazo en los pulmones.

Temía que, si se movía más, el oxígeno terminaría por agotársele y si no se movía, la abaia probablemente la comería de un solo bocado. Su juicio comenzaba a nublarse de nuevo.

Ya no sentía las piernas sujetas. Pesadamente miró a su alrededor, localizando a su presa que nadaba decidida hacia ella. Cerró los ojos esperando lo peor, pero entonces, la memoria cruzó su mente tan rápido como un relámpago.

Apuntó las palmas hacia abajo e irguió su cuerpo en dirección a la lívida luz que emanaba de la superficie. El agua se movió tan rápido que cuando menos lo notó, ya estaba arrastrándose jadeante lejos de la orilla del lago.

Se tendió boca arriba, mirando el cielo, que parecía tan monótono y pacífico comparado con su vida en esos momentos. Su pecho subía y bajaba intentando recuperarse del esfuerzo físico y su ritmo cardiaco se normalizaba, apaciguándose del miedo que sintió y que escasamente pudo controlar para no morir por una estupidez. Su estupidez.

Pudo haber nadado fácilmente a la superficie antes de que la abaia apareciera, pero el miedo la cegó tanto que ni siquiera pudo recordar cómo nadar. Pudo haber usado ocultismo, pero el pánico se apoderó tanto de ella, que su mente no recordó siquiera el significado de la palabra, sino hasta el último momento.

No podía tener errores como ese, si ahora iba a deambular por el mundo, totalmente sola y desprotegida. Errores que no le habían permitido defenderse más que con agua y fuego cuando ya era demasiado tarde en su duelo con Adilene, pero ¿cómo podría culparse por ello? Hasta hace apenas unas horas no sabía lo que era tener que luchar por su propia vida.

Con el aire, sus heridas ardían aún más, causándole un intenso y agudo dolor. Al menos se alegraba de que se hubieran limpiado con el agua del lago. Antes apenas había conocido lo que era el dolor por una cortadura o por un raspón en la rodilla cuando era niña.

Quería curarse, pero no tenía las fuerzas suficientes para hacerlo. Su mente le ordenaba que se levantara, pero su cuerpo no le obedecía, sólo quería quedarse ahí y no levantarse nunca.

Comenzó a llorar. ¿Qué se suponía que hiciera ahora? Todo lo que tenía, todo lo que conocía, todo lo que quería, quedó atrás, en el hogar que nunca volvería a ver. Se sentía tan frágil como un diente de león en medio de un vendaval; ahora cualquier cosa podría romperla.

Intentó cubrirse los ojos con los brazos, pero no lo consiguió, así que sólo giró débilmente la cara para que el sol no le diera directo en los ojos. Dejó que sus lágrimas cayeran hasta que no pudo respirar, hasta que le ardieron los ojos, hasta sentir las mejillas rígidas por las lágrimas secas acumuladas y hasta el cuerpo le dolió más de lo que ya le dolía.

La realidad le cayó tan de golpe, que se sintió mareada y sofocada. La pregunta de si valía la pena seguir viviendo circuló en sus pensamientos como si fueran las vías de un tren. Ya no tenía nada ni nadie por qué vivir.

Se había quedado vacía y sola.

¿Por qué a ella? Creció con la doctrina de sus padres acerca de que aquellos que hacían el bien o el mal, recibían lo mismo a cambio. Y ella toda su vida se esforzó por hacer el bien. ¿Es que acaso ella era una mala persona y era incapaz de darse cuenta de ello? ¿Qué de malo podría haber hecho para merecer tal castigo? Tal vez ella era la que siempre había estado en un error y vivido en un engaño, al pensar que sus ideales eran la mejor opción para una utopía. Como su familia siempre se lo dijo, las suyas eran sólo fantasías de niña que no estaban ni cerca de lo que en realidad consistía la vida.

Tenía que ser así, ese debía ser el error que estaba pagando; su credulidad. Porque si no era así, entonces, ¿dónde estaba la justicia?

Rio amargamente en silencio. ¿Cuál justicia? Adilene tenía razón, la vida no era justa y era algo que estaba aprendiendo literalmente a golpes. Tal vez siempre lo había sabido, pero su imaginativa, ilusa y absurda idea de un mundo ideal le impedía aceptarlo.

¿Cómo pudo ser tan tonta para pensar que sólo porque idealizara fielmente algo, se haría realidad? ¿Cómo pudo pensar que ella sería el hito del cambio? Era sólo una princesa que no sabía lo más mínimo de la cruda realidad de la vida. Sus fantasías sólo la habían llevado a incrementar su sufrimiento. Tenía que aprender a separar lo quimérico de la realidad.

Con una mueca de dolor e irritación, su entorno quedó en total oscuridad. Su dolor se apagó.

Apenas Annelise abrió los ojos horas después, toda la remembranza de su día vino a su memoria, haciéndola llorar de nuevo. Y de nuevo lloró hasta que no pudo más.

La noche ya había caído y la luna se alzaba brillante y redonda sobre el manto de estrellas. Eso hizo pensar a Annelise en sus padres. A los tres les encantaba contemplar las estrellas en una noche serena como esa, mientras tomaban una taza de té de aceite esencial de bergamota y comían galletas de nuez moscada y jengibre. El aroma imaginario casi la hizo sentir en casa. La casa que ya no tenía.

Con un esfuerzo sobrehumano, la princesa se sentó. La luz de la luna brillaba intensa y hermosa en el agua del lago. Ella sólo había estado ese lago una vez hacía años atrás, cuando su padre consideró que tenía la edad suficiente para ver lo que había del otro lado del espejismo de Tierra Fantasía. El lago Cristal delimitaba la frontera de Tierra Fantasía con el resto del mundo y era el hogar de la abaia guardiana.

Según la leyenda, la abaia protegía la nación de quienes lograran traspasar el espejismo, pero tuvieran intenciones de dañar el reino o de explotar sus recursos.

Annelise no entendió por qué la atacó a ella.

Respiró hondo antes de girarse. La tierra que sabía que estaba allí, pero que no podía ver, se alzaba imponente y esplendorosa frente a ella. Con una mueca de dolor y un gemido, se levantó torpemente. Lentamente dirigió la mano adonde debería estar la entrada a su hogar, pero no pudo atravesarla, sólo sintió el severo campo de fuerza que Adilene levantó.

Acarició la dureza con las yemas de los dedos temblorosos, como si tocarla le doliera. Siempre pensó que cuando saliera de los límites de su nación, sería para conocer lo bueno y lo malo del mundo común y luego volver al cobijo y seguridad de su amado hogar.

Incluso llegó a creer que algún día Tierra Fantasía podía llegar a fusionarse con los demás países y coexistir en armonía con ellos, sin la necesidad de ocultarse tras un espejismo. Su padre le repitió varias veces los riesgos de una tierra fantástica en medio de un mundo escéptico y receloso, pero ella nunca entendió eso de que los humanos le temen a lo que no entienden y por tanto lo destruyen.

Si Tierra Fantasía formara parte del mapa como cualquier país, entonces la conocerían, la comprenderían y no le harían ningún daño. Era como con las personas y la fauna: si alguien que nunca había oído hablar de un tiburón peregrino se encuentra con uno, sus dientes afilados, su tamaño descomunal y la aspereza de sus escamas, probablemente haría que esa persona busque defender su vida a toda costa, así deba matar al animal. Pero si conociera al pez, comprendería que aún con su aspecto fiero y temible, el tiburón peregrino es inofensivo para cualquier tipo de vida, ya que se alimenta filtrando agua. Todo está en el conocimiento.

Con un suspiro, Annelise recargó la frente en el campo de fuerza. Quería llorar, pero no pudo hacer que las lágrimas salieran. Tal vez ya había derramado suficientes lágrimas por un día.

Volvió a sentarse, esta vez de frente a su tierra.

Podría ir a Serbia o Croacia que eran los países más cercanos, y ahí pensar en el nuevo rumbo de su vida. Y tal vez después ir a Grecia o a Aruba. Según internet, ambos países tenían playas paradisiacas realmente alucinantes, y ella siempre había querido conocer el mar y la arena. Ella y Fabio fantaseaban con unas vacaciones en la playa una vez todo tomara el rumbo que esperaban después de la coronación.

Sin embargo, ahora tendría que tomar esas vacaciones sola y serían permanentes.

Sintió una punzada de nostalgia. Para comenzar una nueva vida, debía dejar su antigua vida atrás.

—Que mis heridas sanen y así no recuerde mis perdidas. —se apuntó a sí misma.

Nada sucedió. Los sortilegios de sanación eran avanzados y en las condiciones en las que Annelise estaba, lo eran aún más.

Después de varios intentos fallidos, Annelise finalmente consiguió que su ocultismo hiciera efecto. Temblaba y tenía la frente perlada de sudor, pero lo había logrado.

Las heridas abiertas y rosadas comenzaron a cerrarse hasta volverse ostensibles cicatrices. Para la princesa que no había tenido una sola marca en su perfecta piel de porcelana, resultaron atroces y hermosas a la vez, pues le recordaron que perdió una batalla, pero que la luchó hasta el final.

Aún sentía que se desarmaría en cualquier momento, pero al menos ya no sangraba ni tenía al descubierto la piel rosada de la dermis.

Una gran pluma de ave amarilla naranja y roja cayó repentinamente en el lago. Annelise miró el cielo, pero estaba totalmente despejado. Lugo miró la pluma y ésta comenzó a disolverse como si fuera una pastilla efervescente. Cuando terminó, dejó ver la imagen que había formado en el líquido.

En las calles de la plaza principal de Diamante corrían ríos de lava que consumían lentamente las mansiones de la aristocracia y las familias de la corte. La gente corría gritando y llorando, exasperados por no poder llegar a un lugar seguro a tiempo, por perder su patrimonio, por perder a sus seres amados.

Su hogar.

Asolado. Trágico. Rebosante de dolor. Colmado de pánico.

Horrorizada, Annelise dio un traspié hacia atrás, mientras la visión se disolvía. Esta vez las lágrimas salieron veloces e inesperadas.

<<Idiota. Idiota>>

Annelise se repudió por no haber visto venir tal erebo para Tierra Fantasía, por no haber luchado más para preservarla. Adilene no era sólo ruin, era realmente perversa.

<<Tonta. Tonta>>

Hiperventilando, miró a su alrededor, buscando alguna respuesta en las estrellas. Miró una que titilaba justo arriba de donde debería estar el palacio. Rogó al Ave Fénix que se apiadara de ella, que la amparara en esos momentos tan difíciles. A pesar de ya haber comprobado lo injusto de la vida, se seguía aferrando a su fe que era todo lo que tenía.

Entonces, como si hubiera sido obra del hado, la imagen de la página desgastada y amarillenta del Códice de Tierra Fantasía vino a su mente como una descarga.

Era la única página que Annelise consideraba valiosa del Códice de Tierra Fantasía. Desde que aprendió a leer, esa única página se convirtió en su relato favorito. Según la historia, esa página del códice ardió repentinamente en llamas, pero no se calcinó, sino que en ella se plasmó una historia; una leyenda.

La Leyenda contaba que después de haber creado Tierra Fantasía y dejado el Huevo Fundador como recordatorio de que, de la más pequeña partícula de ceniza, la vida puede surgir, siempre que haya fe y esperanza, el Ave Fénix se retiró a descansar de su obra al Volcán Ignia, un lugar en otra terra nullius al norte con Egipto y al sur con Sudán, asegurando que cuando uno de sus naturales lo buscara, siempre estaría ahí para compartir un poco de su poder.

Pero su ayuda era algo que tenía que ganarse. Sólo aquellos de corazón emocional, con un propósito honesto y desinteresado alcanzarían su gloria.

Annelise sintió que una luz de esperanza se encendía en su estrujado corazón. Si la Leyenda era cierta, era el momento perfecto para probarlo. Si encontraba al fénix y lograba conquistar su esplendor, tendría el poder de retar nuevamente a Adilene y vencerla. No más espada de Damocles sobre sus hombros o los de su reino.

¿Pero, y si la leyenda era sólo eso, una leyenda? No podía poner todas sus esperanzas en una fantasía. Ya le había quedado claro que soñar despierta no la llevaba a ningún lado.

Masajeó sus sienes en busca de un poco de alivio. Respiró hondo y se puso nuevamente en pie. ¿Cómo pudo dudar de su esencia, aunque fuera sólo por un momento? Ella era quien era por sus ilusiones y pensamientos fuera de lo común. La fantasía que albergaba en su corazón era su tesoro. Era su lienzo y estaba dispuesta a pintar en él.

Se deshizo de los harapos que le quedaban por ropa, cambiándolos por un conjunto parecido a los de los guardabosques, pero mucho más decorado. Lo necesitaría para el viaje África que estaba a punto de emprender.

No estaba segura de si la sonrisa que se dibujó en su rostro era de auténtica beatitud, por su corazón estar rebosante de esperanza, o una sonrisa fingida para no llorar.

Treinta y Dos
Límites

Después de una semana, Daiana había recuperado considerablemente la salud. Aún hacía muecas de incomodidad al hacer ciertos movimientos, pero se sentía agradecida de poder vivir para hacerlas. Aunque no estaba muy segura de si a la nueva modalidad de Tierra Fantasía podía llamársele vida.

Carlos había pasado la mayor parte del tiempo en el palacio de Topacio cuidando de ella y atendiendo todos sus deseos. Con él a su lado, todo lo malo no lo parecía tanto. A esas alturas, ya a nadie le importaba seguir el Protocolo Real; lo único que últimamente importaba, era pervivir.

Era increíble que algo así hubiera tenido que pasar para que ambos confesaran sus sentimientos hacia el otro. Pero eso ya había quedado atrás, ahora se tenían el uno al otro para enfrentar la difícil situación por la que pasaba su nación.

Los ataques a las principales ciudades habían cesado, al los líderes de Tierra Fantasía ceder a las exigencias de la nueva reina. Adilene aseguró que quería que la esencia de la tierra se conservara, pero para eso cada habitante debía aceptarla y adorarla como su legítima reina, como si la falsa reina a la que estuvieron a punto de coronar nunca hubiera existido. Ahora, sólo quedaban las huellas de una tiranía que recién comenzaba para la nación.

Los ataques comenzaron apenas irse Annelise. Como era lógico, los que presenciaron la atrocidad y los alcances de Adilene, le tenían terror. Eran incapaces de ver como su reina a quien había hecho tanto daño a la que ellos sí consideraban su verdadera reina y no la aceptarían como si nada de eso hubiera pasado sólo porque ella así lo quisiera. Aun antes de eso, Adilene no era muy querida en el pueblo, por su actitud retraída y aparentemente apática.

Si la reina no conseguía que la respetaran y la quisieran por lo que quería ser, la respetarían, la odiarían y le temerían por lo que la obligaban a ser.

Desde que Adilene asumió la corona, se había dedicado a gobernar mediante el terror. El miedo hace que no se reaccione, que no se responda, que no se avance. Después de ver todo lo que era capaz de hacer, nadie fue tan tonto como para desafiarla. Nadie tenía oportunidad contra el poder del huevo que ella controlaba.

Y para que ese estado fuera constante y nunca nadie osara salir de él, se ocupó de convertir Tierra Fantasía en el lugar más desolado y lastimoso del planeta. En las urbes la comida y el agua eran cada vez más limitadas. Lo que antes eran tierras fértiles y manantiales cristalinos, ahora sólo eran imágenes deplorables. Todo era sequía y escasez.

En la capital, las cosas eran aún peores. Transformó el castillo en una auténtica casa del terror. Despojó a los reyes de su propio hogar y los encerró en la prisión subterránea del palacio. Los mantenía en condiciones deplorables, castigándolos cada día por el tormento que soportó por años y divirtiéndose al recordarles que no volverían a ver a su preciada hija. Al rey lo castigaba por el siempre hecho de ser él y a la reina por impedirle a su madre tomar el lugar que debió haber sido suyo.

A Fabio lo mantenía cautivo en una jaula titanio dorado en la habitación de Annelise, que ahora era suya. Quemó las cosas que ella dejó. No quería que hubiera un solo rastro de que alguna vez Tierra Fantasía tuvo otra princesa.

—¿No te parece excesivo?

—No lo creo

—Pusiste un campo de fuerza alrededor del reino.

—Ajá.

—No hay manera de que pueda huir.

—No pienso correr ningún riesgo. Nunca se sabe lo que alguien... obsesionado pueda hacer. No voy a permitir que en tu afán por ella —dijo secamente y con expresión repulsiva. —hagas algo de lo que te puedas arrepentir, tal como lo hiciste la última vez. Aún tengo algunas marcas de la puerta.

—Nunca dije que me arrepintiera de eso.

Adilene fulminó a Fabio con la mirada.

—Como sea. Te quedarás aquí hasta que al igual que el resto del reino, cedas a mis exigencias. Deberías agradecerme, en comparación con el resto del pueblo, tú vives como un rey.

—Un rey en una jaula.

Fabio gozaba del privilegio de importarle a la reina y, por tanto, de no tener el más mínimo rasguño. Lo mantenía cautivo en una jaula que estaba muy lejos de ser una jaula: ocupaba la mitad de la habitación, tenía una cama, un baño, un escritorio, un closet e incluso una pantalla.

—Bueno, no siempre se puede tener todo. Si aceptaras convertirte en un rey de verdad, podías salir de ahí, lo sabes.

—Eso no pasará. —dijo él con severidad.

—Como quieras.

Adilene salió contoneándose de la habitación. Como había hecho toda la semana a la misma hora.

Furioso, Fabio pateó los barrotes de la celda. No la hizo siquiera temblar. No soportaba la idea de pensar en Annelise sobreviviendo a lo desconocido, mientras él vivía como "rey" en su prisión de oro.

Lo único que lo reconfortaba era la fe que le tenía a Annelise. No sabía cómo o cuando, pero se aferraba a la ilusión de que un día ella apareciera y su luz al entrar en la habitación, calmara su sufrir. Ella regresaría, estaba seguro.

Adilene abrió tranquilamente la puerta de lo que antes era la biblioteca, y ahora había convertido en su santuario. Pero apenas cerró la puerta tras ella, se apresuró a su bien más preciado con expresión malsufrida.

Era el séptimo día que lo intentaba. El poder del Huevo Fundador por alguna razón que no conseguía comprender parecía no ser compatible con su ocultismo. Ya había intentado casi todos los sortilegios de todos los libros y ninguno resultaba mejor que el anterior.

La tarde del destierro de Annelise, después de disponer el castillo a su antojo, sintió que le arrancaban el corazón. El huevo salió de su interior de la misma dolorosa y desgarradora forma que la primera vez que lo intentó.

Desde entonces, intentó e intentó, pero todo fue en vano, el huevo insistía en rechazarla; el sortilegio más eficaz, sólo le dio escasas dos horas. Cada que el poder del huevo se desprendía de su interior, era una total, pero fugaz agonía, que la dejaba gimiendo y llorando de dolor.

No podía permitir que nadie se enterara de eso, de lo contrario la removerían fácilmente del poder. Tenía que encontrar la manera de fusionar para siempre su ocultismo con el del Huevo Fundador.

Inhalando y exhalando, Adilene abrió la página que del último libro en el que podía buscar ayuda. Su mente memorizó las palabras, se relajó y lanzó el sortilegio, temerosa a fallar.

—Del elemento más sagrado, reclamo el dominio, fusiona el divino poder del Huevo Fundador con el ocultismo que me fue dado. —hizo una danza con los dedos y se apuntó a sí misma.

En seguida, tomó el huevo de su pedestal y lo introdujo en su pecho. Su poder la golpeó súbita y dolorosamente adhiriéndose a cada célula de su ocultismo. Otra vez la misma sensación de estar muriendo.

Adilene sintió como su magia original se multiplicaba tanto que sentía que el pecho le explotaría.

Se incorporó del frío suelo en el que se había encogido por el dolor, respiró hondo para calmar los latidos de su corazón desbocado y se secó bruscamente las lágrimas.

Dos horas y seis minutos después, el anuncio del dolor que venía volvía a invadirle el cuerpo. Entonces de pronto todo sucedió de nuevo. El huevo salió de ella, dejándola hecha un ovillo en el diván en el que estaba sentada.

<Inútil>

Apenas se recuperó lanzó un alarido de frustración y desesperación. Un intento fallido más. Se maldijo a sí misma por no ser capaz de hacer algo bien. Pensó en Annelise, ella ya lo habría logrado. Sacudió la cabeza y enseguida desechó ese pensamiento.

Colocó el Huevo de vuelta a su pedestal, se secó el frío sudor que le empapaba el cuerpo y salió irritada azotando la puerta.

Treinta y Tres
Un Arcoíris en la Tormenta

El intenso brillo de los rayos del sol hizo que Annelise hiciera una mueca. Abrió los ojos de golpe y enseguida se giró hacia su costado para que el sol no la cegara. Debió haberse desmayado. Lo último que recordaba era el cielo estrellado del Desierto Negro.

Había pasado tres largas semanas desde que la exiliaron de su propio reino. Estaba agotada y frustrada, pero no desesperanzada. Al inicio utilizó su ocultismo para alimentarse, pero dos semanas después, sus fuerzas sólo le permitieron usar su ocultismo para transportarse y para mantener su sortilegio de invisibilidad. Estaba sobreviviendo.

Se sentó y se frotó la frente. Le pesaban los ojos y le ardía la piel por el baño del sol, estaba sedienta y hambrienta. En días sólo había comido y bebido comida artificial, que no estaba ni cerca del nivel de nutrientes de la comida natural, así que su cuerpo estaba casi tan débil como si no hubiera probado bocado. La comida artificial sólo la ayudaba a no morir de inanición.

Llevaba un día caminando, día y noche, sin casi descansar por el desierto. No podía parar justo cuando estaba tan cerca de llegar a su ansiado destino.

El suplicio por el que había tenido que pasar en días anteriores, quedó en las sombras cuando puso el primer pie en Egipto. Ya no recordaba todas las veces que su mente intentó traicionarla con los sonidos lóbregos que escuchaba y las siluetas lúgubres que veía en la oscuridad; las veces que cayó de rodillas agotada, débil y lacrimosa; las veces que lloró hasta que sus glándulas se secaron; las veces que deliró por la falta de alimento; las veces que tuvo que fingir que no se moría de miedo cuando veía algún animal poco confiable acercándose a ella; las noches gélidas a las que su trémulo cuerpo estuvo expuesto.

Estaba tan débil que a cada paso que daba rogaba por no desplomarse en el suelo. Su única motivación era su familia y el reino que amaba. Por ellos era que podía soportarlo todo, por ellos todo valía la pena.

En sus momentos de delirio, le causaba gracia pensar que antes no había ido a pie más de doscientos y ahora tenía yagas en los pies de tanto caminar. Que antes sus labios siempre estaban rosados y humectados y ahora se agrietaban y sangraban. Que antes su piel carecía de imperfecciones y ahora ya no las curaba de lo recurrentes que eran. Que antes los mejores cocineros cocinaban para ella y ahora rescataba de donde fuera cualquier cosa que pudiera comer. Que antes su piel tocaba el agua por lo menos dos veces al día y ahora ni siquiera tenía para beberla. Que antes sus sedosos rizos ondeaban con el viento y ahora se le enredaban unos con otros pegándose por la suciedad. Que antes se preocupaba por siempre lucir impecable y ahora no se molestaba siquiera en usar los productos personales que materializó cuando todo comenzó. Que antes era una niña de casa real a la que le hacían todo lo que pedía y ahora ella misma batallaba para sobrevivir.

No le molestaba en absoluto. Estaba orgullosa de ella misma, de lo mucho que creció en tan sólo unos días y de estarse saliendo del estereotipo de lo que una princesa debe ser o debe hacer.

Respirando lo más profundo que pudo, se levantó pesarosa y se frotó las manos en el luido pantalón.

<<No falta mucho. Ya casi llegas>>

Aunque siempre trató de que su camino fuera en lugares remotos, en los que no hubiera personas por si su sortilegio de invisibilidad fallaba, el temor constante de encontrarse con alguien la perseguía. Dar explicaciones e inventar excusas era lo que menos quería. Pero ahora, su sortilegio se había desvanecido por completo y si volvía a lanzarlo, podría ya no tener fuerzas para transferirse.

Se sintió agradecida de que nadie estuviera tal mal de la cabeza como ella para cruzar el desierto. Lo único que le preocupaba era la fauna desértica que desde pequeña le causó pavor.

Apoyando las manos en la arena caliente, se puso de pie. Le dolía todo, pero de una manera aplacada. Ya estaba acostumbrada al dolor emocional y físico, y estaba bien con eso.

Horas de transferencia más tarde, el terreno comenzaba a volverse compacto. Montículos en forma de pequeños volcanes oscuros, se alzaban espaciadamente. Annelise sonrió y dejó escapar una lágrima. Si todo salía bien, sólo le restaban horas de viaje.

Caminó todo lo que pudo por el terreno plano, hasta que el entorno volvió a cambiar y los colores verdes finalmente se hicieron presentes. Estaba feliz de ver hierba verde y un árbol que proyectaba sombra.

Se sentó a descansar debajo de la copa del árbol. Observó la manera en que el aire tibio balanceaba el pasto crecido. Acomodándose, cuidando no incomodar la herida de sus costillas que parecía que volvería a abrirse. Se distrajo un rato sólo contemplando la resequedad en sus manos y sus uñas rotas y llenas de mugre. Vio ganado y caballos, y si había ganado y caballos, probablemente también…

—Buenos días, señorita.

Annelise ahogó un grito de sorpresa y se levantó presurosa.

—Discúlpeme. No fue mi intención asustarla.

—Ah… eh… no… lo siento. Es sólo que estaba un poco ausente.

La mujer de mediana edad asintió comprensiva.

Llevaba la típica vestimenta de las mujeres en Egipto, salvo por algo que le cubriera la cabeza. Se veía fresca y jovial, como si los rayos agotadores del sol no tuvieran efecto en ella.

—¿Estás sola? —preguntó la mujer.

Annelise dudó, pero finalmente respondió.

—Sí.

—¿Y qué es lo qué haces aquí?

Al ver la expresión desconfiada de Annelise, la anciana dio un paso hacia atrás.

—Disculpa que pregunte, es sólo que no se ve a muchas personas por aquí. Esta ruta solía ser transitada por mercaderes que iban de Egipto a Sudán y viceversa, pero con las nuevas modernidades, ha quedado prácticamente olvidada.

Annelise asintió. Era por eso por lo que había elegido el Triángulo de Hala'ib en su camino.

—¿Eso quiere decir que está a menudo por aquí?

—Vivo no muy lejos de aquí, pero de vez en cuando a mis animales les viene bien estirar las piernas. —le lanzó una sonrisa cálida a Annelise.

Annelise sintió de pronto, que podía confiar en la mujer de mirada dulce y pacífica.

—Me llamo Annelise.

—Es un placer conocerte, Annelise. Yo soy Fayna.

Fayna y Annelise permanecieron calladas a la sombra del árbol, sólo contemplando el ir y venir de los animales, disfrutando de la hierba verde y fresca.

—Ya debo irme. —dijo Annelise una vez se sintió preparada para enfrentar su último tramo de camino.

—¿Irás a casa?

El rostro de Annelise se ensombreció.

—Voy a Bir Tawil.

—¿Bir Tawil? Pero qué coincidencia, allí es donde está mi hogar.

—¿Su hogar? —el tonó de Annelise reflejó sorpresa. —Creí que…

—¿Qué? ¿Qué era tierra de nadie?

—Así es.

—Lo es. Bueno, sólo es mi tierra, claro. Estoy segura de que soy la única residente.

—¿Por qué vive allí?

—Aunque no lo creas, es un lugar bastante pacífico y acogedor. Es todo lo que necesito. A veces es bueno pasar tiempo de calidad con uno mismo, es por eso que me instalé ahí. Pero tú dime, ¿por qué quieres ir allá?

Dubitativa, Annelise revolvió la tierra con el pie.

—Voy a buscar algo.

—¿En medio de la nada?

—Sí. —respondió en voz baja. —No es algo físico, sino más bien algo interior.

Fayna miró enternecida a Annelise.

—¿Eres de Croacia o de Serbia?

Annelise se quedó pasmada.

—De Croacia. —dijo decidiendo a la ligera. ¿Cómo lo supo?

—Tu acento. Hubo un tiempo en que viví en la frontera entre ambos países. Estoy bastante familiarizada con ambas culturas.

Annelise no sabía que tenía un acento en particular. Ella pensaba que la forma de hablar de los naturales de Tierra Fantasía era más bien neutra.

—¿Cómo llegaste aquí?

Annelise no respondió. Nunca había sido muy buena mintiendo.

—¿Cuántos años tienes? —Fayna cambió la pregunta como si no hubiera hecho la otra.

—Veintiuno.

El rostro de la anciana se volvió una máscara de pesar.

—Eso que buscas debe ser muy importante.

—Más que mi vida.

—¿Qué podría ser más importante que tu propia vida?

El corazón de Annelise se estremeció al pensar en su hogar. No dejaba de preguntarse cómo estarían siendo las cosas para las personas que dejó atrás.

—La vida de las personas que amo.

Fayna casi sonrió al escuchar aquellas palabras. De no haber sido por la expresión afligida de Annelise, probablemente lo habría hecho.

—En ese caso, creo que puedo ayudarte. Mi campamento está a tres horas de Bir Tawil, si quieres podemos compartirlo hasta que encuentres eso que buscas. Un poco de compañía me vendría bastante bien y creo que a ti te vendría bastante bien descansar y comer algo.

Annelise casi se pone a llorar de la felicidad que reaparecía en su pecho después de tanto tiempo. Encontrarse con un gesto cálido luego de la frialdad por la que había pasado, la hacía sentirse infinitamente agradecida. El Ave Fénix finalmente se apiadaba de ella.

—Gracias.

Treinta y Cuatro
Reavivar la Llama

Ya habían pasado casi tres horas desde que Annelise y Fayna comenzaron la travesía. Fayna prestó a Annelise un caballo y halagó su forma impecable de montar.

Annelise sólo observaba fascinada el entorno. Era la primera vez desde que su odisea comenzó, que podía admirar plácidamente los lugares por donde pasaba. El mundo no quimérico, también tenía su encanto. La naturaleza se sentía más viva y se respiraba un aire tan puro que dejaba una sensación de libertad en el pecho.

Annelise no pudo haberse mostrado más feliz cuando Fayna le dijo que su campamento estaba al pie de un volcán, ya que el suelo volcánico era el más fértil de todos, ideal para cosechar los alimentos que ella y sus animales consumían.

No podía haber otro volcán en Bir Tawil, tenía que ser el volcán que buscaba. Por fin, el destino o las casualidades estaban actuando a su favor.

Algunos metros más adelante, Annelise aún no podía ver un solo rastro del Volcán, pero sabía que ya estaban cerca, pues hacía más calor. ¿O era acaso que estaba alucinando? Era tanto su apuro por llegar a su destino que bien podría estar imaginando cosas.

Pero no lo estaba haciendo, pues las patas de los caballos comenzaron a patear pequeñas rocas sueltas del suelo de color oscuro. Habían llegado.

Pasos más adelante el verde de algunas plantas se comenzaba a asomar por las grietas en el suelo de roca. Una sonrisa débil, pero entusiasmada pintó el rostro de Annelise y sus ojos brillaron de esperanza.

Finalmente vislumbró una enorme formación rocosa al frente. Lo encontró. Lo logró. El Volcán Ignia se alzaba imponente ante sus ojos. Una lágrima rodó por su mejilla en señal de alivio.

Contempló a su alrededor toda la vegetación, que días atrás tanta falta le había hecho. Todo parecía tan atractivo, luminoso e intenso.

Desmontaron de los caballos junto a un campamento más maravilloso de lo que Annelise había imaginado. Mantas de tonalidades claras se extendían en forma de techos hip and valley formando una especie de casa con varias habitaciones.

Annelise miró a Fayna asombrada de que ella sola hubiera armado todo eso. Fayna adquirió un aire orgulloso al mostrarle su acogedora creación.

—Es muy bonito. Debió haberte costado mucho trabajo.

—Te sorprenderías.

Annelise se acomodó en una habitación cubierta por una manta del color de la arena. Dentro sólo había una cama individual y una pequeña y baja mesa con un cojín gris como asiento.

Era más de lo que Annelise podría haber pedido.

Se tiró en la cama, una cama de verdad, suave, esponjosa y blanda. No fue consciente de lo cansada que estaba hasta que horas después abrió los ojos y el sol había bajado. Cuando se levantó el dolor constante de su cuerpo volvió a molestarla.

—Que mis heridas sanen y así no recuerde mis pérdidas. —se apuntó a sí misma esperanzada.

El trayecto sin tener que caminar y lo que durmió vigorizaron su ocultismo. Sus heridas frescas sanaron y sus cicatrices se atenuaron un poco más. Aunque sabía que nunca se le borrarían, en especial la que le cruzaba los labios, que era la más manifiesta de todas.

Sonrió al dar un primer paso y no sentir ese agudo dolor que la hacía desear no volver a tocar el suelo.

Sus malestares ya sólo parecían los estragos de un mal sueño. Ahora sólo le quedaba el dolor emocional que no la dejaba respirar del todo. Pero se aferró a la idea de que todo mejoraría.

—Annelise, ¿puedo entrar?

—Claro, adelante.

—Creí que podrías necesitar algo de ropa. —dijo Fayna poniendo un par de prendas en la cama. —Puedes bañarte, si quieres; el baño está en la habitación continua. Te dejé toallas y agua caliente. Cuando termines, la comida estará lista.

—Gracias. —dijo la chica con la voz quebrada.

Después de tomar el baño más placentero de su vida, Annelise se sentía revitalizada. Sentía los músculos menos tensos y la piel menos ardiente. Parecía que toda la suciedad que se quitó de encima hubiera actuado como un yunque que cargaba a la espalda.

El aroma a hierbas de olor y condimentos despertaron el voraz apetito de Annelise.

Salió de las carpas y se encontró con Fayna apagando los últimos rescoldos de lo que había sido una fogata. Apenas verla con su nueva imagen, corrió hacia ella y tomó sus manos entre las suyas.

—Estás preciosa. Llegaste justo a tiempo. —condujo a Annelise a un pequeño banco de madera. —Preparé pollo y arroz, espero que te guste.

—Claro, huele delicioso. Gracias.

<<Comería lo que sea>>

Cuando Fayna le pasó un plato con arroz amarillo con vivos de hierbas verdes y pollo bañado cortado en pequeños trozos bañado en una salsa naranja con lo que parecían semillas de ajonjolí, a Annelise se le hizo agua la boca. Dio el primer bocado y en seguida su plato estuvo vacío. No era como nada que hubiera comido, pero estaba delicioso. Era comida real.

Lugo bebió tres vasos de agua seguidos, hasta que sintió su estómago como un globo.

—¿Cuántos días tenía que no comías?

Annelise se ruborizó al ver el plato casi lleno de Fayna.

—Bastantes. —dijo ella mirándose el vaporoso vestido café que Fayna le dejó.

Fayna rio.

—Bueno, me alegra que mi comida te gustara tanto. —le guiñó un ojo.

Poco a poco Fayna le devolvía a Annelise la vitalidad que había perdido. Ahora con el estómago lleno y su sed saciada, ya no habría nada que la detuviera para completar cometido. Su ocultismo estaba totalmente restaurado y ella volvía a ser fuerte y airosa.

—Tus modales son muy particulares. Casi de la realeza.

Aun en su apuro al consumir, inconscientemente Annelise conservó los modales que le habían sido inculcados toda su vida en el palacio. Una perfecta manipulación del único cubierto que tenía, el dedo meñique levantado al beber y la servilleta en las piernas con la que después se limpió cuidadosamente las comisuras de los labios.

Annelise se rio nerviosa.

—Creo que he visto muchos programas sobre la realeza del mundo.

Después de un rato de reposo, Annelise agradeció la comida a Fayna y se apresuró a recoger los platos y lavarlos, los lavó como más lógico le pareció, en una tarja en la parte trasera del campamento. No sabía hacer muchas cosas, pero las intentaría. No quería parecer malagradecida, perezosa, inútil o caprichosa.

—¿Ya te vas?

—Mm-hmm

—Espero tengas suerte. —Fayna puso una mano en el hombro de Annelise.

—Gracias.

En las últimas horas, dar gracias se convirtió en un hábito para Annelise.

No podía sólo transferirse, así que caminó en dirección al volcán, hasta que dejó de ser visible a la vista de Fayna. Una vez visualizó una parte no tan escarpada de cono volcánico, se transfirió a ella. No era un volcán activo, pero seguía teniendo lava en su interior, así que el terreno era caliente.

Ya estaba ahí, ¿qué se suponía que hiciera ahora? El Ave Fénix era una deidad, una criatura majestuosa y poderosa, no iba a merodear por ahí como sin nada ante las intenciones buenas o malas que tuviera un extraño. Tenía que ganárselo, pero primero debía encontrarlo.

Casi media hora después de caminar, las únicas formas de vida no vegetales con las que se encontró fueron tres halcones, que surcaban el cielo; dos teporingos que pasaron persiguiéndose; un tejón tan profundamente dormido, que tuvo que acercarse para verle la barriga y comprobar si respiraba; una familia de suricatas y un kowari.

Se emocionó al ver la pequeña y tierna carita de la rata marsupial; nunca había visto uno, pero eran sus animales favoritos. Pero según lo que sabía de ellos, los kowaris eran especies endémicas de Australia. Dejó pasar el detalle; si ella cruzaba países para llegar ahí, ¿por qué un kowari no?

Contempló por unos momentos al animal, hasta que se fue corriendo ágilmente.

Caminó, caminó y siguió caminando. No encontraba ningún indicio de algo quimérico. Su mente comenzó a llenarse de pensamientos negativos que aceleraron su corazón y pusieron sus manos a sudar. Estaba confiada en que la leyenda era cierta, pero...

El sonido de la yerba moviéndose llamó su atención.

Miró a su alrededor buscando el origen del sonido. Todo parecía en calma, tal vez sólo lo imaginó. Volvió a lo suyo, pero el sonido volvió a aparecer; esta vez vio un arbusto sacudirse al lado de una enorme roca.

De inmediato se puso rígida. Pensó en sólo irse de ahí, ¿pero y si era el fénix? Tenía que averiguarlo. Se acercó con cautela a la roca, extendió los brazos hacia abajo con las palmas dispuestas en caso de que tuviera que utilizar su magia. Asomó el cuerpo detrás de la roca, al tiempo que una bola de pelo hacía lo mismo y saltaba entre sus pies.

Annelise retrocedió dando un traspié y con un grito ahogado escapándole de la garganta. Cerró fuertemente los ojos.

¿Y si era una araña de esas a las que les tenía pavor?

Se petrificó por segundos que parecieron eternos. Tenía miedo de abrir los ojos y encontrarse con la criatura, pero también tenía miedo de quedarse ahí plantada esperando que la mordiera en cualquier momento y todo lo que había hecho desde que salió de su nación no valiera para nada.

<<Enfréntalo. Enfrentarlo>>

Al sentir un peso extra en el pie derecho, abrió los ojos de golpe. Hubiera querido sacudir la pierna para expulsar al animal, pero no lo hizo porque su cuerpo estaba tan tenso que no se lo permitió. Por primera vez se sintió agradecida por ello.

El kowari que había visto antes, se frotaba afectuosamente la cabeza en su tobillo.

Annelise dejó escapar el aire que había estado contenido y se agachó para tocar a su "peligrosa araña" La suavidad de su pelaje le recordó a sus frazadas de invierno en el palacio.

El animal saltó a su brazo y ella sólo se sobresaltó un poco. Estaba sosteniendo a un kowari. Estaba sosteniendo a su animal favorito.

Treinta y Cinco
Pesadas Esperanzas

Cuando el sol comenzó a ocultarse y el frío a aumentar, Annelise dio un suspiro resignado.

—¿Tú crees que mañana tengamos que ir al cráter?

El kowari que la había seguido toda la tarde movió las orejas.

—Tomaré eso como un sí. —se rio.

Durante el trayecto de regreso, Annelise dejó que las lágrimas rodaran silenciosamente por sus mejillas.

Ella y sus padres hacían un pícnic en el parque Fénix. Las familias que pasaban a su lado los saludaban con indicaciones respetuosas de cabeza ellos les dedicaban una sonrisa. Su manta estaba puesta frente a corazón del parque, en la fuente arcoíris. Daban de comer migas de pan a las palomas naranjas y cafés. Comían bocadillos que su madre horneó. Todo era perfecto.

Las fantasías eran lo único que había mantenido juiciosa a Annelise desde hacía semanas. Se aferraba a ellas con tanta fuerza, que parecían más reales que nunca.

Se había abstenido de volver a ver Tierra Fantasía con una visión. Pasara lo que pasara, ella ya había visto suficiente para saber que tenía que volver. Prefería estar lo más sosegada posible para encontrar su objetivo.

Todos los días extrañaba a sus seres queridos y lloraba por su ausencia, pero por ellos era que hacía lo que hacía.

Cuando ya casi no pudo ver, se trasfirió lo más cerca del campamento y se encontró con Fayna preparando té de canela. Apenas verla, le ofreció una taza y sus condolencias por no haber encontrado nada.

Cuando vio al kowari, miró recelosa a Annelise y ella le explicó con una sonrisa tímida, que no había querido separarse de ella. Entonces permitió que también se quedara en el campamento.

A la mañana siguiente, el cantar de las aves que se posaban en las ramas de los árboles despertó a Annelise. Una sonrisa se dibujó en su rostro al recordar las mañanas así es su hogar. Pero cuando abrió los ojos, se borró.

Se sorprendió gratamente cuando se incorporó y no le dolió la espalda. Estaba tan agradecida de poder dormir en una cama de verdad y no en una improvisada.

Cuando se arregló lo mejor que pudo, salió de la tienda, preparada para desafiar al nuevo día que tenía por delante. Ayudó a Fayna a recoger bayas y a ordeñar una vaca. La vaca la abofeteó con su cola varias veces y la leche la salpicó, pero a ella no le importó. Se sintió satisfecha de haber aprendido algo que jamás le pasó por la mente.

Después de desayunar, Annelise agradeció a Fayna y se despidió de ella. Debía recorrer todo lo que pudiera del volcán si quería encontrar el Ave Fénix lo antes posible.

Ella y el kowari comenzaron a caminar, saltando rocas y eludiendo árboles, plantas y arbustos. En varios kilómetros recorridos, no había una sola chispa de fantasía. Otra vez.

El Ave Fénix era una criatura de fuego, así que debería preferir estar en el punto más caliente del volcán; el cráter, quiso creer Annelise.

—Tal vez debería ponerte un nombre. No puedo llamarte bola de pelo todo el tiempo.

El kowari saltó alrededor de sus pies.

—¿Qué te parece Muffin?

El kowari la miró sacudió la cabeza y meneó la nariz.

—Bien, bien. Es sólo que mi postre favorito son los muffins, y tiene mucho —dijo alargando la última palabra. —tiempo que no como uno. —jugueteó con sus dedos e hizo un sonido pensativo si abrir la boca —¿Qué te parece Simba? El rey león era mi película favorita cuando era pequeña. La vi al menos cien veces.

El kowari se quedó inmóvil por un segundo y luego dio brincos alrededor de Annelise y se restregó contra su pierna.

—Entonces Simba será.

Cuando estuvieron lo suficientemente cerca, Annelise y Simba se transfirieron al cráter y en segundos estuvo pisando la cima. Inmediatamente sintió el aumento de calor bajo sus zapatos. Era inmenso y escalofriante. A pesar de la lava, el clima era extremadamente gélido. Respiró el aire frío más puro que jamás hubiera llenado sus pulmones.

Levantó a Simba.

—Nuestra temperatura regula, que tengamos una cobertura cálida. —se apuntó a ella y a Simba.

A pesar del efecto del sortilegio, Annelise seguía temblando, pero tal vez no era de frío.

Tenía miedo. Ya estaba ahí, ¿pero ahora qué? Esperaba ver algo, aunque fuera una mínima señal de algo atípico, pero ahí no había nada más que cruda normalidad. Un corazón emocional decía la leyenda. ¿Y sus emociones no eran lo suficientemente fuertes para salvar a su pueblo? ¿Y si su deseo de coadyuvar no era suficientemente fuerte para que el fénix la eligiera? ¿Y si no lo consideraba sincero?

El terror la invadió. Se desplomó de rodillas en el abrasador suelo rocoso y comenzó a llorar. Los ojos que apenas se recuperaban del último llanto, volvían a arderle. ¿Por qué a ella?, volvió a preguntarse. ¿De qué le había servido toda su vida intentar ser a mejor versión de sí misma si ahora no estaba recibiendo más que dolor y sufrimiento?

Pasó unas cuantas horas sentada al borde del cráter con la mirada perdida en el horizonte, esperando algún rayo de esperanza. Simba la miraba curioso, como si quisiera descifrar lo que ella tanto buscaba en el horizonte.

Horas después, la chica se volvió hacia el kowari que ya se había quedado dormido sobre una piedra. Sus ojos se abrieron de par en par y la quijada se le tensó cuando divisó al arácnido de pinzas grandes y angostas acechando a su compañero de andanza.

Los insectos y arácnidos rastreros eran su fobia más grande. Por un segundo se paralizó, pero al ver la indefensión de Simba, supo que tenía que salvarlo.

La acción vino a su mente como un flash.

Con un movimiento rápido, trasladó a Simba hasta sus brazos.

El animal la miró somnoliento. Aliviada, ella dejó salir el aire que había estado conteniendo. Pero la sensación no duró. Arañas del color de la arena, escorpiones negros, hormigas gigantes, centrípetos y escarabajos se arremolinaban a sus pies.

Hiperventiló. Por un instante creyó que lo estaba imaginando, pero cuando Simba se apretó contra su pecho, supo que era real, que él también los veía.

Apretó los dientes y un sudor frío le bajó por la espalda. Ya sentía que todo el cuerpo le picaba. Su mente estaba a punto de comenzar a maquinar escenarios en los que su corazón latía tan deprisa que se desmayaba dejando su ser expuesto a su peor fobia, pero ella no se lo permitió.

—Para que paralización no haya, levitación es lo que quiero. —se apuntó.

En un tris, sus pies abandonaron el suelo y la elevaron suficientes centímetros del suelo como para que ningún insecto o arácnido pudiera alcanzarla.

En su trayecto de regreso al campamento, no tocó el suelo un solo segundo. Enfrentó valientemente su miedo, pero no quiso exponerse a reincidir.

—Volviste. —exclamó Fayna con entusiasmo cuando la vio asomarse por entre las mantas de la entrada principal de la carpa. —¿Lo encontraste?

—No. —respondió Annelise con voz muy baja.

—Será mañana, entonces. —dijo la anciana con compasión.

—Supongo.

—Ahora necesitas descansar. No lograrás nada si te frustras y menos si estás débil y enferma. Por más... milagros que pueda haber, el cuerpo es templo de la naturaleza, y al igual que a ella, hay que preservarlo.

Annelise miró a Fayna con recelo, pero asintió.

—Y... si por alguna razón quisieras abandonar tu búsqueda y en caso de que no tengas un lugar donde te esperen, puedes quedarte aquí. No tengo mucho, pero te ofrezco mi compañía.

Annelise no respondió.

Un sollozo subió por su garganta y sus ojos se humedecieron. Sin duda era una propuesta tentadora para alguien que ya lo había perdido todo. Por lo menos ahí tendría un hogar, una nueva vida a la que apegarse y una oportunidad de dejar una pesadilla atrás.

—Gracias. —dijo por fin. Pero estoy segura de que encontraré eso que busco.

Fayna asistió comprensiva y satisfecha.

Así, se fue otra noche, otra noche en la que Annelise sentía ganas de lanzarse al cráter del volcán.

Treinta y Seis
Corazón Emocional

Los tres días siguientes no fueron nada diferentes. Las esperanzas de Annelise se apagaban a cada minuto que pasaba. No podía fingir más que todo iba a estar bien, debía enfrentar su realidad por más cruda que fuera. Ella ya no era más la princesa de Tierra Fantasía, ahora era sólo una chica que sobrevivía cada minuto a una pena que poco a poco se llevaba su vida.

El tiempo que no pasaba buscando a su fénix fantasma, lo empleaba en perfeccionar sus sortilegios y componer nuevos. La voluntad de no volver a dejarse vencer, en esos días la había hecho más diestra en el ocultismo, que en todos los años que lo practico por afición.

Mientras practicaba, Simba la miraba muy atento, alzando las orejas y agitando la cola. Annelise estaba feliz de haber encontrado cariño en el lugar más inesperado y de la manera menos esperada.

—No creo que una rana tenga mucho que ver en un sortilegio reversor. No podemos usar cualquier palabra, todas tienen que ver con la intención del sortilegio. No puedes incluir la palabra verruga en un sortilegio de cocina, no, no. —explicó Annelise meneando la cabeza. Sé por qué piensas eso. He visto como representan el ocultismo en series y películas. —hizo una mueca de disgusto. —Pero no los culpo, nunca lo han visto, así que sólo lo imaginan a su manera.

Simba inclinó la cabeza hacia un lado y miró fijamente a Annelise, como si intentara comprender las reglas de la fonética acorde que ella le explicaba.

Desde ese día, él sólo observó callado, sentado sobre el cojín gris que Annelise le había designado como cama.

Fayna estuvo a punto de descubrirla varias veces, pero ella siempre inventó una excusa. No tendría problema en contarle la verdad a su nueva y única amiga, después de todo, romper una regla más o un menos la dejaba en el mismo lugar. Ella no tenía ya nada que perder, pero no quería asustar a Fayna. Si ella estuviera en las condiciones de Fayna y de pronto una extraña llegara a decirle que lo irreal es real y que incluso hay toda una nación dedicada a lo quimérico, ¿pensaría que se había vuelto loca?

Desesperada, triste, frustrada y desilusionada, se sentó en flor de loto a en el borde del cráter dl volcán Ignia. Miró en dirección a su hogar, apretó los dientes y clavó las uñas en la roca. Comenzó a llorar.

Comenzó a llorar por la mentira de su padre, por la aflicción de su madre, por haber puesto la vida de Daiana por encima del reino, por la farsa de Hugo, por su desesperanzado amor con Fabio, por sus ilusiones hechas pedazos, por su pueblo a la deriva, por la protervia de Adilene, por lo injusto de la vida y por no poder hacer nada para remediarlo.

Lanzó gritos de desgarrador dolor, que hicieron que parvadas de golondrinas salieran de las copas de los árboles en la lejanía y que Simba corriera esconderse tras un arbusto.

—¿Por qué? —sollozó. —¿Por qué a mí? Yo sólo quería lo mejor para todos, que ría que todos fueran felices y libres. Yo quería ser feliz. ¿Por qué no puedo serlo? —gritó. —Estoy aquí, esperanzada a la deidad en la que he creído toda mi vida y que no sé si siquiera existe. —se limpió bruscamente las lágrimas. —Quiero creer, de verdad quiero creer en ti, es sólo que... Si no me consideras digna sólo házmelo saber de una vez. Ya no puedo con este dolor, la zozobra me rebasa, me siento cada vez más enojada y...

No pudo continuar. Lloró hasta que más lágrimas se negaron a salir.

—¿Annelise? —susurró Fayna con un dejo de preocupación. —¿Qué pasa? —Se sentó a su lado y le apartó las manos sangrantes de las rocas.

Annelise no fue consciente de que sus manos sangraban de lo fuerte que las clavaba en las rocas.

Se volvió hacia la mujer, la miró sollozando, con el corazón golpeándole violentamente el pecho y el rostro enrojecido. Recargó los codos en sus muslos y agacho la cabeza para cubrirse el rostro con las manos.

—Pasa que ya no puedo más. Ya no. —gritó. Nadie debería vivir lo que yo estoy viviendo. Nadie debería ser capaz de sufrir tanto. Nadie debería ser capaz de soportar tanto.

Siguió llorando mientras Fayna la observaba con conmiseración y cierto aire de beatitud. La mujer dejó que llorara hasta que sus pulmones se lo permitieran, hasta que su corazón y su alma se sintieran libres.

—Lo siento. —Annelise levantó la cabeza.

—Está bien. Todo va a estar bien.

Annelise se secó la cara con las mangas del suéter.

—No, no va a estarlo. —su voz amenazó con volver a quebrarse. Yo... yo sólo vine aquí para salvar a las personas que me importan y al lugar que amo, pero fracasé. Fracasé y jamás podré volver. Los condené. —una lágrima rodó por su mejilla, hasta sus labios. —Se supone que yo debía protegerlos, pero fue justo lo que no hice. Tuve miedo y lo sigo teniendo. Ya no puedo vivir así. —volvió a secarse la cara con as mangas.

—Todo lo bueno llega exactamente cuando tiene que llegar y todo lo malo se va exactamente cuando tiene que irse. A veces la vida es cruel y mereciéndolo o no, te pone a prueba por simple azar, sin importarle si ganarás o fallarás.

El pulso errático de Annelise comenzaba a acallarse. Eran las palabras más juiciosas y refrescantes que había oído en toda su vida. Por primera vez había alguien que no decía el típico sermón de "La vida es sabía porque te quita del camino lo que no es para ti"

Todas esas frases motivacionales en algún momento tuvieron un significado valioso para Annelise, pero ahora sólo eran mentiras y basura inventada por personas que llevaban la vida de cuento de hadas que a ella le habría gustado vivir.

<La vida no es justa>

Las palabras de Adilene taladraban su cerebro.

Más serena, miró los hermosos ojos ámbares de Fayna, y le dedicó una sonrisa agradecida a la mujer que estaba llena de sabiduría y cordura. Ella abrió los brazos y sin dudarlo, Annelise se dejó envolver en un cálido y deseado abrazo.

Envuelta en los brazos de Fayna, se sintió tan protegida como se sentía de niña, cuando creía que, cubriéndose con su manta, ningún monstruo podría hacerle daño.

De pronto un crujido en la maleza las sobresaltó. Se pusieron de pie de un salto al ver un leopardo en posición depredadora observándolas presuntuosamente, mostrando ligeramente sus fauces. Por la manera en que un hilo de saliva caía por entre sus dientes, estaba hambriento y ya había encontrado sus presas.

Simba corrió a esconderse detrás de la pierna de Annelise.

En el santuario real había leopardos, pero ninguno tenía la mirada cargada de amenaza como ese. Annelise había leído lo suficiente de animales comunes para saber que cuando los leopardos estaban hambrientos, no había presa que se les escapara.

El rostro de Fayna perdió todo el color, su mirada estaba perdida en los colmillos del animal y su cuerpo temblaba. Dio un cauteloso pasó hacia atrás, que al animal pareció molestarle porque mostró en su esplendor sus desgarradores caninos.

Aterrada, Fayna dio otro pasó hacia atrás y el leopardo saltó hacía ella, sacando las garras y abriendo las fauces.

Annelise también estaba aterrada, pero sabía qué hacer. Apareció entre Fayna y el leopardo y le apuntó con el índice.

—Suspendido en el aire te quedarás, hasta que yo lo tenga decidido. —la composición fluyó presta entre sus pensamientos.

Con el pecho subiéndole y bajándole con irregularidad, miró a Fayna, que la desconcertó al tener un semblante tranquilo y luego sonreírle radiante de alegría, como si en lugar de haber sido atacados por un leopardo hubieran encontrado un tesoro.

La mujer dio un chasquido y el leopardo se desvaneció.

—Felicidades. Lo lograste. —expresó satisfecha.

—¿Qué? —susurró turbada Annelise.

—Pasaste la prueba.

—¿Qué prueba? ¿Quién…? ¿Qué eres?

—Yo, princesa Annelise, soy la fundadora de tu nación.

La boca y ojos de la chica se abrieron inconscientemente.

—¿Eres el A…?

—El Ave Fénix, sí.

Annelise abrió la boca, pero no consiguió que ninguna palabra pasara de su garganta. Su cuerpo temblaba, el corazón se le quería salir del pecho, sus piernas amenazaban con dejarla caer y tenía ganas de llorar.

Fayna estiró los brazos a los lados y dobló los codos. Sus pies abandonaron el suelo, elevándola lo suficiente para que Annelise tuviera que retroceder e inclinar la cabeza hacia atrás para mirarla.

Fayna la miró con su forma humana por última vez y tras cerrar los ojos, fue envuelta en una nube de humo rojo, amarillo y naranja de la que descendieron cenizas con toques relucientes como diamantes, que se sumergieron en la lava del cráter.

El corazón de Annelise latía tan rápido que comenzó a sentir que se mareaba.

Una vez las cenizas terminaron de caer, súbitamente se elevaron al cielo, estallando cual fuegos artificiales. El humo que liberaron bajó rápidamente y al tocar el suelo los colores rojo, naranja y amarillo volvieron a manifestarse. Aumentó su tamaño exponencialmente y al disiparse, develó a la criatura más majestuosa y solemne de la Tierra.

Sus efigies no estaban en absoluto cerca de hacerle justicia a la realidad.

El ave de plumaje rojo amarillo y naranja aleteaba radiante en la cima del cráter de su hogar. Era tan grande como un roble; su cola era casi tan grande como su cuerpo.

Annelise tuvo que entrecerrar los ojos para que la luz que emanaba de la criatura no la cegara. Apenas podía respirar de tan extraordinario despliegue de vigor. Algo ininteligible la hizo tirarse de rodillas y comenzar a llorar. Pero esta vez no eran lágrimas de dolor o desesperación, eran lágrimas de alegría y alivio.

—Desde que te conocí supe que, si había un corazón emocional merecedor de mi dádiva, sería el tuyo.

Por el eco en la voz del ave, Annelise supo que sólo ella la escuchaba, estaba en su cabeza.

A pesar de la dicha que sentía en esos momentos, un sentimiento de ira la invadió. "Desde que te conocí" dijo, pero había pasado tuna difusa semana en la que ella casi se muere de zozobra y dolor. Y no sólo eso, así como sabía que ella era la princesa de Tierra Fantasía, seguramente también sabía lo que le pasó a la nación.

—Sé lo que piensas. —dijo el ave atrayendo nuevamente la atención de Annelise. —Y sí, sabía muy bien lo que tú y tu pueblo estaban pasando.

<<Y aun así espero>>

—Tuve una razón para hacerlo.

Annelise hizo una mueca de asombro. Ya ni siquiera era libre de expresarse en sus propios pensamientos.

—Tu caída en el río. Tenías tanto miedo que olvidaste todo lo que sabías: tus conocimientos, tus capacidades, la habilidad tan especial que tienes. Ese momento de miedo pudo costarte la vida y también la de tu nación.

Annelise se tensó.

—El miedo es la emoción más difícil de manejar. El dolor lo lloras, la ira la gritas, pero el miedo te atrapa. Atrapa tu mente y tu corazón, dejándote incapaz de reaccionar, incapaz de despertar. Pero hoy tú despertaste. El valor no es la ausencia de miedo, sino la victoria sobre él. El valiente no es el que no siente miedo, sino el que vence ese miedo.

Una lágrima rodó por la mejilla de Annelise.

—Desde que cruzaste la frontera de tu tierra, los miedos que tal vez no sabías que habitaban tu interior, salieron a la luz; miedos que no te acecharon hasta que tu miseria se los permitió.

Annelise se mostraba un tanto confundida.

—Tu travesía hasta llegar a este volcán te preparó. Y esta semana aquí te puso a prueba para el momento preciso en el que decidieras que tú controlas tus miedos y no ellos a ti.

Todas las veces en que se le heló la sangre y los músculos se le tensaron vinieron a la mente de Annelise, produciéndolo un escalofrío.

—Puedes tomar el momento que acabas de vivir como tu graduación. Felicidades, princesa.

Tambaleante Annelise se puso en pie.

—Espero comprendas que no podía entregar algo tan valioso a alguien que no supiera cómo usarlo.

Abriendo más las alas, el Ave Fénix materializó un huevo de cristal. Uno análogo al que Annelise conocía como parte de la cultura de Tierra Fantasía, salvo por su color rojo vivo. Relucía en su esplendor al ser tocado por los rayos de luz que el ave proyectaba.

—Conozco tus ilusiones y tus intenciones, y la pureza que hay en ellas. Tienes mi gratitud.

—Pero... el Códice... tus leyes.

—Hay leyes que se deben romper, sobre todo aquellas que no tienen sentido alguno, ¿no crees? Un buen líder cuestiona lo que es correcto y lo que no, no se deja llevar por nada más que no sean sus instintos.

El corazón de Annelise peligraba con abandonar su pecho, sus pupilas estaban dilatadas y todo su cuerpo temblaba. Lo había logrado sin siquiera darse cuenta. Había ganado la competencia consigo misma.

El fénix hizo flotar el huevo hasta que estuvo frente a su futura propietaria.

—Te lo ganaste.

El huevo atravesó el pecho de Annelise, volviéndose parte de ella. Encajó perfectamente detrás de su corazón, como si siempre hubiera pertenecido allí. Su poder se liberó en una explosión apacible, impregnando cada célula en el cuerpo de la princesa.

Una vez la energía de su ocultismo se fusionó por completo con la del huevo, hubo un brillo distinto en su mirada. Era poder, fuerza e ilusión. Por ese pequeño instante, sintió era invencible, que todo el dolor que tanto pesaba en ella, finalmente se esfumaba, devolviéndole el aliento.

Se sintió viva.

—Gracias. —la voz de Annelise estaba cargada de gratitud y emoción.

—Gracias a ti por ser quién eres. —dijo la ahora tan mítica voz de Fayna.

Una vez más, los ojos de Annelise se llenaron de lágrimas.

—Ahora ve y haz de tu fantasía una realidad.

Treinta y Siete
Dulce Insania

—¿Cuánto más vas a seguir así?

Él no respondió.

—Te estás matando. —Adilene miró fijamente los ojos de Fabio.

Fabio llevaba días sin tocar el alimento que Adilene le llevaba cada día. Estaba débil, pero no pensaba fomentar el creciente ego en la chica que lo mantenía cautivo cada que le tendía la bandeja con la comida. Lo miraba como si le estuviera haciendo un favor que él tuviera que idolatrar.

—Deberías considerar al menos beber un poco de agua, no te ves nada bien.

Fabio la miró con desagrado.

—Ay, no me malentiendas. Tu atractivo sigue intacto, es sólo que bueno… —Adilene lo recorrió con la palma de la mano sin tocarlo. —sabes a lo que me refiero.

Mordaz, rodeo la jaula rozando los barrotes con las yemas de los dedos.

—No soy tu enemiga, Fabio.

—No lo parece. —le contestó con ironía y sin mirarla.

Adilene suspiró derrotada. Dudó, pero hizo desaparecer la prisión de dorada de Fabio. Se arrodilló a su lado y ejerció ligera presión en su mentón para obligarlo a mirarla.

—En serio no lo soy. Tú sabes lo que siento por ti. Incluso sabes que, si me dieras una pequeña luz de esperanza, podrías salir de aquí. —lo soltó bruscamente. —Te ofrezco todo un reino para gobernar a mi lado y tú no lo quieres. —dijo dolida. Prefieres ser el prisionero al ser el rey.

Sus labios cosquillearon. Intentó pegarlos a los de él, pero Fabio giró la cabeza.

El rostro de Adilene se llenó de dolor. Se levantó y volvió a materializar la jaula.

—Será como tú quieras. Sólo te recuerdo que tu amada princesa probablemente ya no goce de la cualidad de ser persona. Ya sabes, con lo vana que era y lo mimada que estaba... —se rio con delirio. —En fin, una pena.

—Estás loca.

Adilene se inclinó de golpe y miró desafinate a Fabio. Le sonrió con malicia.

—Lo sé, ¿y sabes por qué? Porque llevo años escuchando voces que nadie más parece oír. Creo que están en mi cabeza. —susurró y luego volvió a reír.

Fabio sintió una punzada en el corazón al darse cuenta de lo que antes no fue capaz. Adilene no había superado sus traumas, ellos se habían adueñado de ella.

—Vas a terminar amándome. —dio la espalda a Fabio y caminó hacia la puerta.

—No sin un sortilegio como los que acostumbras a hacer. Y, aun así, sólo sería mi mente que me obligara a hacerlo, no mi corazón que en realidad lo sintiera.

Adilene no respondió ni se volvió. Más que molesta, estaba herida Irguió su postura a la perfección y salió de la habitación.

<Ilusa>

La vista de Annelise se nubló y su sistema respiratorio se detuvo de golpe. Estaba en el agua.

Su mente trabajó tan a prisa que se sintió mareada. Con ambas manos, separó las aguas, creando un espacio de aire a su alrededor. Apuntó las palmas hacia el suelo y cual propulsores, el aire saliente de sus manos la llevó fuera del río hasta la orilla. Con un movimiento rápido, regresó el agua a la normalidad y sonrió.

Lo que padeció no pudo haberle enseñado mejor. Se sentía orgullosa de sí misma, de haber crecido tanto ante la adversidad. Llegó a soportar cosas que jamás imaginó y a superar adversidades que nunca le cruzaron por la mente.

Ahora conocía la realidad, la cruel y dura realidad de la vida. Su pequeño mundo perfecto en el que sólo estaba rodeada de latentes cosas maravillosas se esfumó. No era consciente de lo mucho que la protegían las paredes del palacio.

Se enjugó una lágrima que rodó por su mejilla y respiró tan profundamente que sintió que sus pulmones reventarían. El momento por el que tanto rogó estaba justo frente a ella.

Lo haría.

Lo lograría.

Tendría su final feliz.

Annelise se ajustó el pantalón de su traje permeabilizado. Sonrió divertida al sentirse como uno de los superhéroes de las películas que tanto le gustaban.

Se sentía aliviada de haber dejado el detestable corsé atrás. Nunca entendió por qué todos los miembros de la nobleza tenían que usarlo como parte de su vestimenta de todos los días. ¿Qué más daba si no tenía una figura estilizada? Se suponía que ellos debían brindar una imagen real para que el pueblo se sintiera identificado, no una imagen impecable y falsa que se viera e inalcanzable.

Miró fijamente la barrera que se interponía entre ella y su hogar. Se acercó a ella, la tocó con las palmas de las manos y sin el menor esfuerzo, la desmaterializó. Recalentó tanto sus componentes químicos, que se volatizó en sólo un segundo, sin dejar señal alguna.

Pareció una eternidad desde que había pisado ese suelo tan igual al resto, pero tan único por todo lo que la hacía sentir.

Pensó en Fabio y su corazón se aceleró aún más de lo que ya estaba. Volvería a verlo. Vería a sus amigos. Vería a sus padres. Tal recompensa hacía que por todo lo que tuvo que pasar, se viera pequeño.

Estaba asustada por las condiciones en la que encontraría a la gente en el palacio. Los empleados probablemente habrían sido intimidados para cumplir los caprichos y demandas de Adilene. Fabio no le preocupaba, pues sabía que Adilene lo quería lo suficiente como para no tocarle un solo cabello. Pero en cuanto a sus padres, Adilene estaba realmente molesta con ellos, no imaginaba por lo que pudieran estar pasando.

La falta de alimento comenzaba a tener efecto en Fabio. Su vista estaba nublada, la cabeza le estallaba y su cuerpo amenazaba con desvanecerse. Pensaba en Annelise, en su princesa alegre, dulce, inocente, inteligente, impetuosa, idealista, persistente y hermosa.

Seguía confiando plenamente en que regresaría. Ella no era de las que se rendían al no lograrlo la primera vez, ella intentaba e intentaba hasta alcanzar su objetivo. Era casi demasiado terca para ser perfecta.

Entonces de pronto, sus pensamientos, fueron tan fuertes que pudo alucinarla, ahí materializándole frente a él, mirándolo con esos hermosos azules en los que podría perderse para siempre.

—Fabio. —se le ahogó la voz.

Corrió hasta él y se arrodilló aferrando con ambas manos los barrotes de la jaula.

Fabio la miraba con una ligera sonrisa en los labios. Estaba agradecido de que sus alucinaciones fueran tan fuertes como para permitirle ver a su mundo entero tan nítidamente.

Annelise introdujo una mano entre los barrotes y la pasó sobre la mano de Fabio. Él se sobresaltó y la miró ojiplático. No era una alucinación por la añoranza de volver a verla, realmente era ella, su Annelise. Rápidamente le tomó la mano y sintió ese cosquilleo extraordinario que sólo ella le hacía sentir.

—Regresaste.

—¿No lo creíste? —preguntó divertida.

—No. Estaba seguro.

Annelise sonrió sintiendo que el corazón se le llenaba. Retrocedió un poco y dirigió una mano a la celda.

Nada pasó.

El ocultismo en la celda era por mucho más fuerte que el del campo de fuerza. Estaba claro cuál era el bien más preciado de Adilene.

Annelise volvió a intentar con más fuerza y esmero. La jaula explotó silenciosamente, liberando pequeñas partículas brillantes.

No esperó a que él se pusiera en pie. Se inclinó junto a él, sentándose sobre sus talones. Lo escaneo por un momento; sus ojos brillaban humedecidos y luego lo envolvió con los brazos. Lo apretó como si quisiera fundirse con él. Se embriagó con la familiaridad de su suave aroma. Se reconfortó con su tacto protector.

Se liberó del abrazo para volver a mirarlo; lágrimas de alegría y de descanso rodaron por sus mejillas. Efusiva, le cubrió el rostro de besos.

—Te amo, te amo, te amo. —susurraba con los labios pegados a él.

Subió a su regazo para estar lo más cerca posible de él, para sentir el calor de su cuerpo contra el suyo. Enterró la cabeza en su cuello y siguió abrazándolo, deleitándose con las emociones que la hacía sentir.

—Te extrañé mucho, mucho, mucho.

—Y yo a ti, bonita. —dijo él con la voz entrecortada.

La mirada de Fabio se ensombreció al ver el laberinto de cicatrices en la piel de Annelise.

—¿Cómo estás? —preguntó ella.

—Ahora que estás aquí, mejor que nunca.

Annelise se alejó con apuro.

—Estabas en una jaula. —dijo horrorizada

—No era tan malo. Era la jaula que cualquier prisionero querría. —se rio.

—¿Seguro que estás bien?

Fabio hizo a Annelise una señal para que regresara a su regazo. Le rodeó la cintura con los brazos y la apretó con fuerza.

—Me parece que soy yo quien debería preguntarte eso. —trazó con el anular la cicatriz que comenzaba en la mejilla de Annelise, pasaba por sus labios y terminaba en su mentón.

Había círculos negros debajo de los ojos de Annelise, numerosas marcas en su piel y sin duda había perdido peso.

—Estoy bien. Bueno, ahora lo estoy.

Fabio suspiró.

—Siempre supe que regresarías.

Ella sonrió.

Sus labios se unieron en un cálido y frenético beso. Parecía que hubiera pasado una eternidad desde que sus labios se tocaron por última vez.

Se levantaron. Él le tomó el rostro entre las manos y la miró con los ojos llenos de preocupación, con un mar de preguntas queriendo salir de su boca.

—¿Qué pasa? —preguntó ella.

—Adilene, ella… ¿Qué pasará ahora?

La mirada de Annelise se ensombreció. Por un momento olvidó lo que vendría después de ver a Fabio.

—Tengo un plan. Pero quería verte primero, y tenía un muy fuerte presentimiento de que te encontraría aquí.

Fabio le sonrió con el corazón derretido.

—¿Dónde está tu varita?

Después de contar su plan a Fabio y de él se quejara de lo arriesgado que era y de que se había enamorado de una chica de lo más imprudente, aceptó su parte con la condición de que Annelise le jurara que no haría ninguna locura.

—Te lo prometo. No pasé por tanto para morir justo ahora. No vas a librarte de mí.

Fabio hizo un mohín.

—Te seguiré soportando, entonces.

Le dio un empujón con el hombro que ella le devolvió. Fundieron sus labios en un beso y sus cuerpos en un abrazo.

—Te amo.

—Y yo a ti. —le respondió ella.

—Sin locuras. —advirtió él

—Sin locuras. —aseguró ella.

Treinta y Ocho
Ilusiones Fugaces

El pedestal del Huevo Fundador se estrelló contra la pared y crujió al destrozarse. Adilene estaba furiosa. Arrojaba en todas direcciones todo lo que se cruzara con su vista. Días de esfuerzo y aún no podía superar su mediocridad.

Tomó el huevo entre las manos y lo miró con repudio.

—¿Por qué tú tampoco puedes quererme? ¿Por qué? —gritó a la reliquia. Se arrodilló con la frente pegada al huevo.

—¿Qué hay de malo en mí? —sollozó. No soy una mala persona, no lo soy, no lo soy. Ellos me hicieron ser así, pero no me gusta. —se mecía sobre sus rodillas. —No quiero esta vida, no la quiero. —lloró.

La vida de Adilene se consumía día con día. Tenía casi todo lo que quería y aun así no se sentía feliz. Su frustración y odio seguían creciendo, pero ya no estaban dirigidos a alguno de los miembros de la antigua familia real, sino hacia ella misma, y no entendía por qué.

Ya no le bastaba con ser insolente con los que se lo merecía, ya lo era con todo aquel que se cruzara en su camino. Ya no disfrutaba escuchar música mientras pintaba. Ya no estaba satisfecha teniendo un reino entero a sus pies.

Abandonó su carrera, pero no la de historia del arte que el rey creía que estudiaba, sino la de medicina alquímica que ella realmente estudiaba.

Cuando él le sugirió estudiar historia del arte para enriquecer su cultura, ella no se atrevió a decirle que lo que realmente quería era estudiar medicina alquímica para salvar vidas y prevenir desdichas para terceros. Eso la haría ver débil y benévola, y eso no era algo que quisiera.

Esa mañana no se preocupó por recobrar la compostura antes de entrar a su habitación. Estaba desesperada; lo sentía en el hormigueo de su piel, en los espasmos involuntarios, en los constantes escalofríos.

Cruzó la puerta deseando un poco de paz. Se tiró en la cama viendo al techo y suspiró derrotada.

—¿Te pasa algo?

—¿Te importa?

—Claro que sí. Muy, muy en el fondo, aún creo que mi amiga sigue estando detrás de toda esa fachada de mala.

El corazón de Adilene le dio un vuelco.

—No es nada de lo que debas preocuparte.

—Tú me preocupas. ¿Por qué no me cuentas? No es como que tenga mucho que hacer.

Adilene se levantó pesarosa dela cama y se dejó caer al lado de la jaula que la separaba de Fabio.

—Es lo mismo de siempre, pero justo ahora se vuelve más difícil.

Fabio asintió.

—Nadie más que tú sabe cómo cambiar eso, Adi.

Ella lo miró con los ojos brillantes. Hacía tanto tiempo que no la llamaba así.

—No te ves nada bien. —rio.

—Bueno, digamos que estar encerrado no es lo más agradable del mundo.

Adilene dudó por un segundo.

—¿Quieres salir?

Adilene estaba cansada de tener encerrado a Fabio y de ver como poco a poco se decaía, se detestaba por hacerlo. Pero él no le dejaba opción. Se negaba a casarse con ella y a amarla.

—¿En serio me lo preguntas?

Adilene le regaló una leve sonrisa a Fabio e hizo desaparecer su jaula. Lo observó cuidadosamente mientras se ponía de pie.

—Gracias.

Ella asintió.

Fabio y Adilene se miraron durante varios segundos sin decir nada. Ella se sentía encantada y a él, el corazón le martillaba el pecho.

—Hace días que no ves el sol. ¿Quieres dar un paseo? —titubeó.

—Claro. —sonrió complacido.

Adilene podía imaginar cuanto él extrañaba a los animales del santuario; los cuidaba como si fueran piedras preciosas. Le gustaba verlo sonreír cuando se dedicaba a lo que más lo apasionaba. Verlo feliz la hacía feliz a ella, y un poco de felicidad era lo que más necesitaba en esos extenuantes días.

De camino al santuario, ofreció a Fabio una manzana azul que él aceptó. Verlo comer la hacía sentirse más tranquila, no quería que nada malo le pasara por su absurda rebeldía.

Ambos caminaron en silencio, contemplado la caída de las flores de los melocotoneros. Después de un arduo mes para su relación, eso era como una flor que florecía en la adversidad del invierno.

Adilene estaba en paz, su mente estaba callada, como casi todas las veces en que estaba con él. Se olvidó de su fracaso con el Huevo Fundador, de que todo su reino la obedecía y veneraba porque le temía y de lo mucho que estaba decepcionando a su madre.

En la entrada del santuario, Fabio acarició la barriga de una mantícora bebé que, al verlo llegar, se tiró boca arriba a sus pies. Adilene sonrió enternecida, aunque ese sentimiento se opacó cuando deseó que él la amara tanto como amaba a esos animales.

Al darse cuenta de lo patético de su pensamiento frunció el ceño.

—Extrañaba esto.

—Lo sé. —dijo ella guiñándole un ojo.

Fabio se paseó por todos los hábitats del santuario, mientras Adilene lo observaba de lejos.

<Aún creo que mi amiga sigue estando detrás de toda esa fachada de mala> Claro que era una fachada, una fachada que seguramente sólo él podía notar.

Era una fachada que se obligaba a aparentar sólo para no sentir que estaba hecha de cristal. Cuando fue buena, el rey la rechazó; no fue hasta que le demostró que no sólo era una chica rebelde que la tomó en serio. La tomó en serio porque le temió.

Ser buena sólo le había servido para dejar su corazón a expensas del dolor. Y por mucho que anhelara volver a ser la niña de ocho años que llegó asustada y rota al castillo con deseos de ser feliz al empezar una nueva vida con su padre y su hermana, sabía que ya era tarde. Ahora su fachada la perseguía y debía aferrarse a ella si no quería flaquear.

Fabio volvió hacia ella y cuando sintió que sus brazos la envolvían, sintió que el corazón se le detenía. Se sentía tan en calma por ese inesperado gesto de cariño, que cerró los ojos, se acurrucó sobre su hombro y exhaló, liberándose de todo lo que pesaba sobre sus hombros.

De regreso al palacio, se detuvieron varias veces en el sendero, contemplando un acantílidis de plumaje frío, que surcaba el cielo de ida y vuelta, posándose en las ramas más gruesas de los árboles.

Adilene rio al ver tropezar con el ave a una ardilla que salía de su hueco en un caducifolio.

—Esta eres tú. —le dijo Fabio tomándola de la mano. — La niña de ocho años llena de ilusiones y buenas intenciones, y que ahora es una mujer que tiene el potencial de hacer todo lo que se proponga, porque, aunque ella no lo reconozca, tiene un corazón puro y bueno.

Adilene sintió que un nudo subía por su garganta. Tenía ganas de llorar, de gritarle a Fabio que tenía razón, pero el odio y la venganza que la consumían eran más grandes que sus deseos indulgentes. Sólo quería estar bien, sólo quería ser feliz, y para eso debía quitar de su camino todo aquello que le estorbaba.

—Basta. —Adilene se soltó de Fabio. Esa niña murió en el momento en que las grietas de su corazón fueron demasiadas para resanarlas.

La mirada de Adilene reflejaba tristeza disfrazada de dureza.

—Tú contribuiste a formar una de esas grietas. —agachó la mirada.

Fabio abrió la boca para decir algo, pero ninguna palabra salió de su boca, así que volvió a cerrarla.

<Ya está, amor>

A Fabio se le contrajo el estómago al oír aquellas palabras.

—Siento mucho haya sido así. —se volvió hacia ella para mirarla y le tomó ambas manos. —No puedes elegir el amor, el amor te elige a ti. Creo que esa es la razón de que haya tantos corazones rotos.

Adilene suspiró para contener el llanto.

—Annelise no es sólo un capricho para ti. —pronunció el nombre de su hermana como si le quemara en la garganta.

Fabio negó con la cabeza.

—Y aunque me pese decirlo, tú tampoco eres uno para ella. —sus ojos se cristalizaron.

—Eres hermosa, por dentro y por fuera, Adi. Pero yo no puedo corresponder a algo más que una amistad. Te quiero, y mucho, pero siento mucho no hacerlo de la manera que quieres.

¿Para qué seguirse engañando? Adilene era perfectamente consciente de que lo que había entre Fabio y Annelise era real. Lo supo cuando lo vio acariciándole la piel como si fuera el Huevo Fundador. Cuando la vio enfrentarse a su familia para defender su amor. Cuando lo escuchó describirla. Cuando el corazón de ella estuvo tan roto que permitió que un sortilegio emocional la afectara. Cuando lo vio morir en vida por estar lejos de ella.

Su corazón lo supo desde el inicio, pero los gritos que escuchaba en lo profundo de su mente eran tan fuertes y abrumadores que la convencieron de que la realidad no era más que caprichos.

—Lo entiendo.

Una vez más su corazón lo entendía, pero su mente se negaba a aceptarlo y ésta siempre ganaba las batallas de su interior. Se negaba a dejar de odiar a Annelise, a dejar de culparla por años de dolor y sufrimiento.

—Ahora necesito que entiendas que hago esto por tu bien, porque no quiero que te conviertas en algo que no quieres ser. —le dijo Fabio con la voz entrecortada.

—¿Qué...?

Treinta y Nueve
Batallas Interiores

El ardor en las muñecas no dejó continuar a Adilene. Se miró alarmada los brazos. Neutralizadores rúnicos rodeaban sus muñecas, encarnándosele en la piel.

<<Tú no>>

La mirada de Fabio se deslizó sobre el hombro de Adilene.

Adilene se dio la vuelta con la histeria brillándole en los ojos y entonces la vio.

Annelise

Sin el más mínimo dejo de haber sufrido. Mirándola con los ojos encendidos por la ira y el engreimiento.

Se volvió hacia Fabio desesperada.

—Lo siento. —sus labios se movieron sin emitir sonido alguno.

El pecho de Adilene subía y bajaba con irregularidad. Estaba tan mareada por la impresión que dio un traspié y cayó, apoyó la mano en el césped para no caer por completo.

—Fabio. —su voz se rompió por un segundo. —¿Por qué me haces esto?

Sus ojos reflejaban auténtico dolor, pero no sólo por lo que acababa de pasar. Eran años y años de dolor acumulado. Dolor que luchó por sepultar, pero no lo logró. Entonces ese dolor se convirtió en ira y delirio.

Fabio no se arrepentía de haber hecho lo que hizo, pero sí de no haber podido sostenerla cuando ella más lo necesitaba; ahora lo único que podía hacer era salvarla de ella misma.

—Porque me importas, y aunque ahora no lo creas, sólo quiero lo mejor para ti.

Los labios de Adilene temblaron. Se sentía igual de asustada y rota que su yo de ocho años.

<Miente. A él sólo le importa ella>

—¿Cómo es que estás aquí? —preguntó Adilene volviéndose a Annelise y recuperando la compostura.

—Las emociones positivas son más poderosas de lo que crees.

—Y las negativas, más poderosas de lo que tú crees.

Años del rechazo del rey vinieron a la mente de Adilene, agolpándose lastimosamente en su corazón. Años en los que observó en las sombras todo el amor que él tenía para darle a Annelise y no a ella.

Adilene cerró los ojos por un segundo y al volver a abrirlos, su mirada llameaba. La preocupación se reflejó en las facciones de Annelise al contemplar la expresión retadora y firme de Adilene. Detenerla no sería tan fácil como ponerle unos neutralizadores.

La adrenalina comenzaba a llenarle el cuerpo de distintas sensaciones y emociones. Por supuesto, tenía miedo, pero en ese momento, su miedo la mantendría alerta. No siempre el miedo juega en contra si se sabe controlarlo.

Un kunai pasó delante de Annelise, hundiéndose en la tierra.

Annelise se volvió rápidamente a la figura que se recargaba con semblante engreído en el tronco de un árbol. Fabio había desviado con su varita el arma dirigida a la princesa.

Adilene frunció el ceño al reparar en lo tonta que había sido al no darse cuenta de que Fabio ocultaba los neutralizadores rúnicos y su varita. Estaba claro que había recibido la visita de Annelise y había estado fingiendo desde entonces. Fingiendo que se preocupaba por ella, que le importaba.

—Lo siento, Annelise. Pero no debiste regresar.

Hugo se aproximó lentamente, plantándose delante de Annelise.

—¿Por qué haces esto?

Hugo rio con amargura.

—Te negaste a casarte conmigo.

—Claro. No creo que esperaras lo contrario después de lo que hiciste.

—Yo sólo quería una oportunidad.

—¿Una oportunidad?

—De ganar tu amor.

—Estupideces, puras estupideces. Tú no sentías amor por mí, sólo querías satisfacer tu ego de príncipe adonis. —el color comenzaba a subir por las mejillas de Annelise.

Fabio no pudo evitar esbozar una leve sonrisa.

—Y si creíste que yo sentía algo por ti, te recuerdo que fue un sortilegio. —su tono era firme y disgustado. — Para ser alguien con tanta vanidad, no confiaste lo suficiente en ella.

—Esta es tu última oportunidad, Annelise. No serás reina, pero seguirás siendo parte de la nobleza.

Annelise lo miró desafiante.

—Siento náuseas de sólo recordar el tiempo que pasamos juntos.

—¿Entonces va a ser así? ¿Vas a cambiar a un príncipe por un vulgar comunario? ¿Prefieres el lodo y la pobreza antes que los lujos y comodidades que puedo ofrecerte?

Fabio apretó los puños, pero no dijo nada. Annelise parecía tener el control de la situación.

—No voy a cambiar nada porque nunca me interesaste. Y este "vulgar comunario" como tú lo llamas, tiene el espíritu de príncipe que tú no. Él es todo lo que tú nunca podrías ser.

Fabio estaba más enamorado que nunca de Annelise. Estaba orgulloso de ella, por haber logrado una hazaña que el mundo consideraba imposible y por defender su amor con tanto ahínco y dignidad. La dignidad que se supone que no tenía por haberle entregado el corazón a un "vulgar comunario".

—Muy bien, si lo quieres por las malas, que así sea.

Adilene aún luchaba por quitarse los neutralizadores, pero a pesar de estar discutiendo con Hugo, Annelise seguía concentrada en ella. No estaba segura de si las manos se le helaban por la falta de circulación, o porque sudaba frío por la patética situación en la que se encontraba.

—De cualquier manera, lo siento.

Hugo recuperó el arma clavada en la tierra y la dirigió al rostro de Annelise, pero Annelise la detuvo y la evaporó. Hugo frunció el ceño y se irguió, mirando a Annelise con superioridad.

Volvió a atacar. Le lanzó una bola de fuego, que ella desvió con facilidad.

Adilene comenzaba a impacientarse. Lanzó a Hugo una mirada de reproche.

Hugo atacó una vez más. El tiempo que estuvo con Annelise le enseñó a conocer las debilidades de su noble corazón. Hizo temblar el suelo debajo de Annelise y Fabio, creando una grieta justo en el medio, que los separó.

Antes de que Annelise pudiera responder, él se apresuró a cubrirle las manos con piedras y a encerrarla en un vórtice de humo. En seguida, él se dirigió a Fabio y lo atestó de bolas de fuego, una tras otra. Fabio las evadía hábilmente, pero Annelise no podía evitar preocuparse, esperando desesperada el momento en que flaqueara.

Después de varios intentos, Hugo consiguió rozar el hombro de Fabio, dejando cenizas en su chamarra. Al notar que no fue mucho lo que consiguió, sus ojos llamearon. Odiaba a Fabio no porque él realmente amara a Annelise, sino por la humillación ante todo el reino al enterarse de que él se ganó a la princesa, que él no pudo.

Annelise no contaba con que Hugo fuera el títere de Adilene. Su plan de contener a Adilene con los neutralizadores hasta que pudiera dar el siguiente paso, se estaba alejando más a cada segundo que pasaba. Ella se liberaría de ellos. A pesar de que los neutralizadores estaban diseñados para contener elevados niveles de ocultismo, no eran muy competentes para el poder de Adilene.

Hugo levantó todas las rocas que pudo de los alrededores y las arrojó a Fabio. Al escuchar impacto tras impacto, Annelise intentaba desesperada liberarse del vórtice; comenzaba a perderse de nuevo, pero de pronto la imagen del lago se implantó en su mente.

Hizo arder sus manos, hasta agrietar tanto las rocas, que explotaron en pequeños trozos del tamaño de un guisante. Empleó el mismo esfuerzo que empleaba al atarse los cordones. Su nuevo poder ya era tan parte de ella como si siempre lo hubiera tenido. No debía olvidar que lo tenía, que se lo había ganado y más importante, por qué lo había ganado.

Disipar el vórtice, fue sólo un poco más difícil. Apenas recuperó la visibilidad de su entorno, su mirada buscó a Fabio. El corazón le martilleó dolorosamente el pecho al verlo en el suelo, jadeante y con sangre escurriéndole del antebrazo, en donde su chamarra ya se había rasgado.

El miedo volvía a parecer.

Hugo le sostuvo los brazos con una mano y con la otra siguió atacando a Fabio. Le aprisionó los brazos con las raíces de la tierra y acto seguido, consiguió dejarle una marca en la mejilla izquierda. Él se quejó.

Annelise lucho con más fuerza, pero cuando logró liberarse, Hugo la hizo retroceder varios metros. Ella rodó sobre sí misma hasta que el tronco de un árbol la detuvo dolorosamente.

Hugo ocupó en seguir asolando a Fabio y cuando estuvo lo bastante sometido, hizo que un aro de goma se ciñera a su cuello. Él se revolvió y jadeo y tosió. Él nunca recibió entrenamiento ocultista, así que no era un rival fuerte para Hugo.

El príncipe se dirigió a Adilene y en un neutralizador, trazó con el dedo ardiendo, una runa con una línea vertical, un círculo en la cima y dos líneas horizontales en la parte inferior. Los neutralizadores se desvanecieron.

 Annelise se apresuró a levantarse y se transfirió al lado de Fabio. Rápidamente desvaneció el aro. Estaba tan preocupada por Fabio que se olvidó por completo de Adilene.

Cuarenta
Heridas Añejas

Adilene se levantó con la mirada fija en Annelise que ya se había levantado del lado de Fabio y la miraba como nunca antes lo había hecho. Sus ojos siempre benevolentes y dulces estaban llenos de rencor, ira y desesperación. No había una sola sombra de miedo en ellos como la última vez que los miró. Cuando entró al portal que la alejaría de su hogar, no había más que derrota, dolor y un miedo profundo.

—Dejemos a Fabio y a Hugo fuera de esto. Seamos sólo tú y yo. Sé que es eso lo que quieres.

Adilene sonrió con maldad.

—Muy bien, sólo las dos. Hugo no intercederá por mí y Fabio no intercederá por ti. Aunque te recuerdo que la última vez perdiste.

—La última vez. Pero no esta vez.

—Annelise. —dijo Fabio.

Ella se dedicó un breve gesto, dándole a entender que confiara en ella, que todo estaría bien.

El gesto de Fabio se suavizó. Suspiró y asintió. Annelise le regaló una leve sonrisa antes crear un escudo de piedra para bloquear el primer ataque de Adilene. El fuego se desvaneció en la piedra.

Annelise le respondió con una ráfaga de fuego. Fue tan rápida la reacción, que Adilene no tuvo tiempo de bloquearla. El fuego la golpeó, la hizo retroceder y luego caer estrepitosamente al suelo.

Por segundos que parecieron eternos, Adilene no pudo encontrar aire suficiente en sus pulmones para respirar. Tenía los ojos abiertos de par en par y las facciones petrificadas. Había algo distinto en los poderes de Annelise. Una viveza descomunal.

No le dio tiempo a que se levantara, Annelise bajó hasta ella y la envolvió en un remolino. Ella comenzó a toser, sofocada por la falta de oxígeno que creaba el vórtice; le ardía los ojos y se le contraían los pulmones. Intentó levantarse, hacer algo, pero su mente estaba confundida por la falta de oxígeno.

Escasamente pudo enfocar su mente en Hugo, quien al instante hizo retroceder a Annelise con una ráfaga de viento, conteniéndola el tiempo suficiente para que Adilene se recuperara.

Una vez de pie y espabilada, Hugo se detuvo.

—Creo que mentí un poco acerca de ser sólo las dos.

—También yo. —Annelise sonrió.

Carlos y Daiana se hicieron visibles a ambos lados de Annelise.

Adilene estaba pasmada, pero se esforzó por ocultarlo dedicando una mirada de desprecio a los amigos de su hermana.

—¿El pueblo? —preguntó ansiosa Annelise.

—Todos confinados en su casa con runas protección.

—Creí que no te gustaban las injusticias. Ustedes son cuatro y nosotros dos.

—La vida no es justa. Tú me enseñaste eso.

—Una pena, ¿no? —Daiana levantó los hombros fingiendo compasión.

Los ojos de Adilene se encendieron, pero luego sonrió descuidada.

Annelise suspiró. Aunque estaban alejados en el campo, no iba a correr el riego de la última vez.

—No tanto. Siempre estoy preparada para situaciones como esta.

Materializó dos cristales iridiscentes y los arrojó a la tierra. Se consumieron, pero nada sucedió.

—Bueno. Creo recordar que tú y yo tenemos un asunto sin resolver. —inesperadamente Daiana materializó una espada y la hundió en el abdomen de Adilene, justo donde ella la había herido a ella

Adilene cayó de rodillas gimiendo de dolor. Jadeante se sacó la espada y dejó ver un rastro de sangre.

Daiana creó seis dagas y se las lanzó, Adilene evitó cuatro de ellas; las demás le cortaron los brazos.

La furia de Daiana se disipó cuando la tierra tembló. De ella surgieron dos golems de piedra marrón, sublimes e intimidantes: en uno brillaban caminos de lava incandescente y en otro, ríos de un intenso color azul. Adilene miró desafiante a sus contrincantes e hizo una mueca de superioridad.

—Supongo que ahora sí es justo.

Adilene temía tanto que el reino descubriera su mediocridad, que siempre estaba preparada para hacerlos temer, así no fuera con el Huevo Fundador.

Annelise, Fabio, Carlos y Daiana se miraron con confabulación, no hubo necesidad de articular palabra para saber lo que tenían que hacer.

Carlos y Daiana se plantaron decididos frente a los golems. Éstos produjeron un sonido parecido a un rugido, que hizo salir a las aves de las copas de los árboles.

Annelise se plantó frente a Adilene y Fabio frente a Hugo. Si bien Fabio no tenía la preparación que Hugo en las artes ocultas, tenía el coraje y la aversión por él ardiéndole en las venas.

El corazón les martilleaba el pecho. La verdadera batalla comenzaría. Una que nunca imaginaron pelear y una para la que jamás se prepararon. Apenas sabían lo que hacían, pero estaban seguros de lo que querían. No sabían lo que pasaría, pero estaban seguros de que, si tenían que morir, iba a ser defendiendo su nación.

—Qué gane la mejor, hermana. —al pronunciar la última palabra, chispas saltaron de los ojos de Adilene y su semblante se acartonó

Entonces todo comenzó. Ráfagas de aire y hielo, bolas de fuego, armas punzocortantes, rocas y rayos cruzaban de ida y vuelta entre cuarteto y cuarteto. Si el reino no estuviera en juego, la batalla sería todo un espectáculo a la vista.

El golem de fuego lanzaba roca tras roca encendida contra Carlos. Más que por evitarlas, él se preocupaba por lo que éstas incendiaban al contacto. Se esforzaba por apagarlas antes de que cayeran, y cuando ya lo habían hecho, por apagar el fuego.

Daiana luchaba por hacer que los mismos rayos de agua emitidos por su golem, regresaran a él.

Hugo hizo que el suelo debajo de Fabio temblara. Él perdió el sentido del equilibrio por un momento, pero se recuperó con facilidad. Devolvió a Hugo exactamente el mismo ataque.

—Como el sol y la luna debe brillar, la luminiscencia lo debe cegar. —sintió la bilis subiéndole por la garganta.

Fabio apuntó a Hugo y una gran nube de brillante color blanco lo envolvió. Hugo se dejó caer, desesperado por encontrar un poco de visibilidad, un punto a donde apuntar.

Adilene rodeó a Annelise con un tornado. Annelise se sofocó por la falta de aire, pero en seguida arrebató el control del tornado y ya no la rodeaba a ella, sino a Adilene. Cuando ella estuvo lo bastante mareada por la falta de oxígeno, Annelise disipó el tornado y le disparó rayo tras rayo. Ella intentaba defenderse, pero Annelise era demasiado rápida y fuerte para ella.

Adilene necesitaba desesperadamente el Huevo Fundador.

—Tu ocultismo. —jadeó Adilene. —¿Qué fue lo que hiciste?

—Superar mis miedos.

Adilene no entendió a qué se refería Annelise, pero estaba segura de que sí las cosas continuaban así, terminaría por vencerla y esa no era algo que pudiera permitirse, no después de todo lo que ya había conseguido.

Se puso en pie, soportando el dolor de los rayos impactándole la piel.

Respiró y se concentró el transferirse tan lejos como su vista se lo permitió. Annelise la siguió lo suficientemente de cerca para verla aparecer al otro lado de la ventana del palacio que daba a la biblioteca.

Escasos segundos después, la alcanzó en la biblioteca. Estaba hecha un desastre. Se preguntaba si los frascos rotos, libros regados y muebles en el suelo, ya estaban ahí o era lo que Adilene hizo en los pocos segundos de ventaja sobre ella.

Adilene estaba parada en el centro de la habitación, jadeaba, sus músculos estaban tensos y sus ojos cristalinos, pero su mirada reflejaba alivio.

—¿Por qué viniste aquí?

—Ah, ya sabes lo mucho que me gusta leer.

Annelise levantó las cejas, pero no dijo nada. Empujó a Adilene a un librero que estaba casi vacío. El impacto de su cuerpo impulsado por el viento hizo que los libros que quedaban cayeran al piso.

Contuvo el viento hasta que estuvo lo suficientemente cerca de Adilene. La liberó de pronto, dejando caer. Lanzó ráfaga tras ráfaga de fuego. En la piel de Adilene quemaduras color rosa brillante comenzaron a aparecer. Iguales a las que ella había gravado en la piel de la princesa. Trataba de contener sus alaridos de dolor, pero ocasionalmente dejaba escapar uno.

Las imágenes de su pesadilla hecha realidad pasaron ante los ojos de Annelise. Su padre gritándole por indecente, las lágrimas de Fabio cayendo por las mejillas mientras le rogaba desesperadamente que no lo dejara, los cariños de Hugo que su mente le obligó a soportar, el momento más importante de su vida hecho pedazos, Daiana hecha un ovillo sangrante en el suelo, los días de interminable sufrimiento que vivió alejada de su hogar y de las personas que amaba.

Sintió más odio que nunca, inundándole cada célula del cuerpo. La sangre hirviéndole corría por sus venas, su pulso era arrítmico, su piel desprendía vapor y sus ojos llameaban. Sólo quería vengarse de la persona que tanto sufrimiento le había provocado.

Detuvo y miró divertida a su víctima.

—Mi fobia será su fobia, que arañas e insectos hagan una logia en su piel.

En cuento la fuerza rosa de Annelise hizo contacto con la piel de Adilene, docenas de patas diminutas comenzaron a correr por los brazos de Adilene, por sus piernas, por su cuello, en su espalda, en su rostro. Ella gritaba aterrada y desesperada. Estaba al borde de un ataque al corazón. Annelise se deleitó mirándola.

La levantó tomándola por el cuello y la apretó. Adilene pataleó, intentando encontrar un punto de apoyo y se tocaba exasperada la garganta.

Annelise no podía evitarlo, pero la desesperación en los ojos de Adilene le causaba placer, tanto que no pudo evitar sonreír con la misma malicia con la que tantas veces Adilene le sonrió a ella.

Adilene dejó de moverse; no tenía más aire para mantenerse.

La ira en los ojos de Annelise se desvaneció y una sombra de culpa apareció en su lugar. Soltó a Adilene dejándola caer deliberadamente. Ella tosió varias veces y lágrimas escaparon de sus ojos.

—Ya no quiero hacerte más daño. Sólo detente ya y terminemos con esto.

Adilene abrió la boca, pero aún no recuperaba el suficiente aire para que las palabras salieran.

Annelise la encerró en una jaula con gruesos barrotes cargados de electricidad.

—No voy a dejar que una vez más me quites lo que me pertenece. —jadeó Adilene.

—Tierra Fantasía no te pertenece. —gritó Annelise. —Podrás ser la primogénita del rey, pero jamás dejaría que mi reino cayera en manos de alguien como tú. Pasó un sólo mes y tú convertiste esta tierra en un infierno. —dijo recordando la impresión que se apoderó de ella cuando puso el primer pie en su tierra. —¿Es así como quieres gobernar?

—Es así como me obligaron a gobernar. Ellos se negaban a aceptarme y a venerarme. Lo intenté, pero ellos seguían siendo fieles a su princesita y aborrecían al monstruo que la desterró. —una lágrima de ira rodó por su mejilla. —Entonces les di al monstruo que tanto querían.

Los ojos de Adilene estaban inyectados en sangre. Sus manos temblaban al pasarlas por su cabello una y otra vez, dejando cabellos sueltos entre sus dedos.

—Pues lo siento, pero eso fue lo que hiciste que vieran en ti.

—Yo sólo quería lo que me pertenecía. Lo que se me negó por tantos años.

—¿Y creíste que esta era la manera? Adilene, trato de entenderte, pero no justifico lo que has hecho. Las cosas pudieron haber sido diferentes si tú lo hubieras querido.

—No lo entiendes. Nunca lo harás porque a ti nadie nunca te ha rechazado. El rey siempre me trató como si me estuviera haciendo un favor, como si no fuera su obligación cuidar de mí, cuando él era lo único que tenía. Él sólo tenía ojos para la hija que llevaba su sangre noble y la de su esposa, y no la de una costurera. —rompió en llanto. —Y Fabio, —sollozó. — él te prefirió a ti. A ti y no a mí. —gritó. —Siempre eres tú.

Annelise no supo qué decir. Creyó que Adilene estaba encaprichada y furiosa por haberse mantenido en las sombras por tanto tiempo, pero no era sólo eso, ella estaba totalmente destrozada, llena de un profundo dolor acumulado, que se convirtió en una ira tan grande y pura que le carcomía el juicio.

—En eso te equivocas. Ha habido una sola persona que me ha rechazado. —miró decidida a su hermana. —Tú. Pudimos ser hermanas, y no me refiero a nuestra sangre, sino a la elección que pudimos hacer. Desde el día en que llegaste anhelé que fuera así, que en mí y mi familia pudieras encontrar el hogar que habías perdido. —sus ojos se humedecieron y su voz tembló. —Sé que piensas lo peor de mí, pero te aseguro que, si yo hubiera conocido la verdad antes, habría hecho las cosas fueran diferentes; aún no es tarde. Y sobre Fabio... pasó y ya, no es algo que haya podido controlar. No sabía que tú... Annelise se calló. —Lo siento. —dijo después de un rato.

Adilene se relajó. Suspiró y se limpió la cara con las mangas del abrigo. Muy en el fondo, su corazón sabía que lo que Annelise decía era verdad, pero lo demás de su órgano vital, ya era sólo una fría piedra hecha de odio que se negaba a creerle. Ella era la culpable de su sufrimiento. Ella era la culpable de todo y tenía que pagar por ello.

—Ya es tarde. Por más que quisiera, ya es tarde. Dos semanas tarde. —el rostro de Adilene se ensombreció.

—¿A qué te refieres?

—Ya no podemos ser la familia feliz que quieres. —desvió la mirada hacia la ventana, observando caer la tarde. Tu padre murió hace dos semanas.

Cuarenta y Uno
Corazón Guerrero

Annelise sintió que le hubieran atravesado el corazón. Sintió que se ahogaba.

—¿Qué? —preguntó con voz temblorosa apenas en un susurró.

—El rey se suicidó. Los guardias lo encontraron en su celda, con una flecha atravesándole el corazón.

<No. No. No. Eso no es cierto> repetía Annelise en su mente, una y otra vez, con más fuerza, hasta conseguir que sus suplicas se volvieran reales. Un dolor intenso le envolvió la cabeza, cincelándole el cerebro. Todo su cuerpo temblaba. La habitación se hacía pequeña y comenzaba a asfixiarla.

—Eso no es...

—Lo es. —la interrumpió Adilene.

—Supongo que no fue capaz de soportar su culpa.

—¿Mi madre? ¿Ella...—no fue capaz de terminar la frase por miedo a otra conmoción.

—Vive, si es lo que preguntas.

El pánico en el corazón de Annelise se desvaneció, pero el dolor seguía ahí. El dolor por la pérdida de su padre. Su padre con quien no había tenido oportunidad de aclarar las cosas y de reconciliarse.

Todo a su alrededor le dio vueltas. Estaba mareada y cansada. Creyó que caería en cualquier momento.

Adilene hizo desvanecer la celda, aprovechando ese momento de debilidad de Annelise. Se puso en pie y antes de que ella pudiera detenerla, la sostuvo del cuello.

La llevó a rastras hasta el bosque. Quería que todos los que la amaban la vieran morir. La soltó, arrojándola a la tierra. Annelise cayó con un golpe seco que le resonó en todo el cuerpo.

Fabio dedicó una mirada rápida a la escena antes de cubrirse de un golpe del látigo eléctrico de Hugo.

—No te irás sin mi permiso, ahora tus pies estarás pegados al piso.

Annelise se levantó tan rápido como sus débiles y temblorosas piernas se lo permitieron. Quiso moverse, pero enseguida los pies se le anclaron al suelo y sus movimientos se volvieron limitados. En un tris, Adilene trazó un círculo perfecto alrededor de ella, enmarcado con runas de sujeción.

—Supongo que esta es nuestra despedida, hermanita. —materializó una bala plateada. —Te di la oportunidad de vivir, pero no quisiste tomarla. Ahora no me dejas otra opción. —materializó una pistola.

—¿Sabes qué es esto? —sostuvo la bala entre el pulgar y el índice. —Es una bala llena con veneno de corumbra.

En pánico brillo en los ojos de Fabio, que se cubría de un golpe de Hugo y se lo devolvía. La corumbra era la flor más temida en la flora endémica del reino por su combinación de toxinas capaces de terminar con la vida en segundos.

A Annelise le temblaban los labios. Estaba enojada con ella misma. No podía haber pasado por tanto para terminar así, de la misma manera en la que empezó; sin nada.

Adilene cargó la pistola con la bala plateada mientras sonreía.

—No te preocupes, me encargaré de que tu heroísmo —dijo la última palabra en tono de burla. —sea reconocido. Tal vez le ponga tu nombre a la gata que tendré.

Annelise ni siquiera había notado que lloraba hasta que una de las lágrimas le humedeció los labios que estaban extremadamente secos. Sólo pensaba en lo mucho que habría deseado que las cosas fueran diferentes, que la vida hubiera sido justa para ella.

Adilene le apuntó con la pistola. Annelise se revolvía con todas sus fuerzas, desesperada y aterrada. Siempre creyó que cuando muriera ya habría cumplido todas sus fantasías. Su reino, Fabio... Pero en ese momento todo parecía una lejana ilusión.

Fabio apenas tenía oportunidad de mirar de reojo lo que sucedía. Hugo apenas lo dejaba respirar antes de su siguiente ataque. Estaba desesperado por quitárselo de encima para llegar a Annelise.

Lanzó un grito de exasperación. Pensó en su princesa, en lo mucho que la amaba, en la promesa que se había hecho a sí mismo de protegerla siempre y en el futuro que veía para ella.

Hugo tomó descuidado a Fabio y asentó una daga en su hombro. Fabio jadeó, se sacó el arma y la hundió en el pecho de Hugo. Ambos tenían las ropas desagarradas y sangraban de varias partes del cuerpo, pero a ninguno parecía molestarle.

Fabio lanzó a Hugo varios metros atrás con una ráfaga de agua.

<Despeja tu mente, piensa en lo que quieres hacer y haz movimientos firmes> eran las palabras de Annelise que se repetían en la mente de Fabio. <Todo ocultismo debe tener una intención> había dicho ella. Y su intención era proteger a quien se había convertido en su vida entera.

Apuntó con firmeza su varita hacia Hugo. Recitó y un torrente de rayos bajaron de las nubes y azotaron el cuerpo de Hugo.

Fabio estaba agotado. Las fuerzas apenas le alcanzaban para un sortilegio de nivel básico.

Adilene levantó la palma de la mano y movió los dedos, despidiéndose de Annelise.

<Mátala>

Una sonrisa cargada de malicia y placer se dibujó en su rostro al jalar el gatillo.

La hiperventilación convirtió el campo de visión de Annelise en un raudal de neblina. Los sonidos se convirtieron en un silencio ensordecedor. Parecía como si no estuviera en un mundo fuera la realidad. Tensó su cuerpo esperando el impacto de la bala atravesando su cuerpo.

Nunca llegó.

Parpadeó con celeridad para espabilarse del pánico que con justificación se había apoderado de ella.

Su mundo se derrumbó.

Tuvo la sensación de que le arrancaban el corazón del pecho y le desagarraban en alma.

Adilene soltó la pistola con la mano temblándole. Todo el cuerpo le temblaba; su interior ardía, pero su piel estaba helada; su pecho subía y bajaba dramáticamente, causándole un agónico dolor en el pecho. Una cascada de lágrimas comenzó a descender sobre sus mejillas.

Se dejó caer de rodillas sobre el pasto. Tenía la mirada clavada en el cuerpo inerte de Fabio. El rostro se le crispaba de pánico horror y tristeza.

<En la vida encontrarás a muchas personas que te harán daño, pero nunca debes responder a esa maldad con maldad, porque no hay nada peor que la amargura y la venganza. Se siempre digna y fiel a ti misma>

Había deshonrado la última voluntad de su madre.

En ese momento perdió el control sobre el Huevo Fundador que se introdujo precipitadamente en la biblioteca. La reliquia que tanto dolor y exasperación le había causado salió de ella, sin causarle el más mínimo dolor. Su crimen era tan grande que ya no era capaz de sentir.

Las voces en su cabeza no volvieron a hablar.

Nunca entendió que, para controlar el huevo, sólo necesitaba ser ella misma. El huevo fundador no reclamaba más que un corazón emocional. Uno de emociones que impulsaran al usuario a hacer lo imposible y no uno de emociones negativas que consumieran la voluntad del usuario.

Los golems que aún acometían a Daiana y Carlos se disiparon, al igual que las runas que mantenían presa a Annelise.

Annelise no fue consciente de que su cuerpo se había abandonado hasta que cayó de rodillas al lado de Fabio. Sollozando tomó su torso entre sus brazos y lo acomodó sobre su regazo.

—No, no, no, Fabio. No, no, no.

—Anne. —dijo él con voz débil.

—Prometimos no hacer tonterías.

—Esto es lo más sensato que he hecho. —sonrió con debilidad.

—Vas a estar bien, vas a estar bien. —dijo ella entre sollozos.

Su corazón anhelaba que, si lo decía en voz alta, se haría realidad, pero su cabeza conocía bien el alcance del veneno de la corumbra. No había una herida que curar o una sustancia que extraer. Esas toxinas ya eran parte de Fabio, se habían fusionado con cada una de las células de su cuerpo.

—¿Por qué lo hiciste? —casi sonó a reclamo.

—Desde hace tiempo que supe que daría la vida por ti.

—Mi vida no estaría completa sin ti. Te necesito. —lloraba desesperadamente, acunando el rostro de Fabio entre sus manos. —Tenemos que demostrarle al mundo que el amor no conoce de títulos. Aún hay mucho que tenemos que hacer. Juntos.

—Annelise...

—No. —sus labios temblaron. —Aún tenemos que salir a la calle tomados de la mano, conocer la playa, bailar en el centro de la pista, llevarnos el desayuno a la cama... —su voz se rompió por completo y su llanto le hizo imposible continuar.

Carlos y Daiana contemplaban la escena con los rostros empapados y contraídos por la pena. Ella tenía la cabeza apoyada en el pecho de él y él la sostenía por la cintura.

—Tal vez en otra vida tengamos una mejor suerte.

—No. —gimió Annelise. Te quiero conmigo en esta vida. No es justo.

—¿Qué en la vida lo es?

Annelise contempló esos ojos avellana que tanto amaba que la miraran, y que ahora se les apagaba la vida.

Fabio se removió sobre su regazo y sacó algo del bolsillo de su pantalón. Se lo puso en la mano.

—Me pediste que lo cuidara por ti. Desde entonces, lo he tenido conmigo.

—Gracias. —susurró ella y una lágrima cayó por su nariz. Sostuvo el collar contra su pecho.

—Te amo. Siempre lo haré.

—Y yo a ti, bonita. —estiró débilmente la mano para acariciar la mejilla de la chica a la que nunca pudo llamar novia ni nunca podría. —Prométeme que vas a hacer que todas las fantasías de esta cabecita —le golpeó levemente la cien con el dedo. —se vuelvan realidad.

—No… tú…—balbuceó.

—Annelise prométemelo. Hazlo por los dos.

—Lo haré. Te lo prometo. —cedió. Lo abrazó con fuerza.

Él hizo un esfuerzo para incorporarse un poco y besar por última vez los labios de la chica por la que daría la vida cien veces más si pudiera.

A pesar del agotamiento de Fabio, su beso fue firme y tan entregado y cariñoso como siempre. El sabor salado de las lágrimas de ambos les llegaba al paladar. Les supo a gloria.

—Te amo. —susurró él.

—Te amo.

El cuerpo de Fabio se abandonó en los brazos de Annelise. Sus ojos se cerraron para siempre.

—No. —gimió ella, enterrando la cabeza en el cuello de él. No me dejes.

Su llanto descorazonador llenó el vacío del bosque. Lloró hasta que sus pulmones se lo permitieron. Hasta que no hubo más lágrimas que derramar.

Epílogo
De Sangre y Cenizas

—Permiso, Majestad.

—Adelante, Emil.

Adilene tenía la vista fija en el jardín al otro lado de la ventana. Sostenía entre sus brazos a Simba que se había quedado dormido.

Cuando en Bir Tawil se despidió del kowari, no creyó que lo volvería a ver. Le dolió dejarlo, pero no podía traerlo con ella y arriesgarlo a una inminente batalla. Pero justo el día de su oración, encontró una caja de regalo en su habitación, que tenía los colores y emblema de Tierra Fantasía. Cuando la abrió, supo inmediatamente quien se lo enviaba.

Ahí estaba su pequeña bola de pelo, que saltó inmediatamente a sus brazos, tan emocionado de verla como ella lo estaba de verlo a él.

—Necesito que firme los documentos que legitiman sus proclamas. —Emil se dirigió hasta ella con paso elegante, sosteniendo una carpeta con el emblema de la Corona.

—Gracias. —dejó a Simba descansando en el trono y tomó la carpeta con suma delicadeza. —Los firmaré en un momento.

Emil dedicó una reverencia a su reina y se retiró con una sonrisa de satisfacción adornándole los labios.

Adilene pasó las yemas de los dedos sobre la piel dorada de la carpeta, trazó los relieves de las tres plumas de fénix y los dos círculos que las rodeaban. Nunca había estado tan emocionada al contemplar su emblema familiar y escudo de su nación.

Con el corazón saltándole de alegría en el pecho, abrió la carpeta. Vio sus fantasías hechas realidad.
Libre albedrío matrimonial.
Monarquía autárquica.
Decrecimiento del Protocolo Real.

Una lágrima tibia resbaló por su mejilla. Sólo tenía que firmar y todo por lo que tanto luchó dejaría de ser una fantasía y se volvería una realidad. Ya no tenía que esconderse para visitar hospitales o escuelas. Ya no tendría que seguir reglas estúpidas. Ya no tendría que usar un corsé que no le permitiera respirar. Ya no tendría que usar sólo colores aburridos en las uñas. Ya no tenía que fingir. Ya no tendría que abstenerse de ser ella misma.

Estaba feliz y orgullosa de sí misma. Aunque esos sentimientos quedaban opacados por la ausencia de sus seres queridos.

No había día en que no se preguntara si lo que sentía era correcto. Extrañaba a su padre y el saber que no volvería a verlo le taladraba el alma. Lo amaba. A pesar de las faltas que cometió, para ella fue el mejor padre del mundo. Aunque en el fondo también estaba molesta con él por la manera en que se fue, dejándole una lánguida carta de despedida que no le alcanzaba a su destrozado corazón.

El guardia al que Annelise obligó a custodiar la celda de su padre le dijo que encontró la carta dirigida a ella y a su madre debajo de su almohada, junto con una peonía blanca disecada y su argolla de matrimonio.

"Ahora me doy cuenta de que cambiar de opinión no nos hace débiles, sino sensatos. Cambiar, cuestionar y buscar la verdad es lo que hace un verdadero rey. Un rey siempre busca lo mejor para su pueblo y un buen hombre, siempre busca lo mejor para su familia"

Eran las palabras que resonaban en la mente de Adilene desde que leyó la carta. Palabras que su padre comprendió hasta que fue demasiado tarde.

Suicidarse fue la manera fácil de escapar de sus problemas, de librarse para siempre del resultado de los errores que cometió, y Annelise no podía evitar sentirse molesta y defraudada por eso. Su padre no pensó en los corazones rotos que dejaría atrás. No pensó en que a pesar de su traición y de lo mucho que Adilene estaba resentida con él, lo seguía amando. La abandonó, dejando sus preguntas sin respuestas que sin duda merecía. Se fue siendo un completo desconocido para ella.

Además, le arrebató el derecho a reclamarle por tratarla como la peor de las mujeres por involucrarse con un comunario, cuando él hizo lo mismo, e incluso tuvo una hija, aun cuando estaba casado y juraba amar a su esposa. Le arrebató el derecho de tener un padre que se sintiera orgulloso de ella, que la abrazara y le dijera lo mucho que la amaba.

Adilene se sentó en su trono, junto a la pequeña mesa de oro que ella misma confeccionó, en donde atesoraba su posesión más preciada. Contempló con una débil sonrisa y un nudo en la garganta la peonía rosa pastel bajo el cristal de la cúpula que la resguardaba. Cerró la palma de la mano sobre el collar que llevaba al cuello y que nunca se quitaría. Dejó escapar otra lágrima.

Cuando un habitante de Tierra Fantasía moría, su cuerpo se trasformaba en tierra que pasaba a ser parte de la tierra que formaba la nación. Era un símbolo de que la muerte no era un sinónimo de final, sino de comienzo, el comienzo de una nueva vida. Sinónimo de vida surgiendo de las cenizas.

Después de ver la vida de Fabio desmoronarse entre sus brazos, tomó esa tierra y en ella cultivó la alegoría de su amor, una peonia rosa que no mucho tiempo después nació fortificada por la esencia de su amado.

Desde la muerte de Fabio habían pasado dos meses. Dos meses en los que no hubo día que no llorara por los momentos que la ignorancia y los prejuicios les robaron. Que no llorara por su felices para siempre que nunca llegaría. Nada duraba para siempre, pero esperaba que ellos sí.

Tal vez volvería a enamorarse, tal vez no. Pero sabía que el amor verdadero sólo se sentía una vez en la vida. Ese amor tan puro e intenso que hace que la felicidad del otro sea más importante que la propia. Ese amor que, en un beso, no besa sólo la piel, sino también el alma. Ese amor que hace que ambos se pierdan por completo en el proceso de entregarse el uno al otro, sin siquiera darse cuenta.

Ese era el amor que sentía por Fabio. Su corazón se lo gritaba con toda seguridad cada que su mente evocaba su recuerdo.

Ahora, ella estaba cumpliendo sus fantasías por ambos. Para que nadie tuviera que inhibirse de la libertad.

Aunque ni Fabio ni su padre hubieran estado presentes en su coronación de la manera que hubiera querido, estaba segura de que sus espíritus sí estaban ahí. Lo sabía porque se sintió en paz y rodeada de amor.

En esos meses había tenido tiempo suficiente para que sus heridas se cerraran; aunque las cicatrices siempre permanecerían ahí. Las cosas no eran como ella hubiera querido, pero estar agradecida por lo que tenía era lo único que le quedaba.

No había odio ni resentimiento en su corazón porque ella así lo había elegido. Llenarse la vida de amargura no la iba a llevar a nada; no iba a devolver lo que perdió. Sólo haría que la felicidad que le quedaba y la que pudiera hallar fueran consumidas. Decidió tomar su dolor y convertirlo en algo mejor, en un motor que la impulsara a ser la mejor versión de sí misma para ella y para los demás.

Entendió que Annelise sentía un profundo dolor y siempre trató de buscar culpables por ello, culpables en los que depositar la ira que ese dolor le provocaba; quería la venganza más que cualquier otra cosa, incluso más que el amor que una familia le pudo brindar. Annelise siempre se arrepentiría no haberlo visto antes; vivieron bajo el mismo techo y ninguna fue capaz de darse cuenta de que estaban del mismo lado.

Mirar atrás le hacía recordar lo mucho que había crecido como persona. Si hace tres meses le hubieran dicho todo lo que haría, se habría reído de incredulidad por su capacidad, pero ahora se reía de haber pensado así. Ya no era más la niña de cristal. Ahora su corazón se volvía más fuerte día con día. Sus miedos se convirtieron en una razón para intentar lo que creía imposible.

No volvió a conjurar fantasías. Dejó que su realidad se convirtiera en su fantasía. Si no esperaba nada, no podía decepcionarse de lo que pasara.

—¿Puedo pasar?

Adilene se secó rápidamente las lágrimas.

—Claro, mamá. Adelante.

Sus ojos se enfocaron en los guardias que pasaban por la entrada llevando maletas.

—¿Ya te vas?

—Sí, pequeña. ¿Estarás bien?

—Claro que sí.

—Voy a extrañarte mucho.

—También yo. —tomó la mano de su madre, que había envejecido diez años en un par de meses. —Pero me alegra mucho que hayas encontrado algo tan noble que hacer después de tu retiro. Ojalá hubiera más personas como tú.

Jenna pasó los dedos por el cabello de su hija.

—No. Ojalá hubiera más personas como tú.

Adilene sonrió y abrazó a su madre. Algunas lágrimas cayeron sobre sus mejillas.

—Sé que harás que la guerra entre Rusia y Ucrania.

—Me esforzaré. Nadie merece vivir así.

Jenna no quería pasar el tiempo como el resto de los gobernantes retirados, viviendo de riquezas y sin hacer nada bueno. Ella quería hacer algo más.

Aunque ya no fuera la reina, quería seguir ayudando de la misma manera, e incluso mejor, porque ya no tendría una sola nación por la cual velar, sino toda la nación que la necesitara.

En esos momentos, Ucrania y Rusia la necesitaban. La guerra que se había desatado entre ambas naciones era descorazonadora. Tenía la esperanza de que no había conflicto bélico que el ocultismo no pudiera resolver, tocando los corazones de aquellos que así lo desearan.

—Ya entregué mi último comunicado como reina a Emil. —informó Jenna. — El príncipe Hugo pasará varios años en prisión por traición a la Corona.

—Nada que no merezca.

—Despídeme de Annelise. Pasé a verla hace unos minutos, pero estaba dormida. Le dejé una carta.

—Claro. Más tarde iré a verla.

—También dejé en mi habitación un regalo para Daiana y Carlos por su compromiso.

—Ellos no están comprometidos.

—Ah, pero lo estarán pronto. De eso estoy segura.

Adilene se rio.

Se despidió de su madre y la observó por la ventana abandonar el palacio. Estaba muy feliz por ella. No se hundió en la tristeza, si no encontró un motivo para seguir adelante.

Adilene cruzó los largos pasillos del ala oeste del palacio. El área del nosocomio real era la última.

—Buenas tardes, Majestad. —saludo el doctor Tafra con una reverencia, apenas ver a su reina asomar la cabeza.

—Buenas tardes. Vengo a ver a mi hermana.

—Por supuesto.

Aunque ella ya conocía el camino y no había mucho en donde perderse, el doctor siempre insistía en acompañarla a la habitación del fondo que había sido especialmente adaptada.

—Le hemos cambiado el medicamento y parece estarle haciendo bien. Está más tranquila. —informó el doctor.

—Es bueno oír eso. No deje de mantenerme informada.

—Desde luego, Majestad.

El doctor Tafra abrió la puerta de la habitación psiquiátrica.

—Permiso. —hizo una reverencia.

—Pase.

Adilene se deslizó dentro de la habitación. No vio a Annelise, así que pensó que estaría en el cuarto de baño, pero cuando pasó al lado de la cama, la encontró en el piso, recargada en ella y sosteniendo sobre su regazo la muñeca de trapo con la que la conoció.

—Adi. —apenas verla se levantó y corrió a abrazarla.

—Hola. ¿Cómo estás?

—Bien. Leí la carta que me dejó Jenna. ¿Ya se fue?

—Sí. Me pidió que la despidiera de ti. Vino, pero estabas dormida y no quiso despertarte.

Annelise sonrió de oreja a oreja. Jugueteó con las manos de Adilene y se echó a reír a carcajadas. Se tiró en la cama desecha.

—¿Qué hay de Fabio? ¿Él te dijo algo para mí? No ha venido a verme desde que estoy aquí.

Adilene sintió una punzada en el corazón.

—Él se fue. Tienes que recordarlo.

El rostro alegre de Annelise se ensombreció y su sonrisa se apagó con lentitud. Se incorporó y su mirada se perdió en su mueca.

—Ah, sí. Yo lo maté. —dijo casi para sí misma.

—Estoy segura de que si siguiera me hubiera pedido que te dijera que te adora. —añadió Adilene.

Annelise volvió a sonreír, pero su mirada seguía perdida.

—Te traje algo. Lo encontré en tu habitación, espero no te moleste que haya entrado. Sólo buscaba cosas para traerte y que te sintieras más cómoda.

Adilene le tendió a Annelise una caja con envoltorio plateado.

—Me di cuenta de que nunca abriste el regalo que te di en tu último cumpleaños. Ábrelo, ahora, por favor. Sé que te gustará.

Emocionada, Annelise quitó la tapa de la caja y de su interior sacó una más pequeña; era de madera cobriza esmaltada y detalles plateados. Giró la manija al costado y la caja se abrió emitiendo una hermosa melodía que movió todos sus recuerdos e hizo que las lágrimas resbalaran fluidas por sus mejillas.

—El día que nos conocimos me dijiste que esa era la canción que tu madre cantaba para ti todas las noches.

—Lo era. —Annelise se fundió en un abrazo con Adilene. —Gracias, hermanita.

—De nada. —le sonrió Adilene y limpió con el pulgar una lágrima.

Ni Adilene ni Annelise tenían las vidas que les hubiera gustado tener. Ambas tenían cicatrices, vacíos en el corazón y pesar en el alma, con lo que tendrían que aprender a vivir.

Sus historias eran cuentos de hadas modernos en los que no había finales felices.

Adilene eligió el camino del amor. No dejó que su dolor y frustración apagaran la luz en su interior. Perdonó y se perdonó a sí misma para liberarse de la atadura del rencor. Usó su pesar como un poder que impulsara a su corazón a latir aun con más fuerza. No lo convirtió en su enemigo, sino en parte de ella; una parte de ella que siempre le recordara su fortaleza. Esa no era la vida que quería para ella, pero era la que tendría que vivir.

Annelise eligió el camino del odio. Dejó que su ira y rencor la consumieran. Dejó que se apoderaran de la persona que le habría gustado ser y que a su madre hubiera gustado que fuera. Su dolor la convirtió en un monstruo que de niña la hubiese atemorizado. Esa no era la vida que quería para ella, pero era la que tendría que vivir.

Tanto odio y tristeza sólo consiguió hacerla perder el control sobre su propia mente. La llevó a idealizar la vida que anhelaba tener, una en la que no fuera la villana, sino la heroína. Una ensoñación tan fuerte que la llevó a creer que era real, volviéndola incapaz de separar la ilusión de la realidad. Convirtiéndola en la reina de la fantasía.

Agradecimientos

Mi corazón se siente infinitamente dichoso y agradecido.

He tenido la estrella de estar rodeada por seres maravillosos que me han brindado su apoyo incondicional para traer mis sueños quiméricos a la realidad con este libro.

Quiero agradecer profundamente a mis dos ángeles: mi papi y mi ratita. Ellos son mi impulso y mi resguardo.

Quiero agradecer a mi familia, ya que, sin ellos nada de esto hubiera sido posible. Gracias por siempre estar a mi lado y apoyar mis ilusiones. Gracias especialmente a mi mamá, por permitirme pasarme los días escribiendo historias ficticias, cuando tendría que estar haciendo mis tareas de la casa.

Quiero agradecer a la persona que siempre está para escuchar mis historias más disparatadas: mi Peri, mejor amiga y lectora profesional no oficial. Sin ella mis historias carecerían de esa chispa que ella le da a mi vida.

Por último, quiero agradecer a mis amigas y más talentosas diseñadoras de cubiertas: Luneta_vds_ y hachiiko.art. Gracias por tolerar todas mis exigencias y traer a una imagen la esencia de mi historia.

Gracias a todos.